VALENTE

VALENTE
HOLLY BLACK

Tradução
Adriana Fidalgo

1ª edição

— Galera —

RIO DE JANEIRO

2022

EDITORA-EXECUTIVA
Rafaella Machado

COORDENADORA EDITORIAL
Stella Carneiro

EQUIPE EDITORIAL
Juliana de Oliveira
Isabel Rodrigues
Lígia Almeida
Manoela Alves

PREPARAÇÃO
Fernanda Barreto

CONSULTORIA
Edu Luckyficious

REVISÃO
Renato Carvalho

DIAGRAMAÇÃO
Abreu's System

TÍTULO ORIGINAL
Valiant

CIP-BRASIL. CATALOGAÇÃO NA PUBLICAÇÃO
SINDICATO NACIONAL DOS EDITORES DE LIVROS, RJ

B562v

Black, Holly, 1971-
    Valente : contos de fadas modernos / Holly Black ; tradução Adriana Fidalgo. – 1ª ed. – Rio de Janeiro : Galera Record, 2022.
208 p.   (Conto de fadas modernos ; 2)

    Tradução de: Valiant
    Sequência de: Tithe
    ISBN 978-65-5981-128-1

    1. Ficção americana. I. Fidalgo, Adriana. II. Título. III. Série.

22-76125   CDD: 813
                                                                       CDU: 82-3(73)

Meri Gleice Rodrigues de Souza – Bibliotecária – CRB-7/6439

Copyright © 2005 by Holly Black

Todos os direitos reservados.
Proibida a reprodução, no todo ou em parte, através de quaisquer meios.
Os direitos morais do autor foram assegurados.

Texto revisado segundo o novo Acordo Ortográfico da Língua Portuguesa.

Direitos exclusivos de publicação em língua portuguesa somente para o Brasil adquiridos pela
EDITORA GALERA RECORD LTDA.
Rua Argentina, 120 – Rio de Janeiro, RJ – 20921-380 – Tel.: (21) 2585-2000,
que se reserva a propriedade literária desta tradução.

Impresso no Brasil

ISBN 978-65-5981-128-1

Seja um leitor preferencial Record.
Cadastre-se e receba informações sobre nossos
lançamentos e nossas promoções.

Atendimento e venda direta ao leitor:
sac@record.com.br

*Para meu marido Theo,
porque ele ama garotas atormentadas e furiosas*

PRÓLOGO

Pois irei aprender com flores e folhas
De matiz em cada gota contido,
A transformar o inerte vinho da amargura
Em ouro vívido.
— Sara Teasdale, *Alchemy*

A mulher-árvore engasgou com o veneno, a lenta seiva de seu sangue estava em brasa. A maioria de suas folhas já havia caído, mas as restantes escureciam e murchavam ao longo das costas. Ela arrancou as próprias raízes do solo profundo, longas gavinhas espetadas que se encolhiam no ar fresco do fim do outono.

Uma cerca de ferro rodeava seu tronco havia anos, o fedor do metal era tão familiar quanto qualquer incômodo crônico. O ferro a queimou quando arrastou suas raízes sobre a grade. Ela caiu em cima da calçada de concreto, sua vagarosa consciência de árvore tomada pela dor.

Um humano que passeava com dois cachorrinhos cambaleou contra a parede de tijolos de um prédio. Um táxi cantou os pneus até parar e buzinar.

Galhos longos derrubaram uma garrafa enquanto a mulher-árvore se esgueirava para se afastar do metal. Ela estudou o vidro escuro conforme este rolava pela rua, observando o restante do veneno amargo gotejar do gargalo, vendo os conhecidos rabiscos na estreita tira de papel colada com cera. O conteúdo daquela garrafa devia ter sido um tônico, não o instrumento de sua morte. Ela tentou se levantar mais uma vez.

Um dos cachorros começou a latir.

A mulher-árvore sentiu o veneno agir dentro de si, entrecortando sua respiração e a confundindo. Estivera rastejando para algum lugar, mas não conseguia lembrar para onde. Manchas verde-escuras, como hematomas, floresciam por seu tronco.

— Ravus — sussurrou a mulher-árvore, a casca de seus lábios se rachando. — Ravus.

*É preciso correr muito para ficar no mesmo lugar.
Se você quer chegar a outro lugar,
corra duas vezes mais!*
— Lewis Carroll, Alice através do espelho e o que ela encontrou por lá

Valerie Russell sentiu algo gelado tocar a parte inferior de suas costas e se virou, reagindo sem pensar. Seu tapa encontrou carne. Uma lata de refrigerante caiu no piso de concreto do vestiário e rolou, o líquido marrom borbulhando ao formar uma poça. As outras garotas, vestindo moletons, ergueram o olhar e começaram a rir.

Mãos erguidas em um gesto de falsa rendição, Ruth deu uma gargalhada.

— Foi só uma piada, Princesa Fodona de Fodolândia.

— Desculpe — Val se forçou a dizer, mas a súbita surpresa zangada não havia se dissipado por completo e ela se sentia uma idiota. — O que você está fazendo aqui? Achei que chegar perto de suor te desse urticária.

Ruth se sentou em um banco verde, parecendo glamurosa em um paletó de smoking vintage e saia longa de veludo. As sobrancelhas de Ruth eram finas linhas de lápis, os olhos estavam delineados com kajal e sombra vermelha. O cabelo preto brilhante era mais claro nas raízes e entremeado por tranças roxas. Ela deu um trago no cigarro de cravo e soprou a fumaça na direção das colegas de time de Valerie.

— Apenas meu próprio suor.

Val revirou os olhos, sorrindo. Ela e Ruth eram amigas desde sempre, havia tanto tempo que Val estava acostumada a ser a ofuscada, a "normal", a que preparava o terreno para as respostas espirituosas, não a que respondia. Ela gostava daquele papel: sentia-se segura nele. O Robin para o Batman de Ruth. O Chewbacca para o Han Solo dela.

Val se inclinou para tirar o tênis e se viu no pequeno espelho da porta de seu armário, mechas de cabelo laranja escapando de uma bandana verde.

Ruth pintava o próprio cabelo desde o quinto ano, primeiro com cores que se podia comprar em caixas no supermercado, depois com cores vibrantes e lindas, como verde sereia e cor-de-rosa poodle, mas Val só tinha pintado o cabelo uma vez. Havia sido um ruivo de farmácia; mais escuro e vivo do que seu pálido tom natural, mas aquilo lhe rendera um castigo mesmo assim. Na época, a mãe a punia sempre que fazia algo para mostrar que estava crescendo. A mãe não queria que ela comprasse um sutiã, que usasse saia curta ou que namorasse antes do ensino médio. Agora que estava no ensino médio, do nada a mãe passou a oferecer dicas de namoro e maquiagem. Porém, Val havia se acostumado a prender o cabelo com bandanas, usar jeans e camisetas, e não queria mudar.

— Descolei algumas estatísticas para o projeto bebê-farinha e escolhi alguns nomes em potencial. — Ruth ajeitou a alça da enorme bolsa a tiracolo no ombro. A aba da frente estava manchada de tinta e repleta de broches e adesivos... um triângulo rosa descascando nas bordas, um pin escrito à mão com os dizeres "Ainda não sou rei", em um menor era possível ler "Algumas coisas existem, acredite você ou não", e uma dúzia mais. — Pensei que talvez você pudesse aparecer hoje à noite para a gente trabalhar nisso.

— Não posso — disse Val. — Tom e eu vamos ver um jogo de hóquei na cidade depois do treino.

— Uau! Algo que você quer fazer, para variar — comentou Ruth, enrolando uma das tranças roxas no dedo.

Val franziu o cenho. Não podia deixar de notar a entonação na voz de Ruth quando falava sobre Tom.

— Você acha que ele não quer ir? — perguntou Val. — Ele disse alguma coisa?

Ruth balançou a cabeça e deu outra tragada rápida no cigarro.

— Não. Não. Nada do gênero.

— Estava pensando que podíamos ir ao Village depois do jogo, se tivermos tempo. Caminhar pela St. Mark's. — Há apenas alguns meses, na feira da cidade, Tom aplicou uma tatuagem provisória na curva das costas dela, se ajoelhando e molhando o ponto com a língua antes de pressionar o papel na pele. Agora ela mal conseguia fazer o garoto a beijar.

— A cidade à noite. Romântico.

Do modo que Ruth falou, Val achou que quis dizer o contrário.

— O quê? O que está acontecendo com você?

— Nada — respondeu. — Só estou distraída, tipo assim. — Ela se abanou com uma das mãos. — Tantas garotas seminuas em um único lugar.

Val assentiu, quase convencida.

— Você checou aqueles históricos de bate-papo como pedi? Encontrou aquele em que eu enviei as estatísticas das casas só com mulheres para o projeto?

— Não tive oportunidade. Vou pesquisar amanhã, ok? — Val revirou os olhos. — Minha mãe fica on-line 24 horas por dia, sete dias por semana. Ela tem um novo namorado virtual.

Ruth fez som de vômito.

— O quê? — perguntou Val. — Pensei que apoiasse o amor on-line. Não foi você quem falou que esse é o amor da mente? Verdadeiramente espiritual, sem os perigos da carne?

— Espero não ter dito isso. — Ruth colocou as costas da mão na testa, deixando o corpo cair para trás em uma imitação de desmaio. Ela se recompôs bruscamente, se endireitando. — Ei, isso em seu rabo de cavalo é um elástico? Vai quebrar os fios. Vem aqui; acho que tenho um prendedor e uma escova.

Val montou no banco em frente à Ruth e deixou ela lidar com o elástico.

— Ai! Você está piorando as coisas.

— Ok, fresca. — Ruth escovou o cabelo de Val e o envolveu com o prendedor, apertando com tanta força que Val pensou sentir os minúsculos fios na nuca se partirem.

Jennifer se aproximou e se apoiou no taco de lacrosse. Ela era uma garota grande e comum, que frequentava a escola de Val desde o jardim de infância. Sempre parecia limpa, desde o cabelo lustroso até o branco ofuscante das meias e o short sem vincos. Além disso, era a capitã do time.

— Ei, vocês duas, vão fazer isso em outro lugar.

— Tem medo de que seja contagioso? — perguntou Ruth, com doçura.

— Vá se foder, Jen — disse Val, com menos sagacidade e com um segundo de atraso.

— Não deviam fumar aqui — avisou Jen.

Apesar disso, ela não olhava para Ruth, encarava o moletom de Val. Tom havia decorado um dos lados: desenhara uma gárgula com marcador permanente na perna inteira. O outro lado exibia principalmente slogans ou apenas coisas aleatórias que Val tinha escrito com um monte de canetas diferentes. Com certeza não era o que Jen considerava ser o uniforme padrão de treino.

— Deixa pra lá. Tenho de ir mesmo. — Ruth apagou o cigarro no banco, queimando uma cratera na madeira. — Até mais, Val. Até mais, perdedora.

— Qual é o seu problema? — perguntou Jennifer, baixinho, como se quisesse mesmo ser amiga de Val. — Por que você anda com ela? Não vê a aberração que ela é?

Val baixou o olhar para o chão, ouvindo as coisas que Jen não estava dizendo: *Não sabe que quem anda com os esquisitos deve mandar mal nos esportes? Sente tesão por mim? Por que simplesmente não desiste do time antes que a gente te chute?*

Se a vida fosse um videogame, ela teria usado seu poder para mandar Jen pelos ares e jogá-la na parede com dois golpes do taco de lacrosse. É lógico que, se a vida fosse mesmo um videogame, Val com certeza teria de fazer aquilo em um biquíni e com seios gigantes, cada um feito de polígonos animados individualmente.

Na vida real, Val mordeu o lábio e deu de ombros, mas as mãos se crisparam em punhos. Ela já havia se metido em duas brigas desde que entrou para o time e não poderia se dar ao luxo da terceira.

— O quê? Precisa que sua namorada fale por você?

Val deu um murro na cara de Jen.

Com os nós dos dedos ardendo, Valerie largou a mochila e o taco de lacrosse no já atulhado piso do quarto. Vasculhando suas roupas, ela separou uma calcinha e um sutiã esportivo que a deixava ainda mais tábua do que era. Então, resgatando um par de calças pretas possivelmente limpas, e o moletom verde com capuz da pilha de roupa suja, caminhou na ponta dos pés até o corredor, os sapatos com travas amassando e soltando as lombadas dos livros de contos de fadas e deixando uma trilha de sujeira sobre uma variedade de caixas de cartuchos de videogame. Ela ouviu plástico estalar sob seus calcanhares e tentou chutar algumas para a segurança.

No banheiro do corredor, ela despiu o uniforme. Depois de esfregar uma esponja debaixo dos braços e reaplicar o desodorante, ela começou a vestir as roupas, parando apenas para examinar a carne viva em suas mãos.

— Era sua última oportunidade — dissera o treinador. Ela havia esperado por 45 minutos no gabinete dele enquanto todas as outras treinavam e, quando o homem finalmente apareceu, viu o que ele estava prestes a dizer antes mesmo que abrisse a boca. — Não podemos nos dar o luxo de mantê-la no time. Você está afetando o senso de camaradagem de todas. Temos que ser uma equipe unida com um único objetivo... vencer. Você entende, não é?

Ouviu-se uma batida solitária antes da porta se abrir. A mãe dela estava parada na soleira, a mão perfeitamente bem-cuidada ainda na maçaneta.

— O que aconteceu com o seu rosto?

Val sugou o lábio cortado para dentro da boca, examinou o machucado no espelho. Ela havia se esquecido daquilo.

— Nada. Foi só um acidente no treino.

— Você está horrível. — A mãe se espremeu para dentro, balançando o corte de cabelo com as luzes recém-retocadas, para que ambas fossem refletidas no mesmo espelho. Toda vez que ia ao cabeleireiro, ele parecia adicionar mais mechas, mais claras, de modo que o castanho original parecia submerso em uma maré de amarelo.

— Muito obrigada — bufou Val, apenas ligeiramente irritada. — Estou atrasada. Atrasada. Atrasada. Atrasada. Como o coelho branco.

— Espere. — A mãe de Val se virou e saiu do quarto. O olhar de Val a seguiu pelo corredor até o papel de parede listrado e as fotos de família. A mãe como vice-campeã de um concurso de beleza. Valerie com aparelho nos dentes, sentada ao lado da mãe no sofá. Os avós na frente do próprio restaurante. Valerie de novo, dessa vez com sua meia-irmãzinha no colo, na casa do pai. Os sorrisos nos rostos congelados pareciam de desenho animado e os dentes expostos eram brancos demais.

Alguns minutos depois, a mãe retornou com uma bolsa de maquiagem zebrada.

— Fique parada.

Valerie fez uma careta, erguendo os olhos depois de amarrar o par verde favorito de All Star.

— Não tenho tempo. Tom vai chegar a qualquer minuto. — Ela não tinha nem se lembrado de colocar o próprio relógio, então arregaçou a manga da blusa da mãe e conferiu o dela. Já estava mais que atrasada.

— Tom sabe onde fica a porta. — A mãe de Valerie manchou o dedo com um creme bege denso e começou a dar batidinhas gentis sob os olhos de Val.

— O corte é no meu *lábio* — argumentou Val. Ela não gostava de maquiagem. Sempre que ria, os olhos se enchiam de lágrimas e a maquiagem borrava como se tivesse chorado.

— Você precisa de um pouco de cor no rosto. As pessoas se arrumam em Nova York.

— É só um jogo de hóquei, mãe, não a ópera.

A mãe soltou um suspiro, aquele que parecia sugerir que um dia Val se daria conta do quanto estava equivocada. O rosto da jovem foi preenchido com pó tonalizante, em seguida pó translúcido. Então mais pó foi salpicado em seus olhos. Val se lembrou do baile de formatura no verão anterior, e torceu para que a mãe não tentasse recriar aquele visual pegajoso e cintilante. Finalmente, ela passou um batom na boca de Val. O que fez o corte arder.

— Terminou? — perguntou Val, enquanto a mãe começava a aplicar a máscara de cílios. Um olhar de esguelha para o relógio da mãe mostrou que o trem partiria em mais ou menos quinze minutos. — Merda! Tenho de ir. Onde diabos está ele?

— Você sabe como é o Tom — disse a mãe.

— O que *quer dizer?* — Não sabia por que a mãe sempre agia como se conhecesse os amigos de Val melhor que a própria.

— Ele é um garoto. — A mãe de Val balançou a cabeça. — Irresponsável.

Valerie pegou o celular na mochila, rolou até o nome dele e ligou. Caiu direto na caixa postal. Ela desligou. No caminho de volta ao quarto, olhou pela janela, para além das crianças andando de skate em uma rampa de compensado na entrada da garagem do vizinho. Não avistou o pesado Caprice Classic de Tom.

Ela ligou de novo. Caixa postal.

— Aqui é o Tom. Bela Lugosi morreu, mas eu não. Deixe seu recado.

— Você não devia ficar telefonando assim — disse a mãe, a seguindo até o quarto. — Quando ele ligar o celular, vai ver a quantidade de chamadas perdidas e quem discou.

— Não me importo com o que ele vê — rebateu Val, digitando os números. — De qualquer forma, é a última tentativa.

A mãe de Val se esticou na cama da filha e começou a delinear os lábios com lápis marrom. Conhecia tão bem o formato da própria boca que não precisava de um espelho.

— Tom — disse Val ao celular assim que caiu na caixa postal —, estou indo para a estação de trem. Não se dê ao trabalho de me buscar. Me encontre na plataforma. Se eu não te vir, vou pegar o trem e a gente se encontra no Garden.

A mãe franziu o cenho.

— Não sei se é seguro você ir sozinha até a cidade.

— Se perdermos esse trem, vamos nos atrasar para o jogo.

— Bem, pelo menos leve esse batom. — A mãe de Val vasculhou a bolsa e o entregou a ela.

— Como isso vai ajudar? — resmungou Val e pendurou a mochila no ombro. O celular ainda estava em sua mão, o plástico se aquecendo entre os dedos.

A mãe de Val sorriu.

— Tenho de mostrar uma casa hoje à noite. Está com suas chaves?

— Sim — respondeu Val. Ela beijou a bochecha da mãe, inspirando perfume e laquê. Deixou uma marca de lábios bordô. — Se Tom aparecer, diga a ele que já fui. E diga a ele que é um otário.

A mãe sorriu, mas havia algo estranho em sua expressão.

— Espere — chamou ela. — Você devia esperar por ele.

— Não posso — disse Val. — Já avisei a ele que estou saindo.

E então ela disparou pela escada, porta afora, e atravessou o pequeno pátio. Era uma curta caminhada até a estação e o ar fresco caiu bem. Era satisfatório agir em vez de esperar.

O asfalto do estacionamento ainda estava molhado da chuva da véspera, e o céu nublado, carregado com a promessa de mais. Ao cruzar o estacionamento, os sinais começaram a piscar e tocar em advertência. Ela alcançou a plataforma no instante em que o trem parava, soltando uma nuvem de ar quente e fétido.

Valerie hesitou. E se Tom tivesse esquecido o celular e esperado por ela em casa? Se ela embarcasse naquele instante e ele pegasse o trem seguinte, talvez nunca se encontrassem. Ela estava com os dois bilhetes. Talvez pudesse deixar o dele na bilheteria, mas ele podia não se lembrar de perguntar lá. E mesmo que tudo aquilo funcionasse, ainda assim Tom ficaria emburrado. Quando ou se ele finalmente aparecesse, não estaria com disposição para nada a não ser discutir. Ela não sabia para onde poderiam ir, mas havia alimentado a esperança de que pudessem encontrar um lugar para ficarem sozinhos por um tempo.

Ela mordiscou a pele ao redor do polegar, arrancando de forma meticulosa uma cutícula, puxando em seguida para que um pequeno filete de pele se soltasse. Era estranhamente prazeroso, apesar da minúscula quantidade de sangue que subia à superfície, mas, quando a lambeu, sua pele tinha um gosto amargo.

As portas do trem enfim se fecharam, dando fim a sua indecisão. Valerie assistiu enquanto a composição deixava a estação e, então, começou a caminhar lentamente para casa. Estava aliviada e irritada ao avistar o carro de Tom estacionado ao lado do Miata da mãe na garagem. Onde ele estivera? Ela se apressou e abriu a porta de supetão.

Valerie congelou. A porta de tela escorregou de seus dedos, se fechando com uma batida. Através da rede, podia ver a mãe inclinada para a frente no sofá branco, a blusa azul-clara desabotoada até o sutiã. Tom, ajoelhado no chão, a cabeça com o moicano erguida para beijá-la. Suas unhas pintadas de preto e lascadas se atrapalhavam com os botões restantes da blusa dela. Ambos se sobressaltaram com o som da batida da porta e se viraram para ela, rostos inexpressivos, a boca de Tom manchada de batom. De algum modo, os olhos de Val vagaram além dos dois, até as margaridas secas que Tom havia lhe dado no aniversário de quatro meses de namoro. Elas estavam sobre o móvel da TV, onde as deixara semanas antes. A mãe pedira que Val as jogasse fora, mas ela havia esquecido. Era possível ver os caules através do vidro do vaso, a porção inferior imersa em água salobra e infestada de mofo.

A mãe de Valerie soltou um soluço abafado e se atrapalhou ao se levantar, fechando a blusa.

— Ah, merda! — exclamou Tom, meio caído no carpete bege.

Val queria dizer algo mordaz, algo que os transformasse em cinzas, mas não encontrou palavras. Deu meia-volta e se foi.

— Valerie! — chamou a mãe, com mais desespero que autoridade.

Olhando para trás, ela viu a mãe na soleira, Tom era uma sombra atrás dela. Valerie começou a correr, a mochila batendo contra o quadril. Só parou quando estava de volta à estação de trem. Ali, ela se agachou na calçada de concreto, arrancando ervas daninhas enquanto ligava para o número de Ruth.

Ruth atendeu o telefone. Soou como se estivesse rindo.

— Alô?

— Sou eu — disse Val. Esperava uma voz trêmula, mas soou inexpressiva, sem emoção.

— Ei — disse Ruth. — Onde você está?

Val podia sentir as lágrimas começando a arder no canto dos olhos, mas ainda assim as palavras soaram firmes.

— Descobri uma coisa sobre Tom e minha mãe...

— Merda! — interrompeu Ruth.

Valerie ficou em silêncio por um instante, o pânico deixava seus membros pesados.

— Sabe de algo? Você sabe do que estou falando?

— Estou tão feliz que você tenha descoberto — respondeu Ruth, falando rápido, as palavras quase tropeçando uma na outra. — Eu queria te contar, mas sua mãe me implorou para não falar. Ela me fez jurar que eu não diria.

— Ela te contou? — Val se sentia especialmente estúpida, mas não conseguia aceitar que entendera o que acabara de ser dito. — Você sabia?

— Ela não falava de outra coisa quando soube que Tom deixou escapar o caso. — Ruth riu e, então, se deteve, constrangida. — Não é como se estivesse rolando há muito tempo ou coisa assim. Sinceramente, eu teria dito algo, mas sua mãe me prometeu que confessaria tudo. Até avisei a ela que ia contar... mas ela disse que negaria. Eu tentei te dar umas pistas.

— Que pistas? — De repente, Val se sentiu tonta. Fechou os olhos.

— Bem, eu disse para você checar o histórico dos bate-papos, lembra? Olhe, deixa pra lá. Estou feliz que ela finalmente tenha contado.

— Ela não me contou — explicou Valerie.

Houve um longo silêncio. Ela podia ouvir a respiração de Ruth.

— Por favor, não fique zangada — disse ela, enfim. — Simplesmente não consegui te contar. Não podia ser eu a contar.

Val desligou o celular. Chutou um pedaço solto de asfalto para a poça e, depois, chutou a própria poça. Seu reflexo ficou turvo; a única coisa nítida era a boca, um borrão de vermelho em um rosto pálido. Ela a esfregou, mas a cor apenas se espalhou.

Quando o trem seguinte chegou, ela embarcou, se sentando em um assento laranja rachado e pressionando a testa contra o acrílico gelado da janela. Seu celular vibrou e ela o desligou sem olhar para a tela. Mas conforme Val se virava de volta para a janela, foi o reflexo da mãe que viu. Levou um segundo para se dar conta de que estava encarando a si mesma de maquiagem. Furiosa, ela caminhou depressa até o banheiro do trem.

O cômodo era grande e encardido, com um pegajoso piso de borracha e paredes de plástico rígido. O cheiro de urina se misturava ao perfume químico de flores. Pequenas bolas de chiclete descartado decoravam as paredes.

Val se sentou no tampo do vaso e se forçou a relaxar, a inspirar fundo o ar pútrido. Suas unhas se cravaram na carne dos braços e, de algum modo, aquilo a fez se sentir um pouco melhor, um pouco mais no controle.

Estava surpresa com a intensidade da própria raiva. O sentimento a sufocava, o que a fazia ter medo de que começasse a gritar com o condutor ou com cada passageiro do trem. Ela não se achava capaz de aguentar a viagem toda. Já se sentia exausta pelo esforço de tentar se controlar.

Ela esfregou o rosto e olhou para a palma da mão, manchada com o batom bordô e ligeiramente trêmula. Abriu o zíper da mochila e derramou seu conteúdo no chão imundo enquanto o trem avançava.

Sua câmera fez barulho nas lajotas de borracha, junto com alguns rolos de filme, um livro da escola, *Hamlet*, que deveria já ter lido, um par de elásticos de cabelo, uma embalagem amassada de chicletes e um kit de cuidado pessoal para viagem que a mãe havia lhe dado em seu último aniversário. Ela se atrapalhou ao abri-lo... pinça, tesourinha de unha e uma gilete, tudo brilhando à meia-luz. Valerie pegou a tesoura, sentiu as lâminas pequenas, afiadas. Ela se levantou e se olhou no espelho, agarrando um chumaço de cabelo, começou a cortar.

Mechas abandonadas se enrolavam como serpentes de cobre ao redor de seus tênis quando terminou. Val passou a mão pela cabeça careca; estava escorregadia com sabão líquido cor-de-rosa e parecia áspera como língua de gato. Ela olhou para o próprio reflexo, convertido em estranho e simples, fitou os olhos implacáveis e a boca pressionada em uma linha fina. Fios de cabelo grudados às bochechas lembravam finas limalhas de ferro. Por um segundo, não estava certa do pensamento daquele rosto no espelho.

A gilete e a tesourinha de unha tilintaram na pia quando o trem chegou à outra parada. A água agitou-se no vaso sanitário.

— Olá? — chamou alguém do outro lado da porta. — O que está acontecendo aí?

— Só um minuto — respondeu Val. Ela lavou o aparelho de gilete sob a torneira e o enfiou de volta na mochila. Ajeitando a bolsa em um dos ombros, pegou um punhado de papel higiênico, molhou-o e se abaixou para enxaguar o cabelo.

O espelho chamou sua atenção outra vez enquanto se endireitava. Por um instante, pareceu que um jovem a encarava de volta, suas feições tão delicadas que ela não acreditava que pudesse se defender. Val piscou, abriu a porta e saiu para o corredor do trem.

Ela voltou para seu assento, sentindo os olhares dos outros passageiros se desviarem conforme passava. Contemplando a vista pela janela, observou os gramados suburbanos até entrarem em um túnel, então viu apenas seu novo e desconhecido reflexo na janela.

O trem parou em uma estação de metrô e Val saltou, caminhando através do ranço da fumaça de escapamento. Ela subiu uma estreita escada rolante imóvel, esmagada entre as pessoas. A Penn Station estava lotada de passageiros, cabeças baixas enquanto passavam uns pelos outros, e de estandes que vendiam cordões, echarpes e flores de fibra ótica reluzentes com cores oscilantes. Valerie caminhava colada a uma das paredes, passando por um homem sujo adormecido sob um jornal e por um grupo de garotas de mochila gritando umas com as outras em alemão.

A raiva que havia sentido no trem se esvaíra e Val atravessava a estação como uma sonâmbula.

O Madison Square Garden ficava a uma escada rolante de distância, depois de um ponto de táxi e barraquinhas vendendo amendoim doce e salsichas. Um homem lhe ofereceu um folheto que Val tentou devolver, mas ele já havia o abandonado com um pedaço de papel que prometia um SHOW DE GAROTAS AO VIVO. Ela amassou o panfleto e o enfiou no bolso.

Ela atravessou um corredor estreito apinhado de pessoas e esperou na bilheteria. Um cara jovem atrás do vidro ergueu o olhar quando ela passou o bilhete de Tom. Parecia atônito. Ela pensou que poderia ser devido a sua falta de cabelo.

— Pode me reembolsar por isso? — perguntou Val.

— Você já tem um ingresso? — indagou ele, estreitando o olhar, como se tentasse descobrir exatamente qual era o golpe ali.

— Sim — respondeu ela. — O idiota do meu ex-namorado não conseguiu vir.

Compreensão tomou as feições do rapaz e ele assentiu.

— Saquei. Olha, não posso devolver seu dinheiro porque o jogo já começou, mas se me der os dois, consigo um upgrade para você.

— Certo — disse Val, sorrindo pela primeira vez desde o início daquele passeio. Tom já havia lhe dado o dinheiro do ingresso, e ela apreciou a pequena vingança de pegar um lugar melhor às suas custas.

O rapaz lhe deu o novo ingresso e ela passou pela roleta, serpenteando pela multidão. As pessoas discutiam, rostos corados. O ar fedia a cerveja.

Valerie estivera ansiosa para assistir àquele jogo. Os Rangers vinham fazendo uma ótima temporada. Mesmo que não fosse o caso, ela amava o modo como os homens se moviam sobre o gelo, como se não pesassem nada, o tempo todo equilibrados em lâminas. Fazia o lacrosse parecer deselegante, apenas um monte de gente se arrastando pela grama. Porém, enquanto procurava a entrada para seu assento, sentiu um nó no estômago. O jogo era importante para todas aquelas pessoas do mesmo jeito que fora para ela, mas agora ela estava apenas matando o tempo antes que precisasse voltar para casa.

Val encontrou a entrada e a atravessou. A maioria dos assentos já estava ocupada e ela teve de se esgueirar por um grupo de caras de rosto vermelho. Eles esticaram o pescoço para desviar o olhar dela, para além da divisória de vidro, para onde o jogo já havia começado. O estádio *cheirava* a gelo, como o ar depois de uma tempestade de neve. Mas mesmo enquanto seu time patinava em direção ao gol, seus pensamentos voavam para a mãe e Tom. Ela não devia ter saído daquela maneira. Desejou poder voltar atrás. Nem teria se preocupado com a mãe. Teria dado um murro na cara de Tom. Em seguida, olhando apenas para ele, teria dito "Eu esperava isso dela, mas não de você". Teria sido perfeito. Ou, talvez, poderia ter arrebentado o vidro da janela do carro dele. Mas o carro já era um lixo, então melhor não.

Entretanto, ela poderia ter ido até a casa de Tom e contado aos pais dele sobre o saco de maconha que o rapaz escondia entre o colchão e o estrado. Entre aquilo e o lance com a mãe de Val, quem sabe a família o teria enviado para alguma clínica de reabilitação para maconheiros papa-coroa?

Quanto à mãe, a melhor vingança em que Val podia pensar seria ligar para o pai, chamar a madrasta Linda no viva-voz e contar a coisa toda. O pai de Val e Linda tinham um casamento perfeito, do tipo que vinha com duas adoráveis crianças babonas, carpete de parede a parede, e que, sobretudo, deixava Val enojada. Infelizmente, contar aos dois tornaria a história deles. Eles contariam o fato sempre que quisessem, jogariam aquilo na cara da mãe de Val quando brigassem, relatariam o ocorrido para chocar os amigos do golfe. A história era de Val e seria ela a controlá-la.

Um rugido correu a plateia. Ao seu redor, as pessoas se levantaram de um pulo. Um dos Rangers havia derrubado um cara do outro time e estava arrancando as próprias luvas. O árbitro agarrou o Ranger e seus patins escorregaram, abrindo um talho na bochecha do outro jogador. Conforme eram levados embora, Val encarou o sangue no gelo. Um homem de branco apareceu e raspou a maior parte, então o nivelador alisou o gelo durante o intervalo, mas um trecho de vermelho permaneceu, como se a mancha tivesse entranhado tão fundo que não era possível eliminá-la. Mesmo quando seu time fez o gol da vitória e todos ao seu lado ficaram de pé outra vez, ela não conseguiu desviar os olhos do sangue.

Depois do jogo, Val seguiu a multidão até a rua. A estação de trem ficava a apenas alguns metros, mas ela não conseguia encarar a volta para casa. Queria embromar um pouco mais, até conseguir pôr as ideias em ordem, dissecar um pouco mais o que havia acontecido. Até mesmo a ideia de embarcar de volta no trem a enchia de um pânico doentio que fazia seu pulso acelerar e o estômago embrulhar.

Ela começou a caminhar e, depois de um tempo, percebeu que a numeração na rua diminuía e os prédios pareciam mais velhos, vielas se estreitavam e o trânsito rareava. Dobrando à esquerda, na direção do que imaginou que pudesse ser o West Village, passou por lojas de roupas fechadas e fileiras de carros estacionados. Não tinha certeza da hora, mas devia ser perto da meia-noite.

Sua mente continuava a desemaranhar os olhares entre Tom e a mãe, olhares que agora tinham sentido, pistas que ela devia ter decifrado. Val via o rosto da mãe, uma combinação estranha de culpa e honestidade, quando havia lhe dito para esperar por Tom. A lembrança fez a jovem estremecer, como se seu corpo estivesse tentando descartar um peso físico.

Ela parou e comprou uma fatia de pizza em uma loja de conveniência onde uma mulher com um carrinho cheio de garrafas estava parada nos fundos, bebendo Sprite por um canudo e cantando para si mesma. O queijo quente queimou o céu da boca de Val e, quando olhou para o relógio, se deu conta de que já tinha perdido o último trem para casa.

Testando as asas mais uma vez em voo desesperado:
Mariposas cegas contra a malha da janela de tela.
Qualquer coisa. Qualquer coisa por uma faísca de luz.
— X. J. Kennedy, "Street Moths", The Lords of Misrule

Jal cochilou de novo, a cabeça sobre a mochila quase vazia, o restante do corpo esparramado pelo frio piso de cerâmica logo abaixo do mapa do metrô. Tinha escolhido um lugar para a soneca perto da bilheteria, imaginando que ninguém tentaria roubá-la ou apunhalá-la à vista de todos.

Ela havia passado a maior parte da noite no estado nebuloso entre sono e vigília, adormecendo por um instante e então acordando bruscamente. Às vezes despertava de um sonho sem saber onde estava. A estação fedia a lixo rançoso e mofo, mesmo sem o calor que fazia os aromas florescerem. Sobre a tinta descascada e o bolor, uma borda esculpida circundada de tulipas era o remanescente de outra estação Spring Street, uma que devia ter sido antiga e grandiosa. Ela tentou imaginar aquela estação enquanto mergulhava de volta no sono.

A parte estranha era que não estava assustada. Ela se sentia alheia a tudo, uma sonâmbula que tinha saído da trilha da vida normal e entrado na floresta onde tudo podia acontecer. Sua fúria e mágoa haviam arrefecido até uma letargia que deixava seus membros pesados como chumbo.

Da outra vez que, cansada, abriu os olhos, as pessoas estavam debruçadas sobre ela. Val se sentou, os dedos de uma das mãos cravados na mochila, a outra mão se erguendo como se fosse aparar um golpe. Dois policiais a observavam de cima.

— Bom dia — disse um deles. Tinha cabelo grisalho curto e um rosto corado, como se tivesse ficado muito tempo parado ao vento.

— Sim. — Val esfregou o sono dos olhos com a base da mão. A cabeça doía.

— Esse é um lugar de merda para dormir — disse ele. Passageiros caminhavam por eles, mas apenas alguns se deram ao trabalho de olhar na direção dela.

Val estreitou os olhos.

— E?

— Quantos anos você tem? — perguntou o parceiro. Ele era mais jovem, esbelto, com olhos escuros e hálito de fumante.

— Dezenove — mentiu Val.

— Tem algum documento?

— Não — respondeu ela, na esperança de que não revistassem sua mochila. Val tinha uma licença temporária, nada de carteira de motorista, já que havia sido reprovada na prova, mas o documento era o bastante para provar que só tinha dezessete anos.

Ele suspirou.

— Não pode dormir aqui. Quer que a acompanhemos até algum lugar em que possa descansar um pouco?

Val se levantou, ajeitando a mochila em um dos ombros.

— Estou bem. Só estava esperando amanhecer.

— Para onde está indo? — perguntou o policial mais velho, bloqueando o caminho com o corpo.

— Para casa — respondeu Val, porque pensou que soaria bem. Ela passou por baixo do braço do homem e disparou pelos degraus. O coração martelava conforme corria pela Crosby Street, atravessava a multidão, deixando para trás os sonolentos funcionários madrugadores que arrastavam mochilas e valises, os mensageiros de bicicleta e os táxis, e pisava nos jatos de vapor que subiam das grades. Ela desacelerou e olhou para trás, mas ninguém parecia segui-la. Quando atravessou para a Bleecker, viu um casal de punks desenhando na calçada com giz. Um tinha um moicano colorido, ligeiramente amassado no topo. Val se desviou da arte com cuidado e seguiu adiante.

Para Val, Nova York sempre foi o lugar que fazia a mãe segurar forte sua mão, a reluzente rede de arranha-céus envidraçados, o fumegante Cup Noodles ameaçando derramar caldo fervente nas crianças na fila do *TRL*, a apenas alguns quarteirões de onde matinês de *Os Miseráveis* eram apresentadas a estudantes de francês do ensino médio, trazidos em ônibus dos subúrbios. Mas agora, ao atravessar para a MacDougal, Nova York parecia muito mais e muito menos do que sua idealização da cidade. Ela passou por restaurantes preguiçosamente se agitando com atividade, as portas ainda fechadas; uma cerca de elos decorada com mais que uma dúzia de cadeados, cada um gravado com o rosto de um bebê; e uma loja que sugeria a vastidão da cidade e a estranheza de seus habitantes.

Ela entrou em uma cafeteria à meia-luz chamada Café Diablo. O interior era forrado com papel de parede de veludo vermelho. Um diabo de madeira ficava no balcão, segurando uma bandeja de prata aparafusada à mão. Val comprou um café grande, quase o transbordando com canela, açúcar e creme. A sensação do calor do copo contra os dedos gelados era agradável, mas a fazia ciente da rigidez dos membros, os nós em suas costas. Ela se alongou, arqueando o corpo e torcendo o pescoço até ouvir um estalo.

Val se encaminhou para um lugar nos fundos, escolhendo uma poltrona puída perto de uma mesa onde um garoto com dreads e uma garota de cabelo azul desbotado e botas brancas na altura dos joelhos sussurravam um para o outro. O garoto rasgou e verteu sachê após sachê de açúcar em seu copo.

A garota se moveu de leve, e Val pôde ver que ela tinha um gatinho caramelo no colo. O filhote esticou uma pata para acertar o zíper do casaco de remendos de pele de coelho da menina.

Val sorriu, pensativa. A garota a flagrou encarando, sorriu de volta e colocou o gato na mesa. O filhote miou desolado, farejou o ar e tropeçou.

— Aguenta aí — disse Val. Então tirou a tampa do café, foi até a frente da cafeteria e a encheu com creme, depois a colocou na frente do gato.

— Genial — disse a garota de cabelo azul. Val podia ver que o piercing no nariz dela estava inflamado, a pele ao redor do brilhante muito inchada e vermelha.

— Qual é o nome dele? — perguntou Val.

— Ainda não tem nome. Estamos debatendo o assunto. Se tiver alguma sugestão, me avise. Dave acha que não deveríamos ficar com ela.

Val tomou um gole do café. Nada lhe ocorria. Seu cérebro parecia inchado, pressionando o crânio, e ela se sentia tão cansada que os olhos não focavam com nitidez quando piscava.

— De onde ela veio? É uma gata de rua?

A garota abriu a boca, mas o garoto pousou a mão em seu braço.

— Lolli. — Ele a apertou em advertência, e os dois trocaram um olhar intenso.

— Eu a roubei — respondeu Lolli.

— Por que você conta essas coisas às pessoas? — perguntou Dave.

— Conto tudo para as pessoas. Elas só acreditam no que são capazes de tolerar. É assim que sei em quem confiar.

— Você a furtou de uma petshop? — indagou Val, observando o minúsculo corpo do filhote, a língua rosa e enrolada.

Lolli concordou com a cabeça, evidentemente satisfeita consigo mesma.

— Atirei uma pedra na vitrine. À noite.

— Por quê? — Val interpretava com facilidade o papel de plateia extasiada, soltando as exclamações certas, como fazia com Ruth, Tom ou com a mãe, indagando as perguntas que o orador queria, mas sob o hábito familiar jazia uma fascinação verdadeira. Lolli era exatamente o tipo perigoso que Ruth parecia ser, mas não era.

— A dona da petshop fumava no meio da loja, acredita? Não merecia tomar conta de animais.

— Você fuma. — Dave sacudiu a cabeça.

— Não sou dona de uma petshop. — Lolli se virou para Val. — Sua cabeça parece legal. Posso tocá-la?

Val deu de ombros e inclinou a cabeça para a frente. Parecia estranho ser tocada ali... não desconfortável, apenas esquisito, como se alguém acariciasse a sola de seus pés.

— Meu nome é Lollipop — disse a garota, se virando para o garoto com os dreads. Ele era magro e bonito. — Esse é Dave Arisco.

— Só Dave — disse ele.

— Eu sou só Val. — Val se endireitou na poltrona. Era um alívio conversar com pessoas depois de tantas horas de silêncio. Era um alívio ainda maior conversar com pessoas que não sabiam nada sobre ela, Tom, sua mãe ou coisa alguma de seu passado.

— É o diminutivo de Valentine? — perguntou Lollipop, ainda sorrindo.

Val não tinha certeza se a garota estava curtindo com sua cara ou não, mas como o nome dela era *Lollipop*, o quão engraçado poderia ser o nome de Val? Ela simplesmente negou com a cabeça.

Dave bufou e rasgou outro sachê de açúcar, derramando os grãos na mesa e os separando em longas fileiras que ele lambia com um dedo molhado de café.

— Vocês frequentam alguma escola das redondezas? — perguntou Val.

— Não frequentamos nenhuma escola, mas moramos aqui. Moramos onde quisermos.

Val tomou outro gole de café.

— O que quer dizer?

— Ela não quer dizer nada — interrompeu Dave. — E você?

— Jersey. — Val olhou para o líquido cinza leitoso em seu copo. O açúcar grudava em seus dentes. — Acho. Se eu voltar. — Ela se levantou, se sentindo idiota, imaginando se iriam zombar dela. — Com licença.

Val seguiu para o banheiro e se lavou, o que a fez se sentir menos nojenta. Gargarejou a água da torneira, mas, quando cuspiu, viu com nitidez seu reflexo no espelho: borrifos de sardas sobre bochechas e boca, inclusive uma pinta logo abaixo do olho esquerdo, as manchas parecendo terra contra o queimado de sol irregular dos esportes que fazia ao ar livre. A cabeça recém-raspada parecia bizarramente pálida, e a pele ao redor dos olhos azuis estava injetada e inchada. Ela esfregou a mão no rosto, mas aquilo não adiantou. Quando saiu, Lolli e Dave haviam partido.

Val terminou o café. Cogitou tirar uma soneca na poltrona, mas a cafeteria tinha ficado cheia e barulhenta, piorando sua dor de cabeça. Ela saiu para a rua.

Uma drag queen com uma peruca colmeia torta perseguia um táxi, tinha um sapato de plástico na mão. Conforme o veículo se afastava, ela atirou o calçado com tanta força que este quicou no vidro traseiro.

— Filho da puta! — gritou ela, enquanto mancava até seu sapato.

Val disparou até a rua, pegou o sapato e o devolveu à dona.

— Obrigada, cordeirinho.

De perto, Val percebeu que os cílios postiços da drag queen eram entremeados de prata e que purpurina brilhava ao longo de suas maçãs do rosto.

— Você é um príncipe perfeito. Belo penteado. Por que não fingimos que sou a Cinderela e você calça esse sapato no meu pé?

— Humm, ok — disse Val, se abaixando e afivelando a tira de plástico enquanto a outra tentava não pular em um pé só ao oscilar para manter o equilíbrio.

— Perfeito, boneca. — Ela ajeitou a peruca.

Quando Val se levantou, viu Dave Arisco rindo conforme se sentava em uma grade de metal do outro lado da rua estreita. Lolli estava esticada sobre um lençol azul de batik que continha livros, castiçais e roupas. À luz do sol, o azul do cabelo de Lolli brilhava mais do que o céu. A gatinha estava deitada ao seu lado, uma das patas brincando com um cigarro no chão.

— Ei, *Príncipe Valente* — chamou Dave, sorrindo como se fossem velhos amigos. Lolli acenou. Val enfiou as mãos nos bolsos e foi até eles.

— Sente aqui — convidou Lolli. — Achei que tínhamos assustado você.

— Indo a algum lugar? — perguntou Dave.

— Na verdade, não. — Val se sentou no concreto gelado. O café finalmente havia começado a correr em suas veias e ela se sentia quase desperta. — E vocês?

— Vendendo umas paradas que Dave descolou. Fique com a gente. Vamos conseguir algum dinheiro e depois nos divertir.

— Ok. — Val não tinha certeza se queria se divertir, mas não se importava em se sentar na calçada por um tempo. Tocou na manga de uma jaqueta de veludo vermelho. — De onde vêm todas essas coisas?

— A maioria do lixo — respondeu Dave, sem sorrir. Val se perguntou se parecia surpresa. Ela queria parecer descolada e imperturbável. — Você ficaria espantada com o quanto as pessoas são capazes de pagar por aquilo que jogaram fora.

— Eu acredito — disse Val. — Estava pensando em como essa jaqueta é bonita.

Aquilo devia ter sido a resposta certa, porque Dave abriu um sorriso largo, exibindo um dente lascado.

— Você é maneira — disse ele. — Então, tipo, você falou "*se* você voltar"? Que história é essa? Está na rua?

Val deu um tapinha no concreto.

— No momento, estou.

Os dois riram daquilo. Sentada ao lado deles, as pessoas passavam por ela, mas enxergavam apenas uma garota com jeans sujos e cabeça raspada. Ela sentia como se qualquer aluno da escola pudesse cruzar com ela, Tom poderia ter parado para comprar uma gravata, a mãe poderia ter tropeçado em uma rachadura na calçada, e nenhum deles a teria reconhecido.

Em retrospecto, Val sabia que tinha o hábito de confiar demais, ser muito passiva, muito disposta a pensar o melhor dos outros e o pior de si mesma. Ainda assim, ali estava ela, na companhia de mais pessoas, deixando-se levar.

Entretanto, havia algo de diferente sobre o que sentia no momento, algo que a enchia de um estranho prazer. Era como olhar o chão de um prédio alto, o modo como a adrenalina atinge você conforme cambaleia para a frente. Era poderoso, terrível e inteiramente novo.

Val passou o dia com Lolli e Dave ali, sentada na calçada, conversando sobre nada. Dave lhes contou uma história sobre um conhecido que ficou tão bêbado que comeu uma barata por conta de uma aposta.

— Uma daquelas baratas de Nova York, das que são do tamanho de um peixe-dourado. A coisa estava metade para fora de sua boca e ainda se debatendo quando ele a mordeu. Finalmente, depois de mastigar e mastigar, ele a engoliu de verdade. E meu irmão estava lá... Luis é um tipo de gênio, do tipo que lê a enciclopédia quando está em casa com catapora... e perguntou "Você sabia que baratas colocam ovos mesmo depois de mortas?" Bem, o cara não conseguia acreditar, mas depois começou a gritar que estávamos tentando matá-lo, apertou a barriga, dizendo que já podia sentir as baratas o devorando por dentro.

— Isso é nojento — disse Val, mas gargalhando tanto que os olhos se encheram de lágrimas. — Absurdamente nojento.

— Não, mas fica melhor — garantiu Lolli.

— Sim — concordou Dave Arisco —, porque ele vomitou nos próprios sapatos e a barata estava bem ali, toda mastigada, mas eram nitidamente os pedaços de um besouro escuro. E a parada é a seguinte... uma das pernas se mexeu.

Val gritou, enojada, e contou a eles sobre quando ela e Ruth fumaram erva-dos-gatos achando que aquilo as deixaria doidonas.

Quando venderam uma bolsa de couro de crocodilo falsa, duas camisetas e uma jaqueta de paetês, Dave comprou cachorro-quente para todos, de uma barraquinha de rua, salsichas pescadas da água sebenta e lambuzadas com chucrute, molho e mostarda.

— Vamos. Precisamos celebrar nosso encontro com você — disse Lolli, levantando de um pulo. — Com você e com a gata.

Ainda comendo, Lolli disparou pela rua. Eles atravessaram vários quarteirões, Lolli na frente, até depararem com um velho enrolando os próprios cigarros nos degraus de um prédio de apartamentos. Uma bolsa imunda, cheia de outras bolsas, estava ao lado dele. Seus braços eram finos como gravetos, e o rosto enrugado como uma uva-passa, mas ele beijou Lolli na bochecha e disse olá para Val com muita educação. Lolli deu a ele alguns cigarros e um monte de notas amassadas, e ele se levantou e cruzou a rua.

— O que há de errado com ele? — sussurrou Val para Dave. — Por que é tão magro?

— São as drogas — respondeu Dave.

Alguns minutos mais tarde, ele voltou com uma garrafa de conhaque de cereja enrolada em papel pardo.

Dave remexeu a bolsa-carteiro atrás de uma garrafa de Coca-Cola quase vazia e a encheu com aquela bebida.

— Assim os policiais não nos incomodam — explicou ele. — Odeio policiais.

Val tomou um gole do líquido e sentiu o álcool queimar sua garganta ao descer. Os três compartilharam a garrafa conforme desciam a West Third. Lolli parou na frente de uma mesa coberta de brincos de miçangas pendurados em árvores de plástico, que chacoalhavam sempre que um carro passava. Ela tocou em um bracelete feito com minúsculos sinos de prata. Val foi até a mesa seguinte, onde incenso estava exposto em feixes e amostras queimavam em uma bandeja de abalone.

— O que temos aqui? — perguntou o homem atrás do balcão. Ele tinha pele negra e cheirava a sândalo.

Val sorriu de leve e se voltou para Lolli.

— Diga a seus amigos para terem mais cuidado com quem servem. — Os olhos do homem do incenso eram escuros e brilhantes como os de um lagarto. — Os mensageiros são sempre os primeiros a sofrer com a insatisfação dos clientes.

— Certo — disse Val, se afastando da bancada. Lolli passou por ela, sinos tilintando ao redor do pulso. Dave tentava fazer a gata lamber conhaque da tampa do refrigerante.

— Aquele cara era muito estranho — disse Val. Quando olhou de esguelha para trás, por um segundo o homem-incenso pareceu ter longos aguilhões despontando das costas, como um porco-espinho.

Val estendeu a mão para a garrafa.

Caminharam sem rumo até um prisma triangular de asfalto, ladeado por bancos de jardim, supostamente para engravatados comerem seus almoços nos dias mais quentes, inspirando ar úmido e fumaça de escapamento. Eles se sentaram, soltando a gata para que investigasse os restos de um pombo atropelado. Ali, revezaram o conhaque até a língua de Val ficar dormente, os dentes formigarem e a cabeça girar.

— Você acredita em fantasmas? — perguntou Lolli.

Val pensou no assunto por um instante.

— Acho que gostaria de acreditar.

— E quanto a outras coisas? — miou Lolli, esfregando um dedo no outro para chamar a gata. O filhote não lhe deu a menor atenção.

Val riu.

— Que coisas? Quero dizer, não acredito em vampiros, lobisomens, zumbis ou nada do tipo.

— E quanto a fadas?

— Fadas tipo...?

Dave soltou uma risadinha.

— Tipo monstros.

— Não — respondeu Val, negando com a cabeça. — Acho que não.

— Quer saber um segredo? — perguntou Lolli.

Val se inclinou para mais perto e assentiu. Óbvio que queria.

— Sabemos onde existe um túnel com um monstro — sussurrou Lolli. — Uma fada. Sabemos onde as fadas vivem.

— O quê? — Val não tinha certeza se ouvira direito.

— Lolli — avisou Dave, mas sua voz soou um pouco arrastada. — Cale a boca. Luis vai ficar possesso se te ouvir.

— Você não pode controlar o que eu digo. — Lolli abraçou a si mesma, cravando as unhas na pele. Jogou o cabelo para trás. — Quem acreditaria nela de qualquer forma? Aposto que nem mesmo ela acredita em mim.

— Estão falando sério? — perguntou Val. Bêbada como estava, parecia quase possível. Tentou lembrar dos contos de fadas que gostava de ler, aqueles que havia colecionado desde que era uma garotinha. Não havia muitas fadas naquelas histórias. Pelo menos, não como ela as imaginava. Havia fadas madrinhas, ogros, trolls e homenzinhos que barganhavam seus serviços por crianças, depois protestavam contra a descoberta de seus nomes verdadeiros. Pensou nas fadas dos videogames, mas aquelas eram elfos e não tinha certeza se elfos eram fadas afinal.

— Conte a ela — disse Lolli para Dave.

— Como assim, você agora manda em mim? — perguntou Dave, mas Lolli simplesmente lhe esmurrou o braço e riu.

— Certo. Certo. — Dave assentiu. — Meu irmão e eu costumávamos fazer um pouco de exploração urbana. Sabe o que é?

— Invadir lugares onde não se deveria entrar — respondeu Val. Ela tinha um primo que seguiu o roteiro do Weird NJ, um guia para os mistérios de Nova Jersey e suas lendas locais, e postou fotos dos lugares em seu site. — Basicamente lugares antigos, né? Como prédios abandonados?

— Sim. Há todo tipo de coisa nessa cidade que a maioria das pessoas não consegue enxergar — comentou Dave.

— Certo — disse Val. — Jacarés albinos. Povo toupeira. Anacondas.

Lolli se levantou e pegou a gata de onde estava raspando o pássaro morto com as unhas. Colocou o filhote no colo e o afagou com força.

— Achei que você pudesse lidar com isso.

— Como vocês sabem dessas coisas que ninguém mais conhece? — Val estava tentando ser educada.

— Porque Luis tem a segunda visão — respondeu Lolli. — Ele pode vê-los.

— *Você* tem a segunda visão? — perguntou Val a Dave.

— Só quando eles permitem. — Ele encarou Lolli por um longo instante. — Estou congelando.

— Volte com a gente — sugeriu Lolli, se dirigindo a Val.

— Luis não vai gostar. — Dave torceu a bota como se estivesse esmagando um inseto.

— Nós gostamos dela. É tudo o que importa.

— Para onde vamos voltar? — indagou Val. Ela tremia. Muito embora estivesse aquecida da bebida correndo pelas veias, seu hálito condensava no ar e as mãos alternavam entre geladas e quentes quando as pressionava debaixo da blusa e contra a pele.

— Você vai ver — respondeu Lolli.

Eles caminharam por um tempo e, então, entraram em uma estação de metrô. Lollipop passou pela roleta com um deslizar de seu cartão, em seguida o devolveu pelas grades para Dave. Ela olhou para Val.

— Você vem?

Val assentiu.

— Fique na minha frente — disse Dave, à espera.

Ela foi até a roleta. Ele deslizou o cartão, depois pressionou o corpo contra o dela, empurrando ambos ao mesmo tempo. O corpo do garoto era um feixe de músculos contra suas costas, e ela sentiu cheiro de fumaça e roupas não lavadas. Val riu e tropeçou de leve.

— Vou te contar outra coisa que não sabe — começou Lolli, erguendo vários cartões. — Estes são os bilhetes palitos de dentes. Você quebra os palitos bem pequenos e depois enfia na máquina. As pessoas pagam, mas não recebem seus cartões. É como uma armadilha de lagosta. Você volta mais tarde e vê o que pescou.

— Ah! — exclamou Val, a cabeça girando com conhaque e confusão. Não tinha certeza do que era verdade e do que não era.

Lollipop e Dave Arisco caminharam até a outra extremidade da plataforma do metrô, mas, em vez de parar no fim e esperar pelo trem, Dave pulou no vão por onde os trilhos corriam. Algumas pessoas à espera do trem olharam para ele, então rapidamente desviaram o olhar, mas a maioria nem mesmo pareceu notar. Desajeitada, Lolli seguiu Dave, avançando até se sentar na borda, e depois o deixou ampará-la até o chão. Ela segurava o filhote, que se debatia.

— Para onde estamos indo? — perguntou Val, mas eles já desapareciam na escuridão. Conforme Val pulava no concreto repleto de lixo atrás deles, pensou em como era insensato seguir duas pessoas que não conhecia pelas entranhas do metrô, mas, em vez de medo, sentia satisfação.

Tomaria as próprias decisões agora, mesmo se fossem desastrosas. Era a mesma sensação agradável de rasgar um pedaço de papel em pedacinhos minúsculos.

— Tome cuidado para não tocar no terceiro trilho ou você vai fritar. — A voz de Dave soou de algum lugar adiante.

Terceiro trilho? Ela olhou para baixo, nervosa. O do meio. Tinha de ser o do meio.

— E se um trem vier? — perguntou Val.

— Vê aqueles nichos? — chamou Lolli. — Só se esprema em um deles.

Val olhou de volta para o concreto da plataforma de metrô, muito alta para escalar. À frente, havia escuridão, cravejada com minúsculas lâmpadas que emitiam pouca luz efetiva. Sons de farfalhar pareciam muito próximos, e ela pensou sentir patas pequeninas correrem sobre um de seus tênis. Sentiu o pânico pelo qual estivera esperando todo aquele tempo. A sensação a engolia. Ela parou, tão tomada pelo medo que não conseguia se mover.

— Vamos. — A voz de Lolli veio das sombras. — Continue.

Val ouviu o distante chacoalhar de um trem, mas não conseguia precisar o quão longe estava ou mesmo em que trilho avançava. Correu para alcançar Lolli e Dave. Nunca sentira medo do escuro, mas aquilo era diferente. A escuridão ali era voraz, densa. Parecia um ser vivo, respirando pelas próprias tubulações, soprando jatos de fedor no túnel a sua volta.

O cheiro de sujeira e umidade era opressivo. Seus ouvidos se esforçavam para ouvir os passos dos outros dois. Ela mantinha os olhos nas luzes, como se fossem uma trilha de migalhas, guiando-a para longe do perigo.

Um trem passou pelo outro lado dos trilhos, a súbita claridade e o barulho furioso a atordoaram. Ela sentiu o deslocamento de ar, como se tudo nos túneis estivesse sendo atraído naquela direção. Se tivesse acontecido do seu lado, nunca teria tido tempo de pular para o nicho.

— Aqui. — A voz soou próxima, surpreendentemente próxima. Ela não tinha como determinar se pertencia a Lolli ou Dave.

Val se deu conta de que estava parada ao lado de uma plataforma. Parecia com a estação que haviam deixado para trás, exceto que ali as paredes de azulejo estavam cobertas de pichações. Colchões estavam empilhados na prateleira de concreto, com montes de cobertores, travesseiros e almofadas de sofá... a maioria em alguma variação de amarelo-mostarda. Tocos de vela tremeluziam debilmente, alguns enfiados nas bocas afiadas de latas de cervejas, outros em jarras altas decoradas com o rosto da Virgem Maria no rótulo. Um menino com o cabelo trançado para longe do rosto estava sentado perto de uma churrasqueira no canto dos fundos da estação. Um de seus olhos parecia enevoado, leitoso e estranho, e piercings de metal marcavam a pele escura. As orelhas brilhavam com anéis, alguns grossos como minhocas, e uma barra despontava de cada bochecha, como se para destacar as maçãs do rosto. Havia um piercing em uma das narinas e uma argola envolvia o lábio inferior. Quando se levantou, Val viu que vestia uma bufante jaqueta preta sobre jeans largos e rasgados. Dave Arisco subiu uma escada improvisada com tábuas de madeira.

Val deu uma volta completa. Uma das paredes foi decorada com tinta spray com as palavras "para nunca e jamais".

— Ela está impressionada — disse Lolli, a voz ecoando pelo túnel.

Dave bufou e se aproximou do fogo. Ele tirou guimbas de cigarro amassadas da bolsa-carteiro e as colocou em uma das xícaras lascadas, depois empilhou latas de pêssegos e café.

O garoto com os piercings acendeu uma das guimbas e deu uma longa tragada.

— Quem diabos é aquela?

— Val — disse Val, antes que Lolli pudesse responder. Em seguida mudou o peso entre os pés, ciente, com certo incômodo, de que não sabia o caminho de volta.

— Ela é minha nova amiga — informou Lollipop, se aconchegando em um ninho de cobertores.

O garoto dos piercings franziu o cenho.

— O que houve com o cabelo dela?

— Eu cortei — explicou Val. Por algum motivo, aquilo fez tanto o garoto dos piercings como Dave Arisco soltarem uma gargalhada. Lolli parecia satisfeita com ela.

— Se ainda não adivinhou, esse é o Luis — apresentou Lolli.

— Muita gente já não encontra o caminho até aqui embaixo sem vocês brincando de guia? — questionou Luis, mas ninguém respondeu, então talvez não fosse uma pergunta de verdade.

A exaustão ameaçava tomar conta de Val. Ela se ajeitou em um colchão e cobriu a cabeça com um cobertor. Lolli dizia alguma coisa, mas a combinação de conhaque, medo minguando e cansaço era avassaladora.

Ela sempre podia voltar para casa mais tarde, amanhã, em alguns dias. A qualquer hora. Contanto que não agora.

Enquanto adormecia, a gata de Lolli subiu em cima dela, pulando nas sombras. A garota esticou a mão para o filhote, enfiando os dedos na pelagem macia e curta. Era uma coisa minúscula na verdade, mas já eufórica.

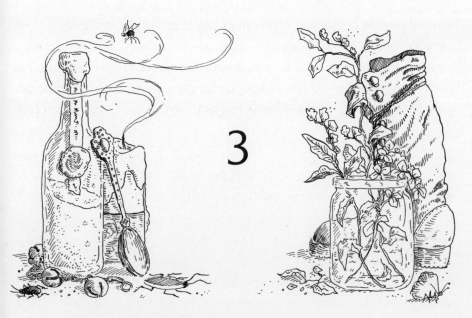

> *Encontrei as cavernas cálidas nos bosques,*
> *enchi-as com frigideiras, esculturas, prateleiras,*
> *armários, sedas, inúmeros bens;*
> *preparei as refeições para as traças e para os elfos.*
> — Anne Sexton, *Her Kind*

Com os músculos contraídos, Val saltou do sono para um estado de completo alerta, o coração batendo acelerado contra o peito. Ela quase gritou antes de se lembrar de onde estava. Achou que entardecia. Embora ainda estivesse escuro nos túneis, a única luz vinha das velas gotejantes. No outro colchão, Lollipop estava encolhida com as costas pressionadas contra Luis. Ele tinha um braço sobre ela. Dave Arisco, deitado do outro lado de Lolli, havia se enrolado em um cobertor sujo, a cabeça inclinada na direção da garota, como um galho de árvore que cresce em busca de sol.

Val enterrou a cabeça mais fundo no edredom, embora a coberta cheirasse vagamente a mijo de gato. Ela se sentia grogue, porém mais descansada.

Deitada ali, se lembrou de quando pesquisou os catálogos de universidade com Tom, algumas semanas antes. Ele vinha falando sobre a de

Kansas, que tinha um bom curso de escrita criativa e não era absurdamente cara. "E veja só, eles têm um time feminino de lacrosse!", dissera ele, como se talvez continuassem juntos depois do ensino médio. Val havia sorrido e o beijado enquanto ainda sorria. Tinha gostado de beijá-lo; ele sempre parecia saber como corresponder. Pensar naquilo a fez se sentir magoada, idiota e traída.

Queria voltar a dormir, mas não conseguiu, então apenas ficou imóvel até a vontade de fazer xixi ser tanta a ponto de se agachar, de pernas abertas, sobre o balde que encontrou em um canto. Arriou o jeans e a calcinha, tentando se equilibrar na ponta dos pés enquanto afastava as roupas da virilha o máximo possível. Tentou convencer a si mesma de que era igual a quando alguém dirigia por uma estrada sem parada de descanso e precisava se aliviar no mato. Não havia papel higiênico ou folhas, então ela se sacudiu em uma breve dancinha na esperança de que isso a ajudasse a se secar.

No caminho de volta, viu Dave Arisco começar a se mexer e desejou não tê-lo acordado. Enfiou as pernas para baixo do cobertor, detectando então os odores vívidos da plataforma combinados a um cheiro que não conseguia identificar. Luz se infiltrava pelo bueiro da rua acima, iluminando vigas de ferro escuras e encardidas.

— Ei, você dormiu por quase 14 horas — disse ele, virando de lado e se espreguiçando. Dave estava sem camisa e, mesmo na escuridão, ela podia ver o que parecia ser um ferimento a bala no meio de seu peito. A cicatriz repuxava o restante da pele em sua direção, uma piscina profunda, que atraía tudo para o coração.

Dave se aproximou do grelhador e o acendeu com fósforos e bolas de jornal. Em seguida, colocou uma panela sobre o fogo, sacudindo grãos de uma lata e despejando água de um galão plástico de leite.

Ela devia tê-lo encarado por muito tempo, porque ele ergueu o olhar com um sorriso.

— Quer um pouco? É café caubói. Sem leite, mas tem bastante açúcar se quiser.

Assentindo, ela enrolou as cobertas ao redor do corpo. Ele lhe estendeu uma caneca fumegante e ela a segurou, grata, a usando primeiro para aquecer as mãos e depois as bochechas. Ela passou os dedos distraída pela cabeça raspada. Sentiu a penugem tênue, como uma lixa fina.

— Você bem poderia sair para catar lixo comigo — disse Dave Arisco, olhando para o colchão com algo como anseio. — Luis e Lolli vão dormir para sempre se você deixar.

— Como é possível que já esteja de pé? — perguntou ela, tomando um gole da caneca. O café era amargo, mas Val achou agradável de beber, aromatizado com fumaça e nada mais. Borra flutuava na superfície, formando um filme preto.

Ele deu de ombros.

— Sou o catador. Preciso ver o que os homens de negócios jogaram fora.

Ela assentiu.

— É um dom, como aqueles porcos que podem farejar trufas. Você tem ou não tem. Uma vez, achei um Rolex em meio a lixo postal e torrada queimada. Parecia que alguém tinha jogado tudo o que havia em cima da mesa da cozinha direto na lixeira, sem olhar.

Apesar do que Dave dissera sobre eles dormirem até mais tarde, Lolli gemeu e se desvencilhou do braço de Luis. Seus olhos ainda estavam parcialmente fechados, e ela havia jogado um robe sujo, estilo quimono, sobre as roupas da véspera. Estava bonita, de um modo que Val nunca seria, exuberante e intensa, ao mesmo tempo.

Lolli deu um empurrão em Luis. Ele grunhiu e rolou para o lado, se erguendo sobre os cotovelos. Houve um lampejo de movimento perto da parede e a gata se aproximou, roçando a cabeça na mão de Luis.

— Viu como ela gosta de você? — disse Lolli.

— Não fica preocupada que os ratos a peguem? — perguntou Val. — Ela é meio pequena.

— Na verdade, não — disse Luis, sombrio.

— Fala sério, você acabou de batizá-la noite passada. — Lolli pegou a gata e a colocou no próprio colo.

— Sim — concordou Dave. — Polly e Lolli.

— Polímnia — explicou Luis.

Val se inclinou para a frente.

— O que significa Polím-blá-blá-blá?

Dave serviu outra xícara para Luis.

— Polímnia é algum tipo de musa grega. Não sei qual. Pergunte a ele.

— Não importa — argumentou Luis, acendendo uma guimba de cigarro.

Dave Arisco deu de ombros, como quem pede desculpas por saber tanto quanto sabia.

— Nossa mãe era bibliotecária.

Na verdade, Val não tinha ideia do que era uma musa, exceto por uma breve lembrança de estudar a *Odisseia* no primeiro ano do ensino médio.

— O que sua mãe é agora?

— Morta — respondeu Luis. — Nosso pai atirou nela.

Val perdeu o fôlego e estava prestes a balbuciar um pedido de desculpas, mas Dave Arisco foi mais rápido.

— Pensei em ser bibliotecário também. — Dave encarou Luis. — A biblioteca é um bom lugar para refletir. Parece com aqui embaixo. — Ele se voltou para Val. — Sabia que fui o primeiro a encontrar este lugar?

Val negou com a cabeça.

— Aqui me instalei. Sou o príncipe dos restos, lorde do lixo.

Lolli riu e o sorriso de Dave se alargou. Ele parecia mais satisfeito com a própria piada, agora que sabia que Lolli a tinha apreciado.

— Você não queria ser bibliotecário — disse Luis, balançando a cabeça.

— Luis sabe tudo sobre mitologia. — Lolli tomou um gole do café. — Por exemplo, Hermes. Conte a ela sobre Hermes.

— Ele é um psicopompo. — Luis lançou um olhar sombrio para Val, como se a desafiasse a perguntar o que aquilo queria dizer. — Ele viaja entre o mundo dos vivos e o mundo dos mortos. Tipo um mensageiro. É o que Lolli quer que eu diga. Mas esqueça esse detalhe por um minuto; você perguntou sobre ratos pegando Polly. O que sabe sobre ratos?

Val meneou a cabeça.

— Não muito. Acho que um passou por cima de meu pé no caminho até aqui.

Lolli bufou e até mesmo Dave sorriu, mas a expressão de Luis era intensa. Sua voz tinha uma qualidade ritualística, como se houvesse repetido aquilo muitas vezes antes.

— Ratos são envenenados, abatidos, presos, surrados, assim como pessoas em condição de rua, assim como *pessoas* iguais a nós. Todos odeiam ratos. Os seres humanos odeiam o modo como se movem, o modo como saltam, odeiam o som de suas patas arranhando o piso todo. Ratos são sempre os vilões.

Val estudou as sombras. Luis parecia esperar sua reação, mas ela não sabia qual seria a resposta correta. Nem mesmo tinha certeza se sabia do que, de fato, ele estava falando.

Ele continuou:

— Mas eles são fortes. Têm dentes mais resistentes que ferro. Conseguem roer qualquer coisa... vigas de madeira, paredes de gesso, canos de cobre... qualquer coisa, menos aço.

— Ou diamante — disse Lolli com um sorriso irônico. Não parecia nada abalada por aquele discurso.

Luis mal parou para reconhecer a interrupção de Lolli. Os olhos estavam focados em Val.

— As pessoas costumavam fazê-los lutar em arenas aqui na cidade. Rinhas contra doninhas, contra cães, contra pessoas. Eles são durões nesse nível.

Dave sorriu, como se tudo aquilo fizesse sentido para ele.

— São espertos também. Já viu um rato no metrô? Às vezes embarcam num vagão em uma plataforma e desembarcam na parada seguinte. Estão pegando uma carona.

— Nunca vi isso — zombou Lolli.

— Não me interessa se você já viu ou não. — Luis olhou para Dave, que havia parado de assentir. Então se virou para Val. — Posso cantar louvores aos ratos pela manhã, tarde e noite, e isso não vai mudar o modo como se sente em relação a eles, vai? Mas e se eu te contar que há coisas por aí que te enxergam como você enxerga os ratos?

— Que coisas? — perguntou Val, se lembrando do que Lolli dissera na noite anterior. — Quer dizer fa... — Lolli cravou as unhas no braço de Val.

Luis a estudou por um longo tempo.

— Mais um detalhe sobre ratos. São *neofóbicos*. Sabe o que significa?

Val negou com a cabeça.

— Não confiam em novidades — explicou Luis, sem sorrir. — E também não deveríamos. — Então se levantou, jogando sua guimba de cigarro sobre os trilhos, e subiu os degraus para fora da estação.

Que babaca. Val apalpou uma linha solta nas calças, puxando-a, fazendo correr o fio do tecido. *Eu devia voltar para casa*, pensou ela. Mas não foi a lugar algum.

— Não ligue para ele — disse Lolli. — Só porque pode ver coisas que a gente não consegue, acha que é melhor que nós. — Ela acompanhou Luis com o olhar até que estivesse fora de vista e, então, pegou uma pequena lancheira com um gato cor-de-rosa estampado. Abrindo a tampa, ela desenrolou uma camiseta para espalhar o conteúdo: uma seringa, uma antiga colher folheada a prata, um pouco desgastada, um par de meias-calças em um tom de nude e diversos sacos ziploc com um pó âmbar que brilhava com um leve tom azulado na iluminação fraca. Lolli despiu uma das mangas do robe, e Val podia ver marcas na dobra interna do cotovelo, como se a pele ali estivesse queimada.

— Dá um tempo, Lolli — disse Dave Arisco. — Não na frente dela. Não assim.

Lolli se reclinou em uma pilha de travesseiros e bolsas.

— Gosto de agulhas. Gosto da sensação do aço sob a pele. — Ela olhou para Val. — Dá uma ondinha injetar água. Você pode até mesmo injetar vodca. Cai direto na corrente sanguínea. Te deixa bêbada gastando menos.

Val esfregou o braço.

— Não pode ser pior do que você me arranhando. — Ela deveria ter ficado horrorizada, mas o ritual a fascinava, o modo como as ferramentas foram espalhadas na camiseta imunda, esperando a vez de serem usadas. Aquilo a fazia lembrar de algo, mas não tinha certeza do quê.

— Lamento por seu braço! Ele estava com um péssimo humor, não queria que começasse a falar sobre fadas. — Lolli fez uma careta enquanto cozinhava o pó com um pouco de água sobre o grelhador. O líquido borbulhava na colher. O odor adocicado, como açúcar queimado, invadiu o nariz de Val. Lolli o aspirou com a agulha, em seguida deu pequenos petelecos para expulsar as bolhas de ar e as eliminou com um jato do líquido. Garroteando o braço com uma meia-calça, Lolli enfiou a ponta lentamente em uma das marcas escuras de seu braço.

— Agora sou mágica — disse Lolli.

Naquele momento, Val lembrou-se da mãe se maquiando... dispondo os pincéis e, então, os usando um a um. Primeiro a base, depois o pó, sombra, delineador, blush, tudo feito com a mesma cerimônia tranquila. A fusão de imagens a desencorajava.

— Não devia fazer isso na frente dela — insistiu Dave, apontando na direção de Val com um gesto do queixo.

— Ela não se importa. Se importa, Val?

Val não sabia o que pensar. Nunca havia visto alguém se aplicar daquele jeito, profissional como um médico.

— Ela não devia assistir — criticou Dave. Val o viu se levantar para caminhar pela plataforma. Ele parou sob um mosaico de azulejos em que se lia VALOR. Atrás dele, ela pensou ter visto a escuridão mudar de forma, se espalhando como uma gota de tinta na água. Dave parecia ter visto também. Seus olhos se arregalaram. — Não faça isso, Lolli.

As sombras pareciam se fundir em silhuetas indistintas que faziam os pelos do braço de Val se arrepiarem. Chifres difusos, bocas repletas de dentes e garras tão longas quanto galhos tomavam forma e, então, desvaneciam.

— Qual o problema? Está com medo? — Lolli zombou de Dave antes de se voltar para Val. — Ele tem medo da própria sombra. Por isso o chamamos de Arisco.

Val não disse nada, ainda observando a escuridão oscilante.

— Vamos — disse Dave para Val, caminhando de modo incerto até as escadas. — Vamos reciclar.

Lolli fez um biquinho exagerado.

— Nem pensar. Eu a encontrei. Ela é minha nova amiga e quero que fique aqui e brinque comigo.

Brinque com ela? Val não sabia o que Lolli queria dizer, mas não estava gostando daquilo. Naquele instante, não queria outra coisa que não sair daqueles túneis claustrofóbicos e se afastar das sombras mutantes. O coração batia tão rápido que Val tinha medo que saltasse do peito, como um pássaro em um relógio cuco.

— Preciso tomar um pouco de ar. — Ela se levantou.

— Fique — pediu Lolli, preguiçosamente. Seu cabelo parecia mais azul do que momentos antes, entremeado por mechas turquesa, e o ar tremeluzia ao seu redor do mesmo modo que o fazia na rua com o calor do sol. — Não vai acreditar em como vamos nos divertir.

— Vamos — chamou Dave.

— Por que você tem de ser sempre tão chato? — Lolli revirou os olhos e acendeu um cigarro no fogo. Uma boa parte da guimba acabou em chamas, e ela a tragou mesmo assim. Sua voz era lenta, arrastada, mas o olhar, apesar dos olhos sonolentos, brilhava com severidade.

Dave começou a subir as escadas de manutenção amarelas e Val o seguiu, tomada por um medo impreciso. No topo, Dave empurrou a grade e os dois saíram para a calçada. Ao emergir para o sol brilhante do fim de tarde, ela se deu conta de que havia deixado a mochila na plataforma, a passagem de volta ainda dentro dela. Val meio que se virou para a grade e, então, hesitou. Queria a bolsa, mas Lolli havia agido de modo tão estranho... Tudo ficara muito estranho. Mas talvez até mesmo o cheiro da droga pudesse fazer sombras se moverem. Ela repassou uma lista de substâncias a evitar aprendida na aula de ciências — heroína, fenciclidina (pó de anjo), cocaína, metanfetamina, cetamina. Não sabia muito sobre nenhuma delas. Seus conhecidos só fumavam maconha ou bebiam.

— Você vem? — perguntou Dave. Ela reparou nas solas gastas de suas botas, nas manchas da calça jeans, nos músculos retesados nos braços magros.

— Esqueci minha... — começou a dizer, mas depois pensou melhor. — Deixa pra lá.

— É o jeito da Lolli — explicou ele com um sorriso triste, encarando a calçada, não os olhos de Val. — Nada vai mudá-la.

Val olhou em volta, para o grande prédio do outro lado da rua e para o estacionamento de cimento onde estavam, com o reservatório seco e rachado, e um carrinho de compras abandonado.

— Se a entrada é tão fácil assim, por que viemos pelos túneis?

Dave parecia constrangido e ficou em silêncio por um segundo.

— Bem, o distrito financeiro bomba por volta das cinco de uma sexta, mas fica quase vazio no sábado. Você não vai querer brotar da calçada com um milhão de pessoas em volta.

— É só por isso? — perguntou Val.

— E eu ainda não tinha certeza se podia confiar em você — confessou Dave.

Val tentou sorrir, porque achava que, no momento, havia conquistado um pouco da confiança dele, mas tudo em que conseguia pensar era o que teria acontecido se em algum ponto, no labirinto de túneis, ele tivesse se voltado contra ela.

Val vasculhava uma caçamba. O cheiro da comida ainda lhe dava ânsia de vômito, mas depois de duas pilhas de lixo, estava se acostumando. Ela afastou montes de papel picado, mas encontrou apenas algumas tábuas cheias de pregos, caixas vazias de CD e um porta-retratos quebrado.

— Ei, veja só isso! — chamou Dave Arisco da lixeira ao lado. Ele emergiu vestindo uma japona azul-marinho, uma das mangas do casaco estava ligeiramente rasgada, e segurando uma embalagem de isopor de comida para viagem, que parecia quase cheia de linguini ao molho Alfredo. — Quer um pouco? — perguntou, pegando um punhado de macarrão e o colocando na boca.

Ela balançou a cabeça, com nojo, mas rindo.

Pedestres perambulavam no caminho do trabalho para casa, bolsas-carteiro e pastas penduradas no ombro. Nenhum deles parecia enxergar Val ou Dave. Era como se os dois tivessem se tornado invisíveis, apenas parte do lixo que esmiuçavam. Era o tipo de coisa sobre a qual havia aprendido na televisão e nos livros. Deveria fazer a pessoa se sentir insignificante, mas ela se sentia liberta. Ninguém a observava ou julgava por causa de suas roupas ou de quem eram seus amigos. As pessoas nem sequer a viam.

— Não é muito tarde para encontrar algo bom? — perguntou Val, pulando da caçamba.

— Sim, o melhor momento é pela manhã. Nesse horário, em um dia de semana, as empresas estão descartando coisas de escritório. Vamos ver o que encontramos, então voltamos perto da meia-noite, quando os restaurantes jogam fora pão e vegetais amanhecidos. E depois, de madrugada, é hora da área residencial... temos de chegar lá antes de os caminhões passarem.

— Mas você não pode fazer isso todos os dias, certo? — Ela o encarava com incredulidade.

— É sempre dia de lixo em algum lugar.

Ela olhou para uma pilha de revistas amarrada com um barbante. Até então, não havia encontrado nada que julgou valer a pena levar.

— O que estamos procurando exatamente?

Dave comeu o restante do linguini e jogou a embalagem de volta na lixeira.

— Pegue qualquer pornografia. Sempre podemos vender. E coisas bacanas, acho. Se você achar legal, é provável que mais alguém concorde.

— Que tal isso? — Val apontou para uma cabeceira enferrujada encostada na parede do beco.

— Bem — começou ele, como se tentasse ser gentil —, podíamos rebocá-la até uma dessas lojinhas chiques... elas pintam coisas velhas assim e as revendem por muito dinheiro... mas a grana que eles pagam não compensa o trabalho. — Ele estudou a luz desvanecendo no céu. — Merda. Tenho de pegar uma coisa antes que escureça. Talvez eu precise fazer uma entrega.

Val pegou a cabeceira. A ferrugem sujou suas mãos, mas ela conseguiu equilibrar a moldura de ferro no ombro. Dave estava certo. Era pesada. Ela a recolocou no chão.

— Que tipo de entrega?

— Ei, veja só isso. — Dave se agachou e puxou uma caixa cheia de romances. — Isso pode render alguma coisa.

— Para quem?

— Com certeza podemos vender — disse o rapaz.

— É? — A mãe de Val era leitora de romances e Val estava acostumada com a visão daquelas capas: uma mulher inclinada nos braços de um homem, o cabelo longo e esvoaçante, uma bela casa à distância. Todas as fontes eram cursivas e algumas gravadas em dourado. Ela podia apostar que nenhum daqueles livros tinha a ver com trepar com o namorado de sua filha. Queria ver uma capa do tipo: um garoto e uma senhora com muita maquiagem e linhas de expressão ao redor da boca. — Por que alguém leria essa merda?

Dave deu de ombros, colocou a caixa debaixo do braço e folheou um livro. Não o leu em voz alta, mas os lábios se mexeram conforme esquadrinhava a página.

Ficaram em silêncio enquanto caminhavam por um tempo e, então, Val apontou para o livro na mão de Dave.

— É sobre o quê?

— Ainda não sei — respondeu Dave Arisco. Ele soou aborrecido. Caminharam mais um pouco em silêncio, o rosto dele enfiado no livro.

— Veja só. — Val apontou para uma cadeira de madeira sem assento. Dave a analisou criteriosamente.

— Não. Não podemos vender isso. A não ser que queira para você.

— O que eu faria com ela? — perguntou Val.

Dave deu de ombros e se virou para atravessar o portão preto de uma praça quase deserta, guardando o romance de volta na caixa. Val parou para ler a placa: SEWARD PARK. Árvores altas sombreavam a maior parte dos brinquedos espalhados pelo playground vazio. O concreto se escondia sob um tapete de folhas amarelas e marrons. Os dois passaram por um chafariz seco, com focas de pedra que pareciam prestes a cuspir água para as crianças brincarem no verão. A estátua de um lobo espreitava de um trecho de grama seca.

Dave Arisco passou por tudo aquilo sem se deter e se encaminhou para uma área separada por um portão, que fazia divisa com uma das filiais da Biblioteca Pública de Nova York. Dave se espremeu por um vão na cerca. Val o seguiu, chegando à miniatura de jardim japonês, cheio de pequenas pilhas de rochas pretas e lustrosas reunidas em montes de diferentes alturas.

— Espere aqui — disse ele.

Ele afastou uma das pilhas de pedras e levantou um pequeno bilhete dobrado. Pouco depois, ele tinha voltado pela cerca e o desdobrava.

— O que diz aí? — perguntou Val.

Com um sorriso, Dave estendeu o papel. Estava em branco.

— Observe — disse ele. Amassando a folha em uma bola, ele a jogou no ar. O papel voou para longe e para baixo, quando, de súbito, mudou de direção como se soprado por um vento rebelde. Enquanto Val observava maravilhada, a bola de papel rolou até parar na base de um escorrega.

— Como fez isso? — indagou Val.

Dave tateou sob o escorrega e arrancou um objeto preso com fita adesiva.

— Apenas não conte ao Luis, ok?

— Diz isso para tudo? — Val estudou o objeto na mão de Dave. Era uma garrafa de cerveja, fechada com cera derretida. Ao redor do gargalo, um pedaço de papel estava pendurado por um pedaço de barbante esfarrapado. Dentro, areia da cor de melaço chacoalhava a cada movimento do frasco, exibindo um brilho arroxeado. — Qual é o problema?

— Olhe, se não acredita em Lolli, não vou discutir com você. Ela já te contou demais. Mas vamos supor por um instante que você acreditou em Lolli, e que você achou que Luis pudesse ver um mundo inteiro que o restante de nós não consegue, e digamos que ele faz alguns serviços para eles.

— Eles? — Val não conseguia decidir se aquilo era uma conspiração para assustá-la ou não.

Dave se abaixou e, com uma rápida conferida na posição do sol no céu, desarrolhou a garrafa, esfarelando a cera ao redor do gargalo. Despejou um pouco do conteúdo em um saquinho igual àquele do qual ela havia visto Lolli despejar a droga. Ele enfiou o saquinho no bolso da frente da calça jeans.

— Sério, o que é isso? — perguntou Val, mas a voz saiu sussurrada agora.

— Posso dizer com toda a sinceridade que não faço a menor ideia — respondeu Dave Arisco. — Olhe, tenho que ir até o centro entregar isso. Você pode vir comigo, mas precisa manter distância quando a gente chegar lá.

— É a mesma parada que Lolli injetou no braço? — perguntou Val.

Dave hesitou.

— Olhe — continuou Val —, posso simplesmente perguntar a Lolli.

— Não pode acreditar em tudo o que Lolli diz.

— O que isso quer dizer? — perguntou Val.

— Nada. — Dave balançou a cabeça e se afastou. Val não teve escolha, a não ser segui-lo. Nem mesmo sabia se conseguiria encontrar o caminho de volta até a plataforma abandonada sem ele como guia, mas ela precisava de sua mochila para ir a qualquer outro lugar.

Eles pegaram a linha F até a 34th Street, então mudaram para a B, seguindo direto até a 96th. Dave Arisco se agarrou à barra horizontal e fez flexões enquanto o trem atravessava os túneis.

Val olhava pela janela, observando a passagem das pequenas luzes que assinalavam a distância, mas, depois de um tempo, seus olhos foram atraídos pelos outros passageiros. Um homem negro e magro, com cabelo bem aparado, se balançava inconscientemente ao som da música em seu iPod, uma pilha de papéis equilibrada em um dos braços. A garota sentada ao seu lado desenhava cuidadosamente uma luva de arabescos na própria mão com uma caneta. Apoiado na porta, um homem alto em um terno risca-de-giz cinza agarrava sua pasta e olhava em pânico para Dave. Cada pessoa parecia ter um destino, mas Val era um pedaço de madeira à deriva, girando na correnteza de um rio, sem ter certeza de para onde se movia. Tudo o que sabia era como fazer para girar mais rápido.

Da estação, caminharam alguns quarteirões até o limite do Riverside Park, uma extensa área verde que descia pela rodovia até a água adiante. Do outro lado da rua, condomínios com vista para o parque exibiam arabescos de ferro fundido nas janelas e portas. Blocos de concreto esculpidos com intrincados desenhos emolduravam soleiras e corrimões de escadas, dando vida a fantasiosos dragões, leões e grifos, que a encaravam com malícia sob o brilho refletido pelos postes de luz. Val e Dave passaram por uma fonte em que uma águia de pedra com bico rachado lançava um olhar fulminante sobre um poço verde e turvo abarrotado de folhas.

— Espere aqui — disse Dave Arisco.

— Por quê? — perguntou Val. — Qual é o problema? Você já me disse um bando de merda que não devia dizer.

— Eu te avisei que devia manter distância.

— Certo — Val cedeu, se sentando na beirada do chafariz. — Vou esperar aqui.

— Ótimo — disse Dave, então atravessou a rua correndo até uma porta sem florões de ferro. Subiu os degraus brancos, pousou a caixa de romances e tocou a campainha ao lado de onde alguém havia grafitado um cogumelo com tinta spray. Val ergueu o olhar para as estátuas de gárgulas que flanqueavam o telhado do prédio. Enquanto olhava, uma delas pareceu estremecer, como um pássaro no poleiro, penas de pedra farfalhando, em seguida se acomodando. Val ficou paralisada, encarando a criatura, e, depois de um instante, a gárgula ficou imóvel.

Val se levantou de um pulo e atravessou a rua, chamando o nome de Dave. Mas, ao chegar às escadas, a porta preta se abriu e uma mulher apareceu na soleira. Ela vestia uma longa camisola branca. O emaranhado cabelo verde e castanho parecia sujo e a pele sob seus olhos estava escura como um hematoma. Cascos despontavam sob a bainha da camisola no lugar dos pés.

Val hesitou; a saia da mulher se assentou, cobrindo as patas, deixando a garota em dúvida sobre o que tinha visto.

Dave Arisco virou a cabeça e lançou um olhar feroz na direção de Val antes de tirar a garrafa de cerveja da bolsa.

— Quer entrar? — convidou a mulher com cascos, a voz rouca, como se tivesse gritado anteriormente. Parecia não ter notado que o selo havia sido rompido.

— Sim — respondeu Dave Arisco.

— Quem é sua amiga?

— Val — se apresentou Val, tentando não ficar boquiaberta. — Sou nova. Dave está me mostrando o caminho das pedras.

— Ela pode esperar aqui fora — sugeriu Dave.

— Acha que sou tão descortês? Esse ar frio vai lhe gelar os ossos. — A mulher abriu mais a porta e Val seguiu Dave para dentro, um sorriso cínico nos lábios. O saguão era forrado com mármore, e a escadaria, ladeada por um corrimão de madeira antiga polida. A mulher com cascos os guiou através de cômodos escassamente mobiliados, por uma fonte em que carpas prateadas dardejavam, seus corpos tão pálidos que o rosado das entranhas transparecia sob as escamas. Passaram por uma sala de música com uma lira de cordas duplas sobre uma mesa de mármore, até chegarem a uma saleta. A mulher se sentou em um sofá cor de creme, o tecido brocado puído, e os convidou para que se juntassem a ela. Havia uma mesa baixa ao seu lado e, sobre esta, um copo, uma chaleira e uma colher oxidada. A mulher com cascos usou a colher para pegar algum tipo de areia âmbar que verteu em sua xícara, em seguida a encheu com água quente e bebeu o líquido com gosto. Ela estremeceu uma vez e, quando ergueu o olhar, os olhos faiscavam com um brilho estranho e cintilante.

Val não conseguiu evitar que sua vista se desviasse para os pés de bode da mulher. Havia algo de obsceno nos vislumbres da pelagem curta e densa que cobria os tornozelos delicados, no brilho dos cascos de queratina escura, nos dois dedos fendidos.

— Às vezes o remédio pode ocultar outro tipo de doença — disse a mulher de pés de bode. — David, se certifique de contar a Ravus que houve outro assassinato.

Dave Arisco se sentou no piso de madeira ebanizada.

— Assassinato?

— Dunnie Berry morreu noite passada. Pobrezinha, estava acabando de sair de sua árvore... é horrível o modo como aquela grade de ferro cerca suas raízes. Devia queimá-la toda vez que a atravessava. Você fez uma entrega para ela, não?

Dave Arisco se remexeu, desconfortável.

— Semana passada. Quarta-feira.

— Pode muito bem ter sido a última pessoa a vê-la com vida — disse a mulher. — Tome cuidado. — Ela levantou sua xícara, tomou mais um gole da solução. — As pessoas estão dizendo que seu mestre negocia veneno.

— Ele não é meu mestre. — Dave Arisco se levantou. — Temos de ir.

A mulher com pés de bode também se levantou.

— É evidente. Me acompanhe até os fundos, vou pegar o que lhe devo.

— Não coma ou beba nada, ou você vai acabar mais fodida do que já está — sussurrou Dave para Val, enquanto seguia a mulher até outro cômodo, deixando sua caixa resgatada de romances no chão. Val franziu o cenho e seguiu até uma cristaleira. Atrás da porta de vidro se via um grande e sólido pedaço de algo que parecia obsidiana. Ao lado, havia outras coisas, igualmente bizarras. Um pedaço de tronco, um graveto quebrado, uma rebarba entalhada no formato de uma pinha, cada dobra afiada como uma navalha.

Alguns minutos depois, Dave Arisco e a mulher com pés de bode retornaram. Ela sorria. Val tentou estudá-la sem chamar a atenção. Se alguém tivesse lhe perguntado o que faria se visse alguma criatura sobrenatural, Val não teria imaginado que não faria nada. Ela se sentia incapaz de ter certeza do que via, incapaz de decidir se de fato havia um monstro bem na sua frente. Quando saíram do apartamento, Val podia ouvir o sangue latejando em sua cabeça no ritmo de seu coração.

— Eu mandei que ficasse longe, merda! — grunhiu Dave Arisco, gesticulando para o outro lado da rua, na direção do chafariz.

Val estava muito agitada para se zangar.

— Vi algo... uma estátua... se mexer. — Ela apontou para cima, para o telhado do prédio e o céu quase noturno, mas soou incoerente. — E então ela apareceu e... O que é ela?

— Merda! — Dave deu um murro na parede de pedra, os nós dos dedos ficaram arranhados e em carne viva. — Merda! *Merda!* — Ele se afastou, a cabeça abaixada como se enfrentasse um vento forte.

Val o alcançou e o segurou pelo braço.

— Me responda — exigiu ela, o aperto se intensificando. Ele tentou se desvencilhar, mas não conseguiu. Ela era mais forte.

Ele a olhou de modo estranho, como se estivesse reavaliando a ambos.

— Você não viu nada. Não havia nada para ver.

Val o encarou.

— E o que Lolli diria? Uma fada, certo? Só que fadas não existem, porra!

Ele começou a rir. Ela largou seu braço e o empurrou com força. A caixa com os romances caiu, espalhando os livros pela rua.

Dave olhou para a bagunça e, depois, para ela.

— Puta idiota — xingou ele, cuspindo no chão.

Toda a raiva e perplexidade do dia anterior fervilharam dentro dela. Suas mãos se crisparam em punhos. Ela queria acertar alguma coisa.

Dave se abaixou para pegar a caixa de papelão e guardou de volta os livros caídos.

— Tem sorte de ser uma garota — resmungou ele.

*Não devemos olhar para os goblins,
Não devemos comprar suas frutas:
Quem sabe em que solo alimentam
Suas sedentas e famintas raízes?*
— Christina Rossetti, Goblin Market

No trem, na viagem de volta, Val se sentou em um banco de plástico longe de Dave, encostou a cabeça em um mapa do metrô de acrílico e se perguntou como uma pessoa podia ter cascos. Ela vira sombras se moverem sozinhas e garrafas de areia marrom que tinham algo a ver com fofoca de faz de conta sobre pessoas-árvore assassinadas contada por senhoras do Upper West Side. O que sabia, de fato, era que não queria ser uma otária, o tipo de garota que não notava que a mãe e o namorado estavam fazendo sexo até ver com os próprios olhos. Ela queria saber a verdade.

Quando Val chegou perto do estacionamento na Leonard Street, viu Luis sentado em um parapeito, bebendo algo de uma garrafa de vidro azul. Uma garota de ossos delicados, tênis diferentes e barriga inchada estava sentada ao lado dele, os dedos trêmulos segurando um cigarro. Ao se aproximar, Val notou feridas cheias de pus nos tornozelos da nova garota. As ruas estavam quase desertas, a única pessoa ali perto era um segurança do outro lado da rua, que saía para a calçada de vez em quando, depois voltava para dentro do prédio.

— Por que ainda está por aqui? — perguntou Luis, erguendo o olhar para ela. Val ficou nervosa com a encarada do olho enevoado.

— Só me diga onde está Lolli e eu não vou ficar aqui — respondeu Val.

Luis apontou com o queixo para a grade no chão enquanto Dave os alcançava.

A garota deixou o cigarro cair e depois esticou a mão para pegá-lo, os dedos tocando a ponta incandescente sem que ela parecesse se dar conta enquanto se atrapalhava para colocar a guimba de volta na boca.

— O que você fez? — perguntou Luis a Dave, rangendo os dentes. — O que aconteceu?

Dave olhou para os carros estacionados ao longo da rua.

— Não foi minha culpa.

Luis fechou os olhos.

— Você é um maldito idiota.

Dave disse mais alguma coisa, mas Val já havia começado a caminhar até a entrada de serviço, para a grade da qual ela e Dave tinham saído naquela tarde. Ela ficou de quatro, puxou a parte solta das barras de metal e desceu pelos degraus.

— Lolli? — chamou na escuridão.

— Aqui. — Veio a resposta sonolenta.

Val ziguezagueou entre colchões e cobertores até onde havia dormido na noite anterior. Sua mochila não estava onde a tinha deixado. Ela remexeu com o pé algumas roupas sujas na plataforma. Nada.

— Onde está minha mochila?

— Você larga suas coisas com um bando de vagabundos, toda ação tem uma reação. — Lolli riu e ergueu a bolsa. — Está aqui. Relaxa.

Val abriu o zíper da mochila. Todas as suas coisas estavam ali dentro, o aparelho de barbear cheio de cabelo, os treze dólares dobrados dentro da carteira ao lado do bilhete do trem... até o chiclete ainda estava ali.

— Desculpa — disse Val, e se sentou.

— Não confia em nós? — Lolli sorriu.

— Olha, vi uma coisa que não sei o que era e estou cheia de ser sacaneada.

Lolli se sentou, abraçando os joelhos junto ao peito, olhos arregalados e sorriso se abrindo ainda mais.

— Você viu um deles!

A imagem da mulher com pés de bode invadiu a mente de Val de modo incômodo.

— Sei o que vai dizer, mas não acho que era uma fada.

— Então o que acha que era?

— Não sei. Talvez meus olhos estivessem me pregando peças. — Val se sentou em um caixote de tangerina virado. A madeira estalou, mas aguentou seu peso. — Aquilo não fazia o menor sentido.

— Acredite no que conseguir tolerar.

— Mas, quero dizer… fadas? Tipo "bata palmas se acredita em fadas"? Lolli bufou.

— Você viu uma. É você quem tem que me dizer.

— Eu te disse. Disse que não sei o que vi. Uma mulher com pés de bode? Você injetando algo estranho no braço? Papéis que dançam por aí? Isso deveria fazer sentido?

Lolli franziu o cenho.

— Como você *sabe* que é real? — perguntou Val.

— O troll do túnel — respondeu Lolli. — Você não vai conseguir explicar isso.

— Troll?

— Luis fez um acordo com ele. Aconteceu quando Dave e a mãe levaram um tiro. A mãe deles estava morta quando a ambulância chegou, mas Dave ficou no hospital por um tempo. Luis prometeu ao troll que o serviria por um ano se ele salvasse a vida do irmão.

— É para ele que Dave faz as entregas? — indagou Val.

— Ele te levou em uma das entregas? — Lolli soltou o fôlego no que poderia ser uma risada. — Uau, ele é mesmo o pior espião do mundo.

— Qual é o grande problema de me contar? Por que Luis se importa com o que eu sei? Como você mesma disse a Dave, ninguém vai acreditar em mim.

— Nem nós devíamos ter descoberto. Luis tentou esconder o que estava fazendo. Mas desde que começou com as entregas para Ravus, algumas das outras fadas o obrigaram a executar pequenas tarefas. Então Dave passou a resolver algumas coisas para o troll. Ele esconde quantas exatamente.

— Minha amiga Ruth costumava inventar coisas. Disse que tinha um namorado chamado Zachary que vivia na Inglaterra. Ela me mostrou cartas cheias de poesia dramática. Resumindo, a verdade era que Ruth escrevia as cartas para si mesma, as imprimia e mentia sobre o relacionamento. Sei tudo sobre mentirosos — disse Val. — Não é que eu não acredite no que você está dizendo, mas e se Luis estiver mentindo?

— E se estiver? — argumentou Lolli.

Val sentiu uma explosão de raiva, ainda pior por não ter um alvo.

— Tanto faz. Onde é o túnel do troll? Vamos descobrir por nós mesmas.

— Conheço o caminho — disse Lolli. — Segui Luis até a entrada.

— Mas não entrou? — Val se levantou.

— Não. — Lolli se levantou também, sacudindo a poeira da saia. — Eu não queria ir sozinha, e Dave não quis ir comigo.

— O que você acha que é um troll? — perguntou Val, enquanto Lolli vasculhava os farrapos e bolsas na plataforma. Val se lembrou da história dos três cabritos, se lembrou do jogo *Warcraft* e dos pequenos trolls esverdeados que empunhavam machados e diziam "Quer comprar um cigarro?" e "Diga olá para o meu amiguinho" quando você clicava neles várias vezes. Nada daquilo parecia real, mas o mundo com certeza seria mais legal com algo tão irreal dentro dele.

— Achei! — exclamou Lolli, segurando uma lanterna que emitia uma luz fraca e intermitente. — Isso não vai durar.

Val pulou para o nível dos trilhos.

— Seremos rápidas.

Com um suspiro, Lolli desceu atrás dela.

Enquanto avançavam pelo túnel do metrô, a lanterna com defeito banhava de âmbar as paredes escuras, realçando a sujeira e os quilômetros de fios elétricos trançados pelo túnel. Era como atravessar as veias da cidade.

Passaram por uma plataforma operante, onde pessoas esperavam por um trem. Lolli acenou enquanto elas as encararam, mas Val se abaixou e recolheu pilhas descartadas de uma dúzia de CD players. Enquanto avançavam, ela experimentou pilha após pilha, até encontrar duas que intensificaram o facho de luz.

Agora a lanterna iluminava pilhas de lixo, captando o reflexo verde dos olhos de ratos e as paredes ondulantes com baratas, que vicejavam no calor e no escuro. Val ouviu um apito fino.

— Trem — gritou Val, empurrando Lolli contra o vão na parede, uma fresta rasa grudenta de sujeira. Poeira varreu o ar um segundo antes de o trem disparar em outro trilho. Lolli estremeceu e pressionou o rosto no de Val.

— Um belo dia no meio da noite — recitou ela. — Dois garotos mortos se ergueram para lutar.

— Pare com isso — disse Val, se afastando.

— Costas com costas eles se enfrentaram, empunharam as espadas e golpearam. O guarda surdo de patrulha ouviu o alvoroço, veio e atirou nos dois garotos mortos. — Lolli soltou uma gargalhada. — O quê? É um verso que minha mãe costumava repetir para mim. Nunca o ouviu antes?

— É sinistro pra caralho.

Os joelhos de Val estavam bambos quando voltaram a avançar pelo interminável labirinto de túneis. Enfim, Lolli apontou para uma abertura que parecia ter sido escavada entre dois blocos de cimento.

— Por aqui — indicou ela.

Val deu um passo, mas Lolli soltou um grunhido.

— Val — começou, mas não continuou.

— Se está com medo, pode esperar aqui. Entro e saio em seguida.

— Não estou *com medo* — disse Lolli.

— Ok. — Val atravessou a entrada rústica de concreto.

Havia um corredor, lúgubre com umidade, com depósitos de calcários aflorando em estalactites frágeis e pálidas. Ela avançou mais alguns passos, água gelada ensopava seus tênis e a bainha do jeans. A luz da lanterna iluminava tiras de plástico rasgadas e irregulares penduradas acima de Val. As lâminas se moviam com o vento suave, como cortinas transparentes ou fantasmas. O movimento era enervante. Chapinhando adiante, ela se desviou do plástico e entrou em uma grande câmara repleta de raízes. Estas pendiam de toda parte, gavinhas longas e suaves se arrastando na água mais funda, grossos troncos de raízes rompendo o teto de concreto para então se afinar e se espalhar. Mas o mais estranho era que frutas brotavam das raízes como brotavam de galhos. Orbes pálidos cresciam dos espirais hirsutos, aquecidos sem sol e alimentados sem solo. Val se aproximou. A pele de cada um era leitosa e translúcida, deixando entrever um rubor cor-de-rosa no interior, como se o centro fosse vermelho.

Lolli tocou em um deles.

— Estão quentes — disse ela.

Foi então que Val notou os degraus enferrujados, o corrimão forrado com panos encharcados.

Ela hesitou na base da escada. Olhando para a árvore invertida mais uma vez, tentou se convencer de que era apenas esquisito, não sobrenatural. Não importava. Era tarde demais para voltar atrás.

Val começou a subir os degraus. Cada passo ecoava e ela podia ver uma luz difusa. Conforme trens ribombavam acima delas, uma poeira rala, finíssima, caía como chuva, aderindo-se às paredes úmidas, manchando-as. As garotas subiram a escada espiral, cada vez mais alto, até chegarem a uma grande janela de batente envolta por cobertores velhos presos por pregos. Val se inclinou sobre o corrimão e afastou o tecido. Ficou surpresa ao ver uma quadra de basquete, prédios, a rodovia e o rio além, cintilante como um cordão de luzes. Estava no interior da Ponte de Manhattan.

Ela continuou andando, finalmente chegando a uma enorme sala aberta com canos e cordas grossas ao longo do teto, e pesadas escadas de madeira em ambos os lados da parede. Parecia serem destinadas aos funcionários da manutenção. Livros estavam empilhados em estantes improvisadas e em pilhas empoeiradas no chão. Eram exemplares antigos, esfarrapados e gastos. Uma folha de compensado apoiada sobre várias dezenas de blocos de concreto perto da porta criava uma mesa improvisada. Potes de geleia ladeavam uma das extremidades e, sobre o tampo, repousava uma espada que parecia ser feita de cristal.

Val se aproximou, esticando uma das mãos, quando algo caiu sobre ela. Era frio e sem forma, como um cobertor molhado e maciço, e o tecido se esticou para cobri-la. Aquilo tampou sua visão e sua respiração. Ela ergueu as mãos, arranhando o material ligeiramente úmido, sentindo-o ceder sob suas unhas curtas e afiadas. Podia ouvir os gritos de Lolli, como se viessem de muito longe. Pontos pretos começaram a manchar a visão de Val, e ela esticou o braço às cegas para a espada. A mão deslizou pela lâmina, o que cortou seus dedos de leve, mas permitiu que encontrasse fácil a empunhadura.

Ela se preparou e golpeou o próprio ombro. A coisa escorregou dela, e, por um vertiginoso momento, podia respirar de novo. Suspendendo a espada de cristal o máximo que conseguiu, como um taco de lacrosse, ela golpeou aquela coisa branca e desossada que ondulava em sua direção, o rosto distendido e as feições planas fazendo parecer uma boneca de papel pálida e carnuda. Aquilo se contorceu no chão e ficou imóvel.

As mãos de Val tremiam. Ela tentou firmá-las, mas não paravam de tremelicar, mesmo quando as cerrou em punhos e cravou as unhas nas palmas das mãos.

— O que era aquela coisa? — perguntou Lolli.

Val balançou a cabeça.

— Como diabos vou saber?

— Temos de ser rápidas. — Lolli foi até a mesa e despejou vários vidros em sua bolsa.

— O que está fazendo? — perguntou Val. — Vamos dar o fora daqui.

— Ok, ok — disse Lolli, remexendo em algumas garrafas. — Estou indo.

Ervas estavam presas em ramos em um dos vidros de geleia. Um outro estava cheio de vespas mortas, mas um terceiro exibia o que pareciam nós de alcaçuz vermelho. Alguns tinham etiquetas nas tampas: cereja da Virgínia, hissopo, absinto, papoula. No centro da folha de compensado havia uma tábua de corte em mármore com bolas verdes espinhosas à espera de serem cortadas pela faca em meia-lua de latão pousada ao lado.

Na parede se via uma série de objetos pregados: um papel de bala, uma bola cinzenta de goma de mascar, a guimba de um cigarro. Pendurada na frente de cada um estava uma lupa, aumentando não apenas o item, mas também as notas escritas à mão ao redor. "Hálito", dizia uma. "Amor", lia-se em outra.

Lolli ofegou com brusquidão. Val se virou sem pensar, erguendo a espada de modo automático. Alguém assomava na soleira, alto e esbelto como um jogador de basquete, se inclinando para passar pela porta. Ao se endireitar, o cabelo liso, preto como tinta, emoldurou a pele cinza-esverdeada de seu rosto. Dois incisivos inferiores se projetavam da mandíbula, as pontas cravadas na pele tenra do lábio superior. Os olhos se arregalaram com algo que podia ter sido medo ou até mesmo fúria, mas ela se flagrou hipnotizada pelo modo como as bordas das íris escuras estavam salpicadas de dourado, iguais aos olhos de um sapo.

— Bem. — A voz do troll era um rosnado profundo. — O que temos aqui? Um par de garotas de rua imundas. — Ele deu dois passos na direção de Val, e ela cambaleou para trás, tropeçando nos próprios pés, a mente repleta de pânico.

Com um pé calçado com uma bota, o troll cutucou a coisa sem ossos.

— Vejo que conseguiram passar por meu guardião. Que curioso. — Ele vestia um casaco preto abotoado, que o cobria dos pés ao pescoço, com calças pretas por baixo, o que parecia enfatizar o lampejo de verde nos punhos esfarrapados e na gola, onde o tecido encontrava a pele. A pele era do mesmo tom horrível que a pessoa podia encontrar sob uma pulseira de cobre usada por muito tempo. — E você se serviu de outra coisa minha também.

O medo fechou a garganta de Val e a paralisou no lugar. Ela observou o sangue leitoso escorrer da espada e sentiu as mãos começarem a tremer novamente.

— Existe apenas um humano que conhece este lugar. Então o que Luis lhes contou? — O troll deu outro passo na direção delas, a voz suave e furiosa. — Ele as desafiou a entrar? Ele contou sobre o *monstro*?

Val encarou Lolli, mas a garota estava perplexa e muda.

O troll passou a ponta da língua sobre um incisivo.

— A verdadeira questão é qual era a intenção de Luis. Dar às duas um belo susto? Dar um belo susto em *mim*? Uma boa *refeição*? É bem possível que Luis possa achar que quero comer vocês. — Ele hesitou, como se esperasse que uma delas negasse. — Acham que quero comer vocês?

Val ergueu a lâmina da espada.

— *Sério*? Não diga? — Mas então a voz se aprofundou em um sussurro. Óbvio, talvez vocês sejam simplesmente um par de *ladras* azaradas.

Os instintos de lacrosse de Val entraram em ação. Ela correu para a saída, na direção do troll. Quando ele tentou segurá-la, Val se abaixou, passando sob seu braço e acertando as tiras de plástico. Estava no meio das escadas quando ouviu o grito de Lolli.

Parada ali, os trens chacoalhando na ponte acima, ainda empunhando a espada de cristal, ela vacilou. *Ela* era o motivo de Lolli ter entrado naquele lugar. Foi uma ideia estúpida tentar provar a si mesma que fadas eram reais. Ela deveria ter voltado quando viu a árvore. Não devia ter ido até ali afinal. Inspirando fundo, ela subiu de novo os degraus.

Lolli estava jogada no chão, lágrimas escorrendo pelo rosto, o corpo estranhamente frouxo. O troll a segurava pelo pulso e parecia estar no meio de alguma exigência.

— Deixe ela ir — pediu Val. A voz soou como a de outra pessoa. Uma pessoa corajosa.

— Acho que não. — Inclinando-se, ele arrancou a bolsa-carteiro do ombro de Lolli e a virou de ponta-cabeça. Várias moedas quicaram no piso de madeira, rolando com garrafas cheias de areia preta, agulhas, uma faca enferrujada, gomas de mascar, guimbas de cigarro e um estojo que quebrou quando bateu no chão, espalhando pó compacto pelo assoalho. Ele esticou o braço para uma das garrafas, os dedos longos quase tocando o gargalo. — Por que você ia querer...

— Não temos mais nada seu. — Val avançou e ergueu a lâmina. — Por favor.

— Mesmo? — Ele bufou. — Então o que é isso em sua mão?

Val olhou para a espada, faiscando como um pingente de gelo sob as luzes fluorescentes, e ficou surpresa. Havia se esquecido que era dele. Voltando a ponta para o chão, ela cogitou soltá-la, mas tinha medo de ficar completamente indefesa.

— Pegue. Pegue e vamos embora.

— Você não está em condições de mandar em mim — disse o troll. — Abaixe a espada. Com cuidado. É algo mais precioso do que você.

Val hesitou, se inclinando como se fosse pousar a lâmina de vidro. Porém, não a soltou no chão, ainda vigiava o troll.

Ele torceu o dedo de Lolli abruptamente, e ela guinchou.

— Que ela sofra sempre que ansiar por tocar em algo que não lhe pertence. — Ele agarrou um segundo dedo. — E que você sofra ao pensar que é a causa do sofrimento dela.

— Pare! — gritou Val, deixando a espada cair nas tábuas de madeira do piso. — Eu fico se a deixar ir.

— O quê? — Os olhos do troll se estreitaram, em seguida uma sobrancelha preta se ergueu. — Que galanteadora...

— Ela é minha amiga — explicou Val.

Ele parou e seu rosto ficou curiosamente impassível.

— Sua amiga? — repetiu o troll, em tom neutro. — Muito bem. Você vai pagar pela estupidez dela assim como pela sua. Esse é o fardo da amizade.

Val deve ter parecido aliviada, porque um pequeno sorriso cruel se esgueirou para o rosto do Troll.

— Quanto tempo ela vale? Um mês de serviço? Um ano?

Os olhos de Lolli brilhavam com lágrimas.

Val assentiu. Certo. Qualquer coisa. Não fazia diferença. Queria apenas que ele as deixasse ir e então não importaria o que ela tinha prometido.

O troll suspirou.

— Você vai me servir por um mês, uma semana para cada item roubado. — Hesitando por um segundo, ele acrescentou: — Naquilo que eu necessitar.

Ela estremeceu e ele sorriu.

— A cada pôr do sol você vai se dirigir até o Seward Park. Lá, encontrará um bilhete sob a pata do lobo. Se não fizer o que ele diz, as coisas ficarão ruins para o seu lado. Entende?

Val assentiu. Ele soltou a mão de Lolli. Ela se apressou em guardar suas coisas dentro da bolsa.

O troll apontou com um dedo comprido.

— Vá até aquela mesa. Sobre ela, há uma tintura, assinalada "Palha". Traga para mim.

Val se atrapalhou com os vidros, lendo a caligrafia floreada: linária, erva-do-mato, arruda, sanguinária, artemísia. Ela ergueu uma solução com o conteúdo denso e enevoado.

Ele assentiu.

— Sim, esse. Traga aqui.

Ela obedeceu, caminhando até ele, perto o bastante para notar que o tecido de seu casaco era lã, puído e comido por traças. Chifres pequenos e curvos despontavam de cada orelha, fazendo as pontas parecerem endurecidas como ossos.

Ele pegou o frasco, o abriu e despejou um pouco do conteúdo. Ela se encolheu para longe dele; o líquido cheirava a folhas podres.

— Fique — disse ele, como se ela fosse um cachorro subjugado.

Zangada com o próprio medo, mas incapaz diante do sentimento, ela permaneceu parada. Ele passou a ponta dos dedos sobre a boca de Val, besuntando os lábios com a coisa. Ela tinha se preparado para sentir a pele oleosa ou horrível, mas ficou apenas quente.

Então, quando ele a encarou, seu olhar era tão intenso que ela estremeceu.

— Repita os termos de sua promessa.

Ela o fez.

As pessoas diziam que videogames eram prejudiciais porque anestesiavam as pessoas, as faziam encarar entranhas espalhadas na tela como um sinal de sucesso. Naquele momento, Val pensou que o real problema com os jogos era que o jogador devia experimentar tudo. Se houvesse uma caverna, você entrava. Se houvesse um estranho misterioso, você conversava com ele. Se houvesse um mapa, você o seguia. Entretanto, nos jogos, você tinha cem mil bilhões de vidas, e Val só tinha uma.

*Nem mais voz nem movimento fez, e eu, em meu pensamento,
Perdido murmurei lento. "Amigos, sonhos — mortais
Todos — todos já se foram. Amanhã também te vais."
Disse o Corvo, "Nunca mais".*
— Edgar Allan Poe, O corvo.

Quando Val e Lolli cambalearam para fora da ponte e para dentro da via, as luzes da cidade brilhavam com intensidade e as ruas transbordavam de fumantes, parados do lado de fora de bares e restaurantes.

Um homem adormecido sobre um papelão surrado virou de lado e se enrolou ainda mais em um sobretudo. Val estremeceu violentamente com o movimento, os músculos se contraindo com tanta rapidez que os ombros chegaram a doer. Lolli aninhava sua bolsa como se fosse um bicho de pelúcia, passando os braços ao redor dela e de si mesma.

Parecia estranho que, quando coisas bizarras aconteciam, fosse difícil acompanhar a trama de motivos, impulsos e pensamentos que levaram a pessoa até ali. Mesmo que Val desejasse descobrir evidências da existência de fadas, a prova concreta era avassaladora. Quantas fadas andavam por aí e que outras coisas podiam existir? Em um mundo em que fadas eram reais, talvez houvesse demônios, vampiros ou monstros marinhos? Como essas coisas podiam existir e não estamparem as manchetes de cada jornal existente?

Val se lembrou do pai lendo *Os três cabritinhos travessos* quando ela era uma garotinha. *Tip tap, tip tap lá foi o cabritinho Billy.* Aquele troll não se parecia nada com a ilustração do livro; algum deles se parecia? *Quem é aquele atravessando minha ponte?*

— Olhe só meu dedo — disse Lolli, o aninhando no berço da outra mão. Estava inchado e dobrado em um ângulo estranho acima da articulação. — Ele quebrou a porra do meu dedo.

— Pode estar deslocado. Já aconteceu comigo. — Val se lembrou de cair sobre as mãos no campo de lacrosse, de despencar de uma árvore, das visitas ao médico que tinha cheiro de iodo e fumaça de cigarro. — Você precisa alinhar o osso e colocar uma tala.

— Ei — chamou Lolli, incisiva. — Nunca te pedi para ser meu príncipe num cavalo branco. Posso cuidar de mim mesma. Você não precisava prometer nada para aquele monstro, e não precisa bancar a médica agora.

— Tem razão. — Val chutou uma lata de alumínio, a observando quicar pela rua como uma pedra que salta sobre a água. — Você não precisa de ajuda. Tem tudo sob controle.

Lolli olhava com intensidade para a vitrine de uma loja de eletrônicos onde as televisões exibiam o rosto delas.

— Não disse isso.

Val mordeu o lábio, sentindo o gosto dos resquícios do líquido do troll. Ela se lembrou dos olhos dourados e da fúria intensa e abrasadora na voz dele.

— Desculpe. Eu simplesmente devia ter acreditado em você.

— Sim, você devia — disse Lolli, mas ela sorria.

— Olha, a gente pode conseguir um graveto ou algo do gênero para a tala. Enfaixar com um cadarço. — Val se abaixou e começou a desamarrar o tênis.

— Tenho uma ideia melhor — disse Lolli, se virando para a entrada do beco. — E se eu esquecesse a dor? — Ela se sentou contra os tijolos imundos e tirou a colher de sopa, agulha, isqueiro e um saco de papel cristal com seja-o-que-fosse da bolsa. — Mas me dê o cadarço mesmo assim.

Val pensou nas sombras em movimento, se lembrou da areia cor de âmbar e não tinha ideia do que poderia acontecer em seguida.

— O que é isso?

— Nuncamais — respondeu Lolli. — É como Luis chama, porque existem três regras: nunca mais de uma vez ao dia, nunca mais de uma pitada por vez e nunca mais de dois dias seguidos.

— Quem inventou essas regras?

— Dave e Luis, acho. Depois que estavam vivendo nas ruas, Luis começou a ser mensageiro de mais fadas... acho que as criaturas tinham tarefas e precisavam de um garoto de recados. Dave assumiu algumas das entregas. Uma vez, ele pegou um pouco de Nuncamais, misturou em água como elas faziam, e bebeu. Isso dá às fadas mais glamour ou algo assim, para evitar que o ferro as afete demais, mas para nós o pó dá onda. Beber foi legal por um tempo, mas é muito melhor quando você injeta no braço ou fuma pura, como Dave faz. — Lolli cuspiu na colher e acendeu o isqueiro. A solução brilhou como se tivesse ganho vida.

— Glamour?

— O modo como conseguem alterar a própria aparência ou fazer outras coisas parecerem diferentes. Magia, acho.

— Como é?

— Nuncamais? Como uma onda estourando em sua cabeça e te arrastando para o mar — respondeu Lolli. — Nada pode te atingir. Nada mais importa.

Lolli aspirou o líquido com uma agulha. Val se perguntou se algum dia conseguiria se sentir como se nada pudesse atingi-la. Soava como esquecimento. Soava como paz.

— Não — disse Val, e Lolli parou.

Val sorriu.

— Eu primeiro.

— Sério? — Lolli sorriu. — Você quer?

Val assentiu, desdobrando e estendendo o braço.

Lolli garroteou o braço de Val, deu petelecos nas bolhas da seringa e deslizou a agulha de modo muito limpo para dentro da pele da outra, como se esta fosse sua bainha natural. A dor foi muito suave, menos que o beliscar de uma lâmina de barbear.

— Sabe — começou Lolli —, o problema das drogas é que elas fazem a perspectiva mudar, para a esquerda e para os lados e de ponta-cabeça, mas com o Nunca você pode levar todo mundo com você. O que mais consegue fazer isso?

Val jamais havia pensado muito na dobra de seu cotovelo, mas agora ela parecia tão vulnerável quanto seu pulso, quanto sua garganta. Ela esfregou o hematoma que ficou quando a agulha se foi. Quase não havia sangue.

— Não sei. Nada, acho.

Lolli assentiu, como se estivesse satisfeita com a resposta. Enquanto a garota cozinhava outro punhado de Nuncamais, Val se viu distraída pelo som do fogo, pela sensação das próprias veias se contorcendo sob a pele, como um ninho de cobras.

— Eu... — começou Val, mas a euforia derreteu seus ossos. O mundo se transformou em mel; denso, lento e doce. Ela não conseguia pensar no que queria dizer, e por um segundo se imaginou sem palavras para sempre. E se ela jamais conseguisse se lembrar do que queria dizer?

— Suas veias estão sorvendo a magia — explicou Lolli, a voz soava de uma grande distância. — Agora você pode fazer qualquer coisa acontecer.

Fogo invadiu Val, varrendo o frio, banindo todas as pequenas agonias... a bolha em seu dedo, a dor no estômago, os músculos muito tensos dos ombros. Seu medo se derreteu, substituído por *poder*. Poder que pulsava dentro de si, vertiginoso e ávido, abrindo-a como uma caixa-enigma, para encontrar todas as mágoas secretas e raiva e confusão. Poder que sussurrava em línguas de fúria, com promessas de triunfo.

— Vê? Não dói mais — disse Lolli. Ela pegou o dedo e o torceu. Com um estampido, como o estalar de uma articulação, ele voltou ao lugar.

Tudo parecia muito nítido, muito brilhante. Val se pegou perdida nos padrões de sujeira da calçada, na promessa dos letreiros de neon em tom pastel, no cheiro distante de fumaça de cachimbo, de escapamento, de óleo de fritura. Tudo parecia estranho, belo e repleto de possibilidades.

Lolli sorria como um chacal.

— Quero te mostrar uma coisa.

O fogo consumia o lado de dentro de seus braços, era dolorido, mas delicioso, como ser inundada pela luz. Ela se sentia volátil e imbatível.

— É sempre assim? — perguntou Val, embora uma parte distante de sua mente lhe dissesse que era impossível Lolli saber o que estava sentindo.

— Sim — respondeu Lolli. — Ah, sim.

Lolli as guiou pela rua, se aproximando de um homem asiático com cabelo grisalho cortado rente que caminhava na direção oposta. A princípio, ele recuou, mas, então, algo pareceu baixar a guarda dele.

— Eu gostaria de algum dinheiro — pediu Lolli.

Ele sorriu e enfiou a mão no bolso do casaco, sacando a carteira. Ele separou várias notas de 20.

— Isso é o bastante? — perguntou ele. A voz soou estranha, suave e deslumbrada.

Ela se inclinou e o beijou na bochecha.

— Obrigada.

Val sentia o vento açoitar o rio Hudson, mas o frio cortante não a podia tocar agora. A rajada mais feroz parecia uma carícia.

— Como você o obrigou a fazer aquilo? — perguntou ela, cheia de admiração e sem censura.

— Ele queria fazer — respondeu Lolli. — Todos eles querem que a gente tenha o que nós queremos.

Conforme caminhavam, cada pessoa pela qual passaram lhes deu o que pediam. Uma mulher em uma saia de paetês lhes ofereceu seu último cigarro, um rapaz com um boné de beisebol entregou o casaco sem dizer uma palavra, uma mulher com um sobretudo cor de bronze entregou brilhantes argolas douradas direto das orelhas.

Lolli enfiou as mãos em uma lata de lixo e voltou com cascas de banana, papel úmido, pão mofado e copos cheios de água lamacenta.

— Veja isso — disse ela.

Em suas mãos, os detritos se transformaram em cupcakes tão brancos e belos que Val tentou pegar um.

— Não — disse Lolli. — É para eles. — Ela ofereceu um para um senhor que passava e ele o devorou como um animal, pegando outro e mais outro, como se os considerasse a melhor comida do mundo.

Val riu, um pouco pelo deleite do homem, um pouco pela própria influência sobre ele. Pegou uma pedra e a transformou em um biscoito. Ele comeu aquilo também, lambendo as mãos de Val atrás de qualquer resto. A língua fazia cócegas, o que apenas a fez rir ainda mais.

Elas caminharam mais alguns quarteirões; Val não tinha certeza de quantos. Continuava a notar coisas fascinantes que não havia visto antes: o brilho nas asas de uma barata ao rastejar por um bueiro, o sorriso em um rosto esculpido sobre um lintel, os caules quebrados de flores do lado de fora de um empório de vinhos.

— Aqui estamos — disse Lolli, apontando para uma loja escura. Na vitrine, manequins vestidos em saias-lápis estampadas com cenas de quadrinhos, ou recostados em modernos sofás vermelhos, segurando taças de martíni com bolinhas. — Quero entrar.

Val se aproximou da vitrine e chutou o vidro. A vidraça rachou em teia, mas não cedeu. O alarme apitou duas vezes e ficou em silêncio.

— Tente isso — instruiu Lolli, pegando um canudo de plástico. Em sua mão, o canudinho se transformou em um pé de cabra, pesado e frio.

Val sorriu com prazer e acertou a vitrine com toda a violência reprimida do ódio a Tom, à mãe, e a si mesma, toda a raiva contra o troll na torre e toda a fúria do universo. Ela acertou o vidro até a barra de ferro se dobrar como metal retorcido.

— Bacana. — Lolli sorriu e se esgueirou vitrine adentro.

Assim que Val entrou, o vidro estava de volta, sem um arranhão, como novo.

Dentro da loja, luzes se acenderam e música ambiente começou a tocar.

Cada novo glamour parecia alimentar o poder dentro de Val, em vez de o minar. A cada novo encantamento, ela se sentia mais atordoada, mais selvagem. Val nem sabia mais qual delas era a responsável por fazer cada coisa.

Lolli tirou os sapatos no meio da loja e experimentou um vestido verde de cetim. Val podia ver que os pés descalços estavam cheios de bolhas.

— É bonito?

— Com certeza. — Val escolheu um novo conjunto de lingerie e um jeans qualquer, jogando as roupas velhas no braço esticado de um dos manequins. — Olhe essa porcaria, Lolli. São jeans de 180 dólares e não parecem nada demais. São apenas jeans.

— São de graça — disse Lolli.

Val escolheu roupas, em seguida se sentou em uma das poltronas de desenho animado para assistir a Lolli experimentar mais coisas. Enquanto a amiga dançava usando na cabeça um xale bordado com miçangas, Val reparou no display perto da cadeira.

— Vê isso? — disse Val, erguendo uma taça de vinho verde-abacate. — Não acha isso feio? Quero dizer, quem pagaria por algo tão horrível?

Lolli sorriu e esticou o braço para um chapéu com franja de plumas cor-de-rosa.

— As pessoas compram o que são instruídas a comprar. Não sabem que é feio, ou talvez saibam e achem que há algo de errado em se pensar assim.

— Então precisam ser protegidas de si mesmas — argumentou Val, e atirou a taça no piso de linóleo. O copo se estilhaçou, cacos de vidro girando para todos os lados. — Qualquer um pode ver que essas coisas são feias. Feias, feias, feias.

Lolli começou a rir, e continuou a rir enquanto Val quebrava cada uma das taças.

Voltando para a estação da Worth Street com Lolli, Val se sentia desorientada, incerta quanto ao que havia, de fato, acontecido. Conforme o efeito do Nuncamais se esvaía, ela se sentia cada vez mais desbotada, como se o fogo do encantamento tivesse consumido alguma parte tangível de seu ser, tivesse a devastado.

Ela se lembrava da loja e das pessoas que comeram de suas mãos, e de caminhar, mas não conseguia saber ao certo onde havia conseguido o que estava vestindo. Ela se lembrava de um borrão de rostos, de presentes e de sorrisos, tão nebulosos quanto a lembrança de um monstro em uma torre antes de tudo aquilo.

Quando olhou para si mesma, viu roupas que não se lembrava de ter escolhido — longas botas pretas matadoras, definitivamente mais quentes do que os tênis, uma camiseta com a estampa de um leão heráldico, calças cargo pretas com centenas de bolsos e zíperes, e um casaco preto muito grande para ela. Saber que havia simplesmente perdido suas roupas, deixadas para trás em qualquer lugar, a inquietava. As botas machucavam seus pés ao andar, mas estava satisfeita com o casaco. Parecia que tinham caminhado até o SoHo e, sem magia no corpo, ela se sentia mais fria que nunca.

Conforme se esgueiravam pela entrada de serviço e desciam as escadas, Val viu várias pessoas no túnel. Um tremeluzir de velas iluminou uma das maçãs do rosto dos estranhos, a curva de uma mandíbula, a garrafa embrulhada em papel que levava à boca. A garota com a barriga inchada estava ali, enrolada em um cobertor com outro corpo.

— Aí estão vocês — disse Dave Arisco. Sua voz soou arrastada e, quando a luz de velas caiu sobre ele, ela foi capaz de ver que sua boca tinha a aparência flácida dos bêbados. — Venha se sentar comigo, Lolli — convidou ele. — Venha se sentar aqui.

— Não — disse ela, indo em direção a Luis em vez disso. — Você não pode me dizer o que fazer.

— Não estou tentando mandar em você — rebateu ele, e dessa vez a voz soou miserável. — Não sabe que te amo, baby? Eu faria qualquer coisa por você. Veja. — Ele levantou o braço. "Lolli" estava gravado na pele em letras manchadas e escorridas. — Veja o que eu fiz.

Val fez uma careta. Lolli apenas riu.

Luis acendeu um cigarro e, por um segundo, no golpe do fósforo, todo o seu rosto se iluminou. Ele parecia furioso.

— Por que não acredita em mim? — indagou Dave.

— Eu acredito em você — disse ela, a voz estridente. — Não me *importo*. Você é chato. Talvez eu te amasse se você não fosse tão *chato*!

Luis se levantou de um pulo, apontando o cigarro primeiro para Lolli, depois para Dave.

— Calem a porra da boca, você dois. — Ele se virou e fuzilou Val com o olhar, como se aquilo fosse, de algum modo, culpa da garota.

— Quem são eles? — perguntou Val, gesticulando para o casal emaranhado sob os cobertores. — Achei que não era para ninguém ficar aqui.

— Ninguém *devia* ficar aqui — argumentou ele, se sentando do lado do irmão. — Nem você, nem eu, nem eles.

Val revirou os olhos, mas não acreditava que ele tivesse percebido o gesto na luz de velas. Chegando perto de Lolli, sussurrou:

— Ele é babaca assim quando não estou por perto?

— É complicado — sussurrou de volta Lolli. — Eles costumavam ocupar este lugar antes, mas Derek foi mandado para o norte do estado por qualquer merda e Tanya se mudou para um prédio abandonado no Queens.

Luis se aproximou do irmão e conversava baixinho com ele. Dave Arisco se levantou com as mãos cerradas.

— Você tem tudo — gritou para Luis, lágrimas no rosto, muco escorrendo do nariz.

— O que quer de mim? — perguntou Luis. — Nunca toquei na garota. Não é minha culpa você ser um capacho.

— Não sou uma coisa — gritou Lolli para os dois com uma expressão terrível no rosto. — Não podem falar sobre mim como se eu fosse um objeto.

— Vá se foder — gritou Dave. — Eu sou chato? Eu sou um covarde? Algum dia você vai se arrepender de ter falado comigo assim.

A garota do cobertor se sentou, piscando rapidamente.

— O qu...

— Vamos — chamou Luis, pegando o braço de Dave. — Vamos dar o fora daqui, Dave. Você só está bêbado. Precisa caminhar um pouco.

Dave se desvencilhou do irmão.

— Vai se foder.

Val se levantou, os últimos resquícios de Nuncamais fazendo a escuridão granulosa dos túneis rodopiar. Suas pernas pareciam de borracha e as solas dos pés queimavam da caminhada que só agora o corpo se dava conta de ter feito, mas a última coisa que queria era ficar presa naquela babaquice claustrofóbica.

— Deixa pra lá. Vamos sair daqui.

Lolli a seguiu pelas escadas.

— Por que gosta tanto dele? — perguntou Val.

— Eu não gosto dele. — Lolli não se preocupou em perguntar de quem Val falava. — O olho dele está detonado. Ele é magro demais e se comporta como um velho.

Val deu de ombros e enganchou o polegar na presilha das calças novas, observando as botas pisarem nas rachaduras da calçada, deixando o silêncio falar por si.

Lolli suspirou.

— Ele devia estar implorando.

— Ele devia — concordou Val.

Elas seguiram pela Bayard Street, passando por mercearias que vendiam sacos de arroz, pilhas de maçãs dourado-claro, brotos de bambu em vasilhas de água e enormes frutas espinhosas penduradas no teto. Passaram por pequenas lojas que vendiam óculos de sol, luminárias de papel, touceiras de bambu amarradas com fitas douradas e dragões de plástico verde-claro imitando jade esculpido.

— Vamos parar aqui — disse Lolli. — Estou com fome.

A mera menção de comida fez o estômago de Val roncar. O medo havia azedado seu apetite e ela se deu conta de que não tinha comido nada desde a noite anterior.

— Ok.

— Vou te mostrar como se limpa uma mesa.

Lolli escolheu um lugar perto de vários patos pendurados, os pescoços deles estavam amarrados por arame, gotejando um molho vermelho, havia buracos onde antes estavam os olhos. Ali dentro, pessoas faziam fila para se servir de uma variedade de pratos fumegantes. Lolli pediu chá quente e rolinhos de ovo para as duas. O homem atrás do balcão não parecia falar nada de inglês, mas colocava os itens corretos na bandeja, acompanhados de quase uma dúzia de sachês de plástico.

Elas se sentaram em um reservado. Lolli olhou ao redor, então abriu um sachê de molho de pato e espremeu o conteúdo sobre seu rolinho, finalizando com mostarda. Ela acenou a cabeça de modo casual na direção de um reservado vazio com alguns pratos ainda sobre a mesa.

— Vê aqueles restos?

— Sim. — Val mordeu o rolinho de ovo, gordura escorrendo pelo lábio. Estava delicioso.

— Espere um pouco. — Lolli se levantou, foi até um prato com restos de lo mein, pegou a comida e voltou à mesa. — Mesa limpa. Viu?

Val bufou, ligeiramente escandalizada.

— Não acredito que você fez isso.

Lolli sorriu, mas o sorriso se transformou em uma expressão peculiar.

— Às vezes você acaba fazendo umas coisas que nem consegue acreditar.

— Acho que sim — concordou Val, lentamente. Afinal, ela não podia acreditar que tinha passado a noite em uma estação de metrô abandonada, com um bando de garotos sem teto. Não conseguia acreditar que, em vez de gritar e chorar quando descobriu sobre Tom e a mãe, havia raspado a cabeça e ido a um jogo de hóquei. Não podia acreditar que estava sentada calmamente ali, comendo o jantar de outra pessoa quando acabara de ver um monstro.

— Fui morar com meu namorado quando tinha 13 anos — revelou Lolli.

— Sério? — perguntou Val. A comida em sua boca a acalmava, a fazia acreditar que o mundo seguiria em frente, mesmo com fadas e suas drogas bizarras. Ainda haveria comida chinesa e esta seria quente e gordurosa e saborosa.

Lolli fez uma careta.

— Alex. Ele tinha 22. Minha mãe achava que ele era um pervertido e me proibiu de vê-lo. Com o tempo, fiquei de saco cheio de me esconder e caí fora.

— Que merda! — exclamou Val, porque não foi capaz de pensar em mais nada para dizer. Quando tinha 13 anos, os garotos pareciam tão misteriosos e inatingíveis quanto as estrelas no céu. — O que aconteceu?

Lolli comeu algumas garfadas de lo mein e engoliu com chá.

— Alex e eu discutíamos o tempo todo. Ele estava vendendo drogas na porta do apartamento e não queria que eu fizesse nada, mesmo quando se injetava bem na minha frente. Ele era muito pior do que meus pais. Por fim, ele encontrou uma garota qualquer e me mandou cair fora.

— Você quis voltar para casa? — indagou Val.

Lolli negou com a cabeça.

— Você não pode voltar — respondeu ela. — Você muda e não pode mais voltar.

— Eu posso voltar — argumentou Val, no automático, mas a lembrança do troll e de sua barganha a assombravam. Parecia irreal agora, sob a luz e o calor do restaurante, mas não conseguia ignorar seus pensamentos.

Lolli hesitou por um instante, como se estivesse refletindo sobre o assunto.

— Sabe o que fiz com Alex? — perguntou ela, o sorriso malicioso de volta. — Eu ainda tinha as chaves. Voltei quando não havia ninguém lá e ferrei com o lugar. Joguei tudo pela janela... as roupas deles, as dela, a televisão, as drogas, a porra toda em que consegui passar a mão acabou na rua.

Val gargalhou com prazer. Era capaz de imaginar o rosto de Tom se fizesse o mesmo com ele. Ela visualizou seu computador novinho quebrado na entrada da garagem, o iPod esmigalhado em pedacinhos brancos, as roupas pretas espalhadas pelo gramado.

— Entãoooo — disse Lolli, com um falso ar inocente. — Você gostou demais dessa história para não ter seu próprio caso de namorado babaca.

Val abriu a boca, sem ter certeza do que diria. As palavras estavam presas na garganta.

— Meu namorado estava dormindo com minha mãe. — Ela enfim conseguiu desabafar.

Lolli riu até se engasgar, em seguida encarou Val por um instante, olhos arregalados e incrédulos.

— Sério? — perguntou ela.

— Sério — respondeu Val, estranhamente satisfeita por ter conseguido chocar até mesmo Lolli. — Eles acharam que eu tinha pegado o trem e estavam se agarrando no sofá. O rosto dele estava todo manchado com o batom da minha mãe.

— Ah, que nojo! *Nojento!* — A boca de Lolli se franziu com uma risadinha honesta de desprezo. Val riu também, porque, de repente, aquilo *era* engraçado. Val riu tanto, até a barriga doer, até não conseguir mais respirar, até lágrimas escorrerem e molharem suas bochechas. Era exaustivo rir assim, mas ela sentia como se despertasse de um sonho estranho.

— Você vai mesmo voltar para casa e para *isso*? — perguntou Lolli.

Val ainda estava meio bêbada das risadas.

— Eu preciso, não? Quero dizer, mesmo se eu passasse um tempo por aqui, não posso viver o resto da vida em um túnel. — Ao se dar conta do que havia dito, Val ergueu os olhos para Lolli, imaginando que a insultara, mas a garota apenas tinha apoiado a cabeça nas mãos e parecia pensativa.

— Deve ligar para sua mãe então — disse Lolli, por fim. Ela apontou para o saguão. — Tem um telefone público ali.

Val estava perplexa. Era o último conselho que esperaria receber de Lolli.

— Estou com meu celular.

— Então ligue logo para a sua mãe.

Val pegou o celular com um sentimento de pânico e o ligou. A tela acendeu, as notificações de chamadas perdidas disparando. Ela havia recebido somente uma mensagem de texto. Era de Ruth e dizia: "onde vc tá? sua mãe entrou em pânico."

Val apertou *responder*.

"Ainda na cidade", digitou, mas logo parou, sem saber o que escrever em seguida. O que ela faria? Conseguiria mesmo voltar para casa?

Ela se preparou, apertou a tecla da caixa postal. A primeira mensagem era da mãe, a voz suave e estrangulada:

— Valerie, onde você se meteu? Só quero saber se está segura. Já é muito tarde e liguei para Ruth. Imagino que ela tenha enchido seus ouvidos. Eu... eu... eu não sei como explicar o que aconteceu nem dizer o quanto lamento. — Houve uma longa pausa. — Sei que está muito zangada comigo. Tem todo o direito de estar zangada comigo. Por favor, apenas avise a alguém que está tudo bem com você.

Era estranho ouvir a voz da mãe depois de todo aquele tempo. Em seu íntimo, sentia um aperto: mágoa, fúria e puro constrangimento. Dividir um garoto com a mãe a feriu profundamente. Ela apagou a mensagem e clicou na seguinte. Era do pai.

— Valerie? Sua mãe está muito preocupada. Ela disse que brigaram e você fugiu. Sei como sua mãe é, mas passar a noite fora não ajuda em nada. Pensei que fosse mais esperta.

Ao fundo, Val podia ouvir as meias-irmãs gritando por cima do som dos desenhos animados.

Uma voz de homem desconhecida veio em seguida. Ele parecia entediado.

— Valerie Russell? Aqui é o Policial Montgomery. Sua mãe comunicou seu desaparecimento depois de uma discussão das duas. Ninguém vai obrigá-la a fazer algo que não queira, mas preciso que me ligue e me avise que não está em perigo.

Ele deixou um número.

A mensagem seguinte era apenas silêncio, pontuado por soluços chorosos. Depois de alguns segundos, a voz sufocada da mãe choramingou:

— Onde você está?

Val desligou. Era horrível escutar o quanto a mãe estava transtornada. Ela devia voltar para casa. Talvez as coisas se ajeitassem... se ela nunca levasse um namorado para casa, se a mãe simplesmente a deixasse em paz por um tempo. Faltava menos de um ano para Val terminar o ensino médio. Então nunca mais teria de viver lá de novo.

Ela rolou a tela até "casa" e apertou o botão de chamada. O telefone do outro lado tocou enquanto os dedos de Val se transformavam em gelo. Lolli ajeitou o resto de lo mei no formato de algo que tanto poderia ser o sol, como uma flor ou um leão muito mal desenhado.

— Alô — disse a mãe de Val com a voz baixa. — Querida?

Val desligou. O celular tocou quase que imediatamente depois, e ela o desligou.

— Você sabia que eu não conseguiria... — Ela acusou Lolli. — Não sabia?

Lolli deu de ombros.

— Melhor descobrir logo. É uma viagem longa para voltar e desistir logo em seguida.

Val assentiu, apavorada de um modo novo e incisivo. Pela primeira vez, se deu conta de que talvez jamais estivesse pronta para voltar para casa.

A realidade é aquilo que, quando você para de acreditar, não desaparece.
— Philip K. Dick

Val despertou com o estrondo da passagem de um trem. Apesar do frio, suor grudava o casaco de lã à pele pegajosa. A cabeça latejava, a boca queimava e, mesmo com toda a comida que comera na véspera, ela se sentia faminta. Tremendo, apertou a coberta ainda mais ao seu redor e encolheu as pernas junto ao corpo.

Ela tentou se lembrar dos eventos, além da limpeza da mesa e do telefonema para casa. Havia um monstro e uma espada feita de cristal, depois uma agulha no braço e uma onda de poder que ainda a enchia de desejo. Ela lutou para se sentar, descendo o olhar para as roupas novas, prova de que suas lembranças não se tratava somente de sonhos meio esquecidos. O braço de Dave tinha sangrado e desconhecidos haviam feito tudo o que ela lhes pediu, e magia era real. Ela estendeu a mão para a mochila, aliviada por não a ter largado em algum lugar com o restante de suas roupas.

Apenas Lolli ainda dormia, encolhida em posição fetal, um vestido novo cobria uma saia e um par de calças jeans também novo. Dave e Luis não estavam ali.

— Lolli? — Val engatinhou até a garota e sacudiu seu ombro.

Lolli se virou, afastou o cabelo azul do rosto e soltou um resmungo irritado. O hálito cheirava a azedo.

— Vá embora — grunhiu ela, cobrindo o rosto com o cobertor.

Val se levantou, trôpega. A visão embaralhada. Pegou a mochila e se forçou a subir pela escuridão até as ruas da noite de Manhattan. O céu noturno parecia iluminado pelas nuvens, o ar denso com ozônio, como se uma tempestade estivesse prestes a desabar.

Ela se sentia seca, quebradiça e frágil como uma das poucas folhas sopradas do parque. A sensação era de que, se lhe tirassem os esportes, a escola e a vida normal, não restaria muito. O corpo parecia sensível, como se algo tivesse vestido sua pele na noite anterior, algo tão terrível e amplo que havia queimado suas entranhas. Mas havia um sentimento de satisfação, apesar do medo. *Eu fiz isso*, pensou. *Eu fiz isso a mim mesma.*

Lufadas de ar fresco acalmaram seu estômago, mas a boca só ficou mais quente.

As palavras da criatura a pegaram desprevenida. *Você vai me servir por um mês. A cada pôr do sol você vai se dirigir até o Seward Park. Lá, encontrará um bilhete sob a pata do lobo. Se não fizer o que ele diz, as coisas ficarão ruins para o seu lado.* Já estava atrasada.

Val se lembrou da solução viscosa que o troll tinha espalhado em sua pele e sentiu um tremor a invadir, uma corrente elétrica que a fez levar a mão aos lábios. Estavam secos e inchados, mas ela não encontrou nenhum corte ou machucado que explicasse a ardência.

Ela caminhou até uma delicatéssen e comprou um copo de água gelada com o trocado do fundo da bolsa, na esperança de que aquilo acalmasse sua boca. Fora da loja, ela se sentou no concreto e chupou um cubo de gelo, a mão tremia tanto que tinha medo de tomar um gole.

Uma mulher saindo da loja de bebidas ao lado olhou para Val e largou algumas moedas em seu copo de água. Val ergueu os olhos, atônita e prestes a protestar, mas a mulher já havia partido.

Quando Val tirou a folha dobrada de baixo da pata do lobo, a boca doía como se estivesse ferida. Ela se agachou perto da fonte seca e apoiou a cabeça em uma barra lascada da cerca de metal enquanto os dedos entorpecidos desdobravam o papel.

Ela meio que esperava uma folha em branco que precisaria amassar e jogar longe, como a que Dave encontrara, mas havia palavras, escritas na mesma caligrafia elaborada que tinha endereçado a garrafa de areia âmbar:

Venha até o pilar da Ponte de Manhattan e bata três vezes na árvore que se verga onde nenhuma árvore deveria.

Ela enfiou o bilhete no bolso, mas, enquanto o fazia, a mão encontrou algo. Ela o puxou para fora... um prendedor de dinheiro prateado, com uma enorme turquesa bruta incrustada no centro, o clipe estava recheado com uma nota de 20, duas de 5 e pelo menos uma dúzia das de 1.

Ela havia pegado o dinheiro? Ou Lolli? Val não conseguia se lembrar. Jamais roubara nada antes. Certa vez, tinha saído de uma loja no shopping com um pôster dos Rangers na mão, sem se dar conta de que não pagara por ele. Só percebeu o que havia feito quando ela e os amigos chegaram às escadas rolantes. Eles ficaram impressionados, então Val agiu como se tivesse feito de propósito, mas, depois, ela se sentiu tão mal que nunca pendurou o pôster na parede.

Val tentou pensar na noite anterior, mas parecia que estava se lembrando de uma história contada por outra pessoa. Era tudo um borrão que, mesmo assim, a fazia ansiar por Nuncamais.

Ela começou a caminhar, sentia muita dor para fazer qualquer outra coisa. Pânico lhe pesava no estômago. Começou pelo Market, passando pelas lojas de produtos asiáticos e um lugar de chá de bolhas com um grupo de adolescentes na frente, conversando e rindo. Val se sentia desconectada daqueles garotos, como se tivesse cem anos. Pegou a mochila, desejando mais que tudo ligar para Ruth, desejando ouvir alguém que a conhecesse, alguém que pudesse lembrá-la de seu antigo eu. Mas a boca doía demais.

Cortando até Cherry, ela andou um pouco mais, perto o bastante de East River para que nenhum prédio bloqueasse a vista. A água brilhava com o reflexo reluzente da ponte e da margem distante. Uma balsa quase se tornou um espaço negativo, se não fosse pelas poucas luzes brilhantes na proa.

A ponte apareceu bem diante dela, os pilares como a torre de um castelo, a construção de pedra bruta se erguendo alta sobre a rua, avermelhada pela ferrugem que escorria do metal acima. A extensão de ardósia entremeada por janelas de batente muito acima da via.

Vidro quebrado estalou sob as botas de Val quando ela atravessou o gracioso arco da passagem subterrânea. A calçada cheirava a urina rançosa. Em um dos lados, havia uma cerca de arame improvisada, bloqueando a entrada de um canteiro de obras no qual um monte de areia esperava para ser espalhado. No outro, perto de onde ela caminhava, havia o que parecia ser uma entrada murada. Sob ela, Val viu o toco de uma árvore com as raízes enterradas no concreto.

— A árvore. — Val chutou o tronco de leve. A madeira estava úmida e escurecida pela poluição, mas as raízes afundavam na calçada de concreto, parecendo se estender por túneis e canos, rastejando até algum solo rico e secreto. Ela se perguntou se aquela seria a mesma árvore que florescia com frutas pálidas.

Era algo assustador ver um tronco ali, aninhado contra um prédio, como se fossem amantes. Porém, talvez fosse menos assustador que a ideia de que ela havia entrado em um conto de fadas. Em um videogame, haveria uma espécie de tempestade pixelada de cores e talvez até uma mensagem na tela para avisá-la de que estava deixando o mundo real para trás. *Portal para o Reino das Fadas. Quer atravessá-lo? S/N.*

Val se ajoelhou e bateu três vezes no tronco. A madeira úmida mal emitiu algum som sob o nó de seus dedos. Uma aranha rastejou na direção da rua.

Um ruído forte fez Val erguer os olhos. Uma fratura apareceu na pedra sobre o tronco, como se alguma coisa a tivesse golpeado. Ela se levantou e esticou a mão para passar o dedo pela rachadura, mas, assim que tocou o muro, trechos de pedra quebraram e se soltaram, até só restar uma soleira rústica.

Ela a atravessou até uma escadaria, os degraus subindo e descendo do patamar. Quando olhou para trás, viu uma parede sólida. Uma súbita onda de terror quase a subjugou e apenas a dor a manteve no lugar.

Tip Tap.

— Olá? — chamou dos degraus. Mexer a boca doía.

Tip Tap.

O troll apareceu no patamar da escada.

Quem está atravessando minha ponte?

— A maioria das pessoas teria chegado mais cedo. — A voz grave e áspera encheu a escadaria. — Imagino que sua boca tenha doído para que tenha vindo até aqui.

— Não foi tão ruim — disse ela, tentando não fazer uma careta.

— Suba, pequena mentirosa. — Ravus lhe deu as costas e voltou para seus aposentos. Ela disparou pelos degraus empoeirados.

O amplo espaço tipo loft cintilava com velas robustas colocadas no chão, o brilho das chamas fazia a sombra de Val saltar das paredes, imensa e terrível. Trens ribombavam acima deles e um ar frio se infiltrava pelas janelas cobertas.

— Aqui. — Na palma da mão de seis dedos, ele segurava uma pequena pedra branca. — Sugue isso.

Ela pegou a pedra e a colocou na boca, a dor forte o bastante para não questionar. Era fresca sobre a língua e tinha gosto de sal a princípio, depois de coisa alguma. A dor cedeu aos poucos e, com ela, se foram os últimos resquícios de náusea, mas ela notou que o cansaço tomava seu lugar.

— O que quer que eu faça? — perguntou ela, empurrando a pedra contra a bochecha com a língua para conseguir falar.

— Por ora, pode arrumar alguns livros nas prateleiras. — Virando-se, ele foi até sua mesa e começou a coar o líquido de um pequeno pote de cobre cheio de gravetos e folhas. — Talvez haja uma ordem para eles, mas como me esqueci qual era, não espero que encontre alguma. Coloque-os onde bem entender.

Val ergueu um dos volumes de uma pilha cheia de poeira. O livro era pesado, o couro que envolvia a capa desgastou ao longo da lombada. Ela o abriu. As páginas foram escritas à mão e havia desenhos e aquarelas de plantas em quase todas as passagens.

— Amaranto — leu baixinho. — Trance-o em uma coroa para acelerar a cura de quem o usa. Se usado como guirlanda, confere invisibilidade em vez disso. — Ela fechou o livro e o colocou nas prateleiras de compensado e tijolo.

Val rolava a pedra na boca, como uma bala, enquanto arrumava os tomos espalhados do troll. Ela observou as mantas descombinadas e roídas de traças, o tapete manchado e os sacos de lixo esfarrapados usados como cortinas que nem mesmo a luz dos postes da rua conseguia atravessar. Uma sofisticada xícara de chá florida, parcialmente cheia com um líquido salobro, repousava ao lado de uma poltrona de couro rasgada. A ideia do troll segurando uma xícara delicada em suas garras a fez soltar uma risada.

— Conhecer a fraqueza de seu alvo, esta é a genialidade intuitiva dos grandes mentirosos — disse o troll sem erguer o olhar. A voz soou seca. — Embora o Povo das Fadas varie muito, um do outro e de lugar para lugar, somos iguais numa coisa: não podemos proferir abertamente uma inverdade. Entretanto, me pego fascinado por mentiras, a tal ponto que quero acreditar nelas.

Ela não respondeu.

— Você se considera uma mentirosa habilidosa? — perguntou ele.

— Na verdade, não — respondeu Val. — Estou mais para uma idiota talentosa.

Ele não argumentou.

Ao pegar outro livro, Val notou a espada de cristal pendurada na parede. A lâmina havia sido limpa recentemente e, olhando através dela, podia ver a pedra, cada detalhe da rocha ampliado e distorcido, como se estivesse debaixo da água.

— É feita de caramelo? — A voz dele soou próxima e ela se deu conta do tempo que passara observando a espada. — Gelo? Cristal? Vidro? É o que está se perguntando, não é? Como algo que parece tão frágil é tão resistente?

— Estava apenas admirando o quanto é bonita — respondeu Val.

— É uma coisa amaldiçoada.

— Amaldiçoada? — ecoou Val.

— Ela falhou com um amigo querido e lhe custou a vida. — Ele correu uma unha torta pela extensão da arma. — Uma lâmina melhor talvez tivesse parado seu oponente.

— Quem... quem era o oponente? — perguntou ela.

— Eu — revelou o troll.

— Ah. — Val não conseguia pensar em uma resposta. Embora ele parecesse calmo, até mesmo gentil, ela captou o aviso em suas palavras. Ela se lembrou de algo que a mãe lhe dissera quando tinha finalmente terminado com um de seus namorados mais disfuncionais. *Quando um homem fala que vai te machucar, acredite. Eles sempre te avisam e sempre têm razão.* Val afastou as palavras da mente; não queria nenhum dos conselhos da mãe.

O troll voltou para a mesa e pegou três garrafas de cerveja tampadas e enceradas. Ela não conseguia discernir a cor de seu conteúdo através do vidro âmbar, mas a ideia de que pudesse ser a mesma areia âmbar que correu por suas veias na noite da véspera fazia sua pele cantar em expectativa.

— A primeira entrega será no Washington Square Park, para um trio de seres encantados. — Uma unha torta apontava para um mapa dos cinco distritos e de grande parte de Nova York e de Nova Jersey pregado à parede. Ela se aproximou do gráfico, percebendo pela primeira vez que havia alfinetes pretos enfiados em vários pontos ao longo da superfície. — A segunda pode ser deixada do lado de fora de um prédio abandonado, aqui. Esse… destinatário pode não querer se mostrar. Quero que leve a terceira encomenda até um parque abandonado, aqui. — O troll parecia indicar uma rua em Williamsburg. — Há pequenas colinas gramadas, perto das rochas e da água. A criatura que procura vai te aguardar na margem do rio.

— Para que servem os alfinetes? — perguntou Val.

Ele olhou de esguelha para o mapa e pareceu hesitar antes de voltar a falar.

— Mortes. Não é incomum que o Povo das Fadas morra nas cidades… a maioria de nós está exilada aqui ou se escondendo de outros seres encantados. Viver tão perto de tanto ferro é perigoso. Alguém só faria isso pela proteção que confere. Mas essas mortes são diferentes. Estou tentando decifrá-las.

— O que vou entregar?

— Remédios — respondeu ele. — Inúteis para você, mas aliviam a dor do Povo exposto a tanto ferro.

— Devo pegar alguma coisa com eles?

— Não se preocupe com isso — respondeu o troll.

— Olha — começou Val —, não estou tentando bancar a difícil, mas nunca vivi em Nova York. Quero dizer, já passeei por aqui e já andei pelo Village, mas não consigo encontrar todos esses lugares com apenas uma olhada no mapa.

Ele riu.

— Claro que não. Se tivesse cabelo, eu faria três nós, uma para cada entrega, mas já que não tem, me dê sua mão.

Ela a estendeu, pronta a puxá-la de volta se ele pegasse qualquer coisa afiada.

Procurando em um dos bolsos de seu casaco, o troll sacou um novelo de linha verde.

— Sua mão esquerda — pediu ele.

Val lhe deu a outra mão e observou enquanto ele envolvia seus dedos indicador, médio e anelar com o barbante, dando um nó em cada um.

— Isso serve para quê? — perguntou ela.

— Vai ajudá-la a fazer as entregas.

Ela assentiu, estudando seus dedos. Como aquilo podia ser magia? Ela havia esperado algo com faíscas e brilhos, não coisas mundanas. Barbante era apenas barbante. Ela queria perguntar de novo, mas achou que seria grosseiro, então o questionou sobre algo que vinha remoendo. — Por que o ferro incomoda as fadas?

— Nós não o temos no sangue como vocês. Mais que isso, não sei. Recentemente, houve um rei da Corte Unseelie envenenado com alguns estilhaços. Seu nome era Nephamael e ele pretendia fazer do ferro um aliado... usava um diadema do metal na fronte, deixando as queimaduras entranharem fundo, até a carne dessensibilizar e não queimar mais. Mas não dessensibilizou sua garganta. Ele morreu engasgado com a coisa.

— O que são essas cortes? — perguntou Val.

— Quando há muitas fadas em uma área, muitas vezes se organizam em grupos. Pode chamá-los de gangues, mas elas geralmente os chamam de cortes. Ocupam um território, com frequência guerreando com as cortes vizinhas. Há Cortes Seelie, que chamamos de Cortes Luminosas, e as Cortes Unseelie, ou Cortes Noturnas. À primeira vista, você talvez pense que as Cortes Luminosas são do bem, e as Cortes Noturnas do mal, mas estaria muito, se não completamente, enganada. E então há a Grande Corte e o mínimo que falarmos sobre ela e sobre toda a linhagem Greenbriar, melhor.

Val estremeceu.

— Vou fazer essas entregas sozinha? Nenhum dos outros vai me acompanhar?

Os olhos dourados do troll faiscaram à luz das chamas.

— Outros? Luis é o único mensageiro humano que já empreguei. Tem mais alguém em mente?

Val balançou a cabeça, sem saber o que deveria dizer.

— Peço que faça essas tarefas sozinha e que não comente sobre elas com nenhum dos... *outros*.

— Ok — disse Val.

— Você está sob minha proteção — avisou ele, deixando que ela pegasse a garrafa. — Ainda assim, há coisas que deve saber sobre os seres encantados. Não se demore com eles e não aceite nada que ofereçam, principalmente comida. — Ela se lembrou da pedra enfeitiçada com a qual havia alimentado o velho, e assentiu de modo sombrio, sentindo-se culpada. — Coloque este confrei no sapato. Vai ajudar a mantê-la em segurança e a apressar seus passos. Bagas de tramazeira. E aqui flor-de-mel para a proteger de encantamentos. Pode guardar em seu bolso.

Val pegou as plantas, descalçou o tênis esquerdo e enfiou o confrei ali dentro. Ela podia senti-lo, aninhado em sua meia, estranhamente reconfortante, e assustador por ser reconfortante.

Quando voltou à rua, sentiu um puxão no barbante enrolado no primeiro dedo. Magia! Aquilo a fez sorrir apesar de todo o resto enquanto seguia naquela direção.

Começava a anoitecer quando Val chegou ao Washington Square Park. Tinha parado no caminho e gasto dinheiro roubado em um sanduíche de presunto, ainda estava muito enjoada para digerir apesar da fome, então jogara fora metade dele. Ela havia até mesmo conseguido lavar o rosto na água gelada de um chafariz, que tinha gosto de ferrugem e moedas.

As três garrafas de seja-o-que-fosse tilintavam uma contra a outra na mochila, mais pesadas do que pareceriam se ela não estivesse tão cansada. Val desejou desarrolhar uma delas e provar seu conteúdo, trazer de volta o poder e a audácia da noite anterior, mas se sentia tão consciente da própria exaustão durante o dia que não o fez.

Ao atravessar o parque, passando por alunos da Universidade de Nova York com echarpes alegres, por pessoas apressadas para o jantar ou que passeavam com cães pequenininhos vestidos em suéteres, ela se deu conta de que não fazia ideia do que procurava. O barbante a guiou até um grupo de alunos do ensino fundamental com um look skatista escalando uma das cercas internas. Um garoto de cabelo despenteado com a calça jeans baixa, joelheiras estampadas de caveiras e os tênis Vans quadriculados eram mais desordeiros que o restante, de pé sobre a barra do topo assoviava para três garotas encostadas ao grosso tronco de uma árvore. Todas estavam descalças e tinham o cabelo cor de mel.

O barbante praticamente a arrastou até as três garotas antes de se desenrolar.

— Humm, oi — cumprimentou Val. — Tenho algo para vocês, acho.

— Posso sentir o glamour em você, doce e denso — disse uma delas. Seus olhos eram cinzentos como chumbo. — Se não tomar cuidado, uma garota como você pode acabar debaixo da colina. Deixaríamos um pouco de madeira para trás, e todos iriam chorar sobre ele, porque são muito idiotas para notar a diferença.

— Não seja má com ela — disse outra, enrolando um cacho do cabelo na mão. — Ela não pode evitar ser otária.

— Aqui — ofereceu Val, colocando a garrafa nas mãos daquela que não tinha falado. — Tomem seu remédio como boas meninas.

— Aaaah, a coisa tem língua — disse a garota com os olhos cinza.

A terceira garota apenas sorriu e observou o garoto em cima da cerca. Uma das outras a imitou.

— Ele é bem bonito — comentou ela.

Val mal podia diferenciar as garotas. Todas tinham membros esbeltos e longos, e cabelos que pareciam esvoaçar com a mais leve das brisas. Com as roupas finas e pés descalços, deveriam estar com frio, mas ela podia ver que não era o caso.

— Quer dançar conosco? — perguntou uma das fadas a Val.

— *Ele* quer dançar conosco. — A fada de olhos cinzentos abriu um largo sorriso para o skatista bagunceiro.

— Dance conosco, mensageira — disse a terceira, falando pela primeira vez. Sua voz parecia o coaxar de um sapo e, quando falou, Val viu que a língua dela era preta.

— Não — disse Val, se lembrando dos avisos do troll e da flor-de-mel em seu bolso. — Preciso ir.

— Está tudo bem — assegurou a fada de olhos cinzentos, revirando a terra com um dos pés. — Você vai nos visitar novamente, quando não estiver com feitiços tão espalhafatosos. Pelo menos, espero que venha. Você é quase tão bonita quanto ele.

— Não sou nada bonita — argumentou Val.

— Como queira — rebateu a garota.

Ela não fazia ideia do que esperava ver ao passar pelos cortiços com janelas fechadas por tábuas e lojas de bebidas com vitrines quebradas. O prédio para o qual o barbante em seu dedo a guiava também estava fechado por tábuas, e Val ficou surpresa ao ver um jardim florescendo no telhado. Longas gavinhas de plantas estavam penduradas na lateral, e o que pareciam árvores quase adultas brotavam do que tinha de ser uma fina camada de solo, tudo aquilo cercado por uma gaiola de alumínio que cobria a construção. Val caminhou até a entrada, repleta de hera. No segundo andar, não havia janelas, apenas buracos nos tijolos. Ela quase conseguia ver os cômodos.

Conforme pisava nos degraus lascados da entrada, o barbante se desamarrou do dedo médio e caiu na relva próxima.

Ela tirou a garrafa da mochila e a deixou ali, se lembrando das instruções do troll.

Algo farfalhou na grama e Val deu um gritinho, pulando para trás, de repente consciente de quão estranhamente silenciosas as coisas tinham ficado. Os carros ainda passavam e os sons da cidade continuavam presentes, mas foram de algum modo amortecidos. Um rato marrom levantou a cabeça do capim, olhos escuros brilhantes como contas, nariz rosado e tremelicante. Val sorriu com alívio.

— Olá — disse ela, se abaixando. — Ouvi dizer que você consegue roer cobre. Impressionante.

O rato deu meia-volta e correu pela grama enquanto Val o observava. Uma silhueta saiu das sombras e pegou o roedor, colocando-o no ombro largo.

— Quem... — começou Val, e se conteve.

Ele saiu para a luz, uma criatura quase tão alta quanto o troll e mais corpulenta, com chifres curvados para trás da cabeça, como os de um carneiro, e uma barba castanha cerrada, que se tornava verde nas pontas. Usava um casaco de retalhos e botas costuradas à mão.

— Entre e se aqueça — convidou ele, pegando a garrafa de cerveja arrolhada. — Tenho algumas perguntas para você.

Val assentiu, mas o olhar deslizou para a rua, avaliando se poderia fugir a pé. A mão da criatura pousou com força no ombro dela, decidindo a questão. Ele a guiou para os fundos do prédio e através de uma porta pendurada por uma única dobradiça.

Dentro do prédio, havia uma variedade de partes de manequins, empilhadas de maneira perturbadora ao longo das paredes, uma pirâmide de cabeças em um dos cantos e um muro de braços em múltiplos tons de pele em outro. Uma pilha de perucas repousava como um enorme animal no meio do chão.

Uma minúscula criatura com asas de mariposa zumbia pelo ar, segurando uma agulha, e pousou no torso de um homem para costurar um colete ao corpo dele.

Val olhou ao redor, com medo, registrando qualquer coisa que pudesse ser usada como arma, recuando de modo que os dedos conseguissem pegar algo às suas costas. Não gostava da ideia de acertar a criatura com uma perna de plástico, mas, se precisasse, ela o faria, mesmo sem a menor expectativa de causar algum dano. Entretanto, quando seus dedos se fecharam no que acreditou ser um braço completo, a mão do manequim saiu na sua.

— O que é tudo isso? — perguntou ela em um tom alto, na esperança de que a criatura encantada não notasse.

— Faço substitutos — respondeu a criatura com chifres, se sentando em um engradado de leite que se curvou com o peso. — Agulhanix e eu, não vai encontrar melhores deste lado do mar.

A fada com asas de mariposa zumbiu. Val tentou colocar a mão do manequim de volta à prateleira atrás de si, mas, sem olhar, não conseguia achar um lugar. Acabou decidindo guardá-la no bolso de trás, debaixo do casaco.

— A rainha da Corte Seelie, Silarial em pessoa, usa nosso trabalho.

— Uau! — exclamou Val, já que ele nitidamente queria impressioná-la. Então, no silêncio subsequente, se sentiu obrigada a perguntar: — Substitutos?

Ele sorriu, e ela pôde ver que seus dentes eram amarelados e bem pontudos.

— É o que deixamos para trás quando roubamos alguém. Veja, galhos e varas, eles funcionam bem, mas esses manequins são superiores em todos os sentidos. Mais convincentes, até para aqueles raros humanos com um pouco de magia ou Visão. Óbvio, imagino que não sirva de consolo para você.

— Imagino que não — concordou Val. Ela se lembrou das garotas no parque zombando: *Deixaríamos um pouco de madeira para trás.* Era o que queriam dizer?

— Às vezes deixamos um dos nossos como simulacro de uma criança humana, mas essa bobagem não me diz respeito. — Ele a encarou. — Podemos ser cruéis com os que cruzam nosso caminho. Arruinamos colheitas, secamos o leite no seio de uma mãe e definhamos membros ao menor deslize. Mas, às vezes, acredito que somos ainda piores com quem cai em nossas graças. Então, me diga — continuou ele, se sentando e pegando a garrafa de poção. À luz das velas, ela viu que seus olhos eram completamente pretos, como os de um rato. — Isso é veneno?

— Não sei o que é — respondeu Val. — Não fui eu que fiz.

— Houve um bocado de mortes no Povo das Fadas.

— Ouvi alguns rumores.

Ele grunhiu.

— Todos usavam a solução de Ravus para combater a doença do ferro. Todos receberam encomendas de um mensageiro como você perto da hora da morte.

Val se lembrou do homem-incenso de alguns dias antes. O que ele havia dito? *Diga a seus amigos para terem mais cuidado com quem servem.*

— Acha que Ravus... — Ela deixou o nome se acomodar em sua boca por um instante. — Acha que Ravus é o envenenador?

— Não sei o que acho — respondeu o homem com chifres. — Bem, siga seu caminho, mensageira. Eu a encontrarei de novo, se necessário.

Val partiu depressa.

Ao passar pelo antigo cinema, Val foi atraída pelo cheiro de pipoca e pela promessa de calor. Podia sentir o rolo de dinheiro no bolso do casaco, mais do que o suficiente para entrar e, no entanto, a ideia de ver um filme soava inimaginável, como se ela tivesse que atravessar alguma barreira dimensional intransponível entre aquela vida e a do passado para se sentar em frente à tela.

Quando era mais nova, Val e a mãe costumavam ir ao cinema todo domingo. Primeiro, assistiam ao filme que Val queria e, depois, a mãe escolhia um. Em geral, acabava sendo um filme de zumbi seguido de algum dramalhão. Elas se sentavam na sala escura e sussurravam uma para a outra: *Aposto que foi ele. Ela vai ser a próxima vítima. Como alguém pode ser tão idiota?*

Ela se aproximou dos pôsteres, só para contrariar. A maioria dos filmes em cartaz eram longas de arte dos quais nunca tinha ouvido falar, mas o título *Played* chamou sua atenção. O cartaz mostrava um cara atraente caracterizado de valete de copas, uma tatuagem da carta desenhada no ombro nu. Ele também segurava a carta do valete de copas.

Val se lembrou de Tom, abrindo cartas de seu baralho de tarô em diferentes tiragens no balcão de sua cozinha.

— Este é o seu desafio — dissera ele, virando uma carta com a imagem de um homem vendado, empunhando espadas em ambas as mãos. — Dois de espadas.

— Ninguém pode prever o futuro — argumentara Val. — Não com algo que se compra em qualquer livraria de varejo.

A mãe havia se aproximado deles e sorrido para Tom.

— Pode tirar as cartas para mim? — perguntara.

Tom tinha sorrido em resposta e os dois começaram a conversar sobre fantasmas, cristais e merdas psíquicas. Val devia ter desconfiado de pronto. Porém, ela havia se servido de um copo de refrigerante, se sentado em uma banqueta e observado enquanto Tom lia o futuro da mãe, do qual ele faria parte.

Ela subiu os degraus, comprou um ingresso para a sessão da meia-noite e seguiu para a cafeteria. Estava deserta. Um arranjo de pequenas mesas de metal com topos de mármore cercava um par de sofás de couro marrom. Val se jogou em um deles e estudou o solitário candelabro brilhante no centro do cômodo, pendurado de um mural representando o céu. Ela descansou ali, o observando cintilar por alguns instantes e saboreando o luxo do aquecimento, antes de se forçar a ir ao banheiro. Tinha meia hora antes do início do filme e queria se limpar.

Fazendo um chumaço com o papel toalha, Val tomou um banho de gato decente, esfregando a calcinha com sabão antes de vesti-la outra vez ainda úmida, e gargarejando com goladas de água. Em seguida, se sentou em um dos reservados, recostou a cabeça na parede de metal pintada e fechou os olhos, deixando o ar quente dos dutos a inundar. *Um instante*, disse a si mesma. *Vou me levantar em um instante.*

Uma mulher com um rosto magro se inclinou sobre ela.

— *Pardon?*

Val se levantou de um pulo e a mulher da limpeza recuou com um grito, o esfregão erguido à frente.

Constrangida e aos tropeços, Val pegou a mochila e correu para a saída. Empurrou as portas de metal no momento em que porteiros de uniforme se encaminhavam em sua direção.

Desorientada, Val notou que ainda estava escuro. Tinha perdido o filme? Dormira por apenas um instante?

— Que horas são? — indagou a um casal que fazia sinal para um táxi.

A mulher consultou o relógio, nervosa, como se Val fosse arrancá-lo de seu pulso.

— Quase três.

— Obrigada — balbuciou Val. Embora tivesse dormido menos de quatro horas, e sentada em uma privada, agora que estava de pé novamente, notou que se sentia bem melhor. O enjoo havia quase passado e o cheiro de comida asiática do restaurante 24 horas alguns quarteirões adiante fez seu estômago roncar de fome.

Ela começou a caminhar na direção do cheiro.

Um suv preto com vidros escuros parou ao lado dela, as janelas estavam abertas. Dois caras ocupavam os bancos da frente.

— Ei — disse o sujeito no lado do carona. — Sabe onde fica a discoteca búlgara? Achei que ficasse longe do Canal, mas agora estamos perdidos. — Ele tinha mechas loiras no cabelo cuidadosamente penteado com gel.

Val balançou a cabeça.

— Provavelmente a essa hora está fechada mesmo.

O motorista se inclinou sobre o carona. Tinha cabelo e pele escuros, com olhos grandes e brilhantes.

— Estamos querendo nos divertir. Gosta de se divertir?

— Não — respondeu Val. — Só vou comer alguma coisa. — Ela apontou para o restaurante com o falso exterior japonês, feliz por não estar muito distante, mas terrivelmente ciente das ruas desertas que a separavam dele.

— Eu comeria arroz frito — disse o loiro. O SUV avançou, acompanhando Val enquanto ela caminhava. — Por favor! Somos apenas caras normais. Não somos perigosos nem nada disso.

— Olhe — disse Val. — Não quero me divertir, ok? Só me deixem em paz.

— Ok, ok. — O loiro olhou para o amigo, que deu de ombros. — Podemos pelo menos te dar uma carona? Não é seguro andar por aí sozinha.

— Obrigada, mas estou de boa. — Val se perguntou se conseguiria ser mais rápida que eles, se perguntou se devia apenas sair correndo e aproveitar a vantagem. Mas continuou andando, como se não estivesse assustada, como se eles fossem apenas dois caras legais e preocupados, tentando convencê-la a entrar na caminhonete.

Tinha confrei no sapato, flor-de-mel no bolso e uma mão de plástico no bolso de trás sob a seta, mas não sabia ao certo como qualquer uma daquelas coisas poderia ajudá-la.

A trava das portas se abriu enquanto a caminhonete estacionava e Val tomava uma decisão. Virando para a janela aberta, sorriu e perguntou:

— O que os faz pensar que não sou uma das pessoas más?

— Tenho certeza de que não é má — respondeu o motorista, todo sorrisos e insinuação.

— E se eu te disser que acabei de decepar a mão de uma garota? — insistiu ela.

— O quê? — O cara loiro a encarou, confuso.

— Não, sério. Vê? — Val jogou a mão do manequim pela janela. A coisa aterrissou no colo do motorista.

A caminhonete deu uma guinada e o homem loiro soltou um grito.

Val disparou pela rua, correndo na direção do restaurante.

— Maldita aberração — gritou o loiro, conforme o carro se afastava do acostamento, cantando pneus.

O coração de Val batia com o dobro da velocidade enquanto ela entrava na segurança aquecida do Dojo. Com um suspiro de alívio, se sentou à mesa e pediu uma enorme tigela fumegante de sopa mio, macarrão frio de gergelim pingando óleo de amendoim e frango frito com gengibre, que comeu com as mãos. Quando terminou, achou que fosse dormir de novo, bem na mesa.

Porém, tinha mais uma entrega a fazer.

A rua parecia abandonada e as laterais estavam cobertas de lixo — cacos de vidro, camisinhas ressecadas, um par de meias-calças rasgadas. Ainda assim, o cheiro do orvalho no asfalto, na ferrugem da cerca e na grama esparsa, somado às ruas vazias, fazia Williamsburg parecer muito distante de Manhattan.

Val se esgueirou sob uma cerca de arame. O terreno estava vazio, mas ela podia ver uma vala entre o concreto rachado e as pequenas colinas. Ela entrou ali, usando o fosso como caminho para seguir até onde rochas pretas marcavam o espaço entre a praia e o rio.

Havia alguma coisa ali. A princípio, Val pensou que fosse um amontoado de alga marinha seca ou um saco plástico perdido, mas, quando chegou mais perto, se deu conta de que era uma mulher com cabelo verde, deitada de bruços sobre as pedras, meio dentro e meio fora da água. Correndo até ela, Val viu as moscas zumbindo perto do torso da mulher e sua cauda flutuando na correnteza, as escamas refletindo as luzes da rua, brilhantes como prata.

Era o cadáver de uma sereia.

Para eles me volto, neles eu confio...
Irmão Chumbo e Irmã Aço.
— Siegfried Sassoon, "The kiss", *The Old Huntsman and Other Poems*

A primeira vez que Val viu de perto alguma coisa morta foi no shopping perto da casa do pai, quando tinha 12 anos. Ela havia jogado uma moeda no chafariz da praça de alimentação e desejado um par de tênis de corrida. Alguns minutos depois, pensou melhor e voltou correndo para tentar recuperar a moeda e refazer o pedido. Mas o que ela viu, boiando na água parada, foi o corpo inerte de um pardal. Val o havia pegado e erguido, e água tinha se derramado de seu pequeno bico como de uma xícara. O pássaro fedia, como carne deixada na geladeira para descongelar, depois esquecida. Ela o havia estudado por um instante antes de se dar conta de que estava morto.

Conforme corria pelas ruas e atravessava a Ponte de Manhattan, com a respiração condensando no ar, Val se lembrou do pequeno pássaro afogado. Agora tinha visto duas criaturas mortas.

O portal mágico sob a ponte se abriu do mesmo modo que da última vez, mas, quando pisou no patamar escuro, ela viu que não estava sozinha.

Alguém descia os degraus, e, apenas quando a vela que ele segurava fez as argolas de prata em seu lábio e nariz brilharem e o branco dos olhos cintilar, que se deu conta de que era Luis. Ele parecia tão atônito quanto ela e, na iluminação vacilante, exausto.

— Luis? — perguntou Val.

— Esperava que já estivesse longe. — A voz de Luis soou suave e implacável. — Achei que tinha voltado correndo para mamãe e papai nos subúrbios. É tudo o que vocês, garotas ponte-e-túnel, sabem... fugir quando as coisas ficam difíceis. Fugir para a grande cidade má, depois voltar para casa.

— Vá se foder — disse Val. — Você não sabe nada sobre mim.

— Bem, você também não sabe merda nenhuma sobre mim. Acha que fui um babaca com você, mas não te fiz nada, só um favor.

— Qual é o seu problema comigo? Você me odiou de cara!

— Qualquer amigo de Lolli vai foder com tudo, e foi exatamente o que você fez. E aqui estou eu, sendo interrogado por um troll furioso por causa de vocês, vacas. Qual você *acha* que é o meu problema?

A raiva fez o rosto de Val esquentar, mesmo na escadaria gelada.

— Eu acho o seguinte: a única coisa especial sobre você é que tem a Visão. Você fala mal das fadas, mas adora ser aquele que pode vê-las. É por isso que sente um ciúme repulsivo de qualquer um que chegue a falar com alguma.

Luis a encarava de queixo caído, como se tivesse levado um tapa.

As palavras saíam da boca de Val antes que ela sequer percebesse o que estava prestes a dizer.

— E acho outra coisa também. Ratos podem ser capazes de abrir caminho a dentadas no cobre ou sei lá o que, mas a única razão pela qual sobrevivem é porque existem milhares deles. É isso que existe de tão especial nos ratos: eles trepam o tempo todo e têm um milhão de ratinhos bebês.

— Pare! — disse Luis, levantando a mão como se pudesse dissipar as palavras de Val. Sua voz desceu um tom, a raiva parecia emanar dele em ondas. — Tudo bem. Certo. Para Ravus e o restante do povo das fadas é tudo o que os humanos são... coisas patéticas que se reproduzem freneticamente e morrem tão rápido que não é possível diferenciar um do outro. Olhe, passei os últimos... sei lá quanto tempo... respondendo perguntas depois de beber algum tipo de parada maligna que me fazia falar a verdade. Tudo porque você e Lolli invadiram este local. Estou cansado e estou puto. — Ele esfregou o rosto com a mão. — Você não é a primeira vadia que Lolli traz para casa, sabia? Não sabe no que está se metendo.

Val ficou tensa com a súbita mudança no tom de Luis.

— O que quer dizer?

— Houve outra garota há alguns meses... outra perdida que Lolli decidiu trazer para o subterrâneo. Foi quando, pela primeira vez, Lolli teve o vislumbre da possibilidade de injetar poções. Lolli e a garota, Nancy, queriam comprar um pouco de heroína, mas não tinham nenhum dinheiro. Então Lolli começou a falar sobre o que mais poderiam injetar, e elas experimentaram um pouco da parada de uma das entregas de Dave. Do nada, elas começaram a falar que podiam ver merdas que não estavam lá e, pior, Dave também começou a ver coisas. Nancy foi atropelada por um trem e estava rindo até ser atingida.

Val afastou o olhar da luz bruxuleante da vela, para a escuridão.

— Parece que foi um acidente.

— Óbvio que foi a merda de um acidente. Mas Lolli amava a parada, mesmo depois disso. Ela influenciou Dave a experimentar.

— Ela sabia o que era? — perguntou Val. — Ela sabia sobre as fadas? Sobre Ravus?

— Sim. Eu contei a Dave sobre Ravus porque Dave é meu irmão, apesar de ser um idiota. Ele contou a Lolli porque ela gosta de provocar e ele faria qualquer coisa para impressioná-la. E Lolli contou a Nancy, porque não consegue ficar com a porra da boca fechada.

Val podia ouvir o riso delicado de Lolli em sua mente.

— Qual é o grande problema de ela contar às pessoas?

Luis suspirou.

— Veja isso. — Ele apontou para a pupila leitosa de seu olho esquerdo. — Nojento, não? Um dia, quando eu tinha 8 anos, minha mãe me levou ao mercado de peixe. Ela estava comprando alguns caranguejos de casca mole e negociando com o peixeiro, realmente animada, porque amava barganhar... então, notei um cara, carregando uma braçada de peles de foca ensanguentadas. Ele me olha e abre um sorriso bem grande. Os dentes são como os de um tubarão: pequenos, afiados e afastados.

Val aperta o corrimão, a tinta descasca sob suas unhas.

— "Você consegue me ver?", pergunta ele, e, porque sou uma criança burra, concordo com a cabeça. Minha mãe está bem ao meu lado, mas não percebe coisa alguma. "Você me vê com os dois olhos?", ele quer saber. Eu estava nervoso, essa é a única coisa que me impede de contar a verdade. Aponto para o meu olho direito. Ele derruba as peles e elas fazem um som molhado, horrível, caindo juntas daquele jeito.

Cera escorria pela lateral da vela e pelo polegar de Luis, mas ele nem mesmo piscou ou mudou o modo como a segurava. Mais cera se seguiu, criando um gotejar constante sobre os degraus.

— O sujeito me segura pelo braço e enfia o dedo no meu olho. Sua expressão não muda nada enquanto faz isso. O golpe dói tanto e eu grito, e é quando minha mãe finalmente se vira, finalmente me vê. E sabe a que conclusão ela e o cara do caranguejo chegam? Que eu cocei a porra do próprio olho, de algum modo. Que eu bati em alguma coisa. Que eu mesmo me ceguei.

Os pelos do braço dos braços de Val se arrepiaram e ela sentiu aquele frio na espinha, aquele que lhe dizia o quão esquisita era de fato. Pensou nas peles de foca na história de Luis, no corpo da sereia que tinha visto na margem do rio, e não chegou a nenhuma conclusão, exceto que não havia escapatória das coisas horríveis.

— Por que está me contando isso?

— Porque é uma merda ser eu — respondeu Luis. — Um passo em falso e eles decidem que não preciso do outro olho. É esse o grande problema. Dave e Lolli não entendem. — Sua voz se tornou um sussurro, e ele se inclinou na direção de Val. — Eles estão brincando com aquela droga, roubando de Ravus quando eu devia estar pagando uma dívida. Então eles te envolvem no esquema. — Ele parou, mas ela viu o pânico em seus olhos. — Vocês estão jogando merda no ventilador. Lolli está piorando ao invés de melhorar.

O troll apareceu no topo do beiral e baixou o olhar para Val. Sua voz soou baixa e grave, como um tambor.

— Não consigo pensar por que você voltou. Há algo de que necessite?

— A última entrega — disse ela. — Era uma... sereia? Ela está morta.

Ele ficou em silêncio, a encarando.

Val engoliu em seco.

— Parecia já estar morta há um tempo.

Ravus começou a descer os degraus, o fraque tremulando.

— Me mostre.

Sua expressão mudou conforme se aproximava, o verde da pele foi se esvaindo, as feições se transformando até que parecia humano, como um garoto magrelo, apenas um pouco mais velho do que Luis, um garoto com estranhos olhos dourados e cabelo preto desgrenhado.

— Você não mudou seus... — começou Val.

— É como funciona o glamour — explicou Ravus, interrompendo-a. — Sempre fica um vestígio de quem você era. Pés virados para trás, uma cauda, costas ocas. Alguma pista de sua verdadeira natureza.

— Vou dar o fora daqui — avisou Luis. — Já estava de saída mesmo.

— Luis e eu tivemos uma conversa interessante sobre você e a maneira como nos conhecemos — disse o troll. Era desconcertante ouvir aquela voz grave e intensa vindo de um garoto.

— É — concordou Luis, com um meio sorriso. — Ele conversou. Eu me humilhei.

Aquilo fez Ravus responder com um sorriso, mas mesmo como homem, seus incisivos pareciam um pouco longos demais.

— Creio que essa morte também lhe diga respeito, Luis. Adie seu sono um pouco mais e vamos ver o que podemos descobrir.

Quando Ravus, Val e Luis chegaram, o único som na orla vinha das ondas quebrando nas pedras à margem da água. O corpo ainda estava lá, o cabelo flutuando como algas marinhas, colares de conchas, pérolas e bolachas-do--mar ao redor do pescoço, como um nó de forca, o rosto pálido lembrando o reflexo da lua na água. Minúsculos peixes disparavam ao seu redor e nadavam para dentro e para fora dos lábios entreabertos.

Ravus se ajoelhou, aninhou o crânio da sereia nos dedos compridos e ergueu sua cabeça. A boca se abriu ainda mais, revelando dentes estreitos e translúcidos que pareciam feitos de cartilagem. Ravus aproximou o próprio rosto do da sereia de tal forma que, por um instante, parecia prestes a beijá-la. Em vez disso, farejou duas vezes, antes de gentilmente devolvê-la à água.

Ele encarou Luis com olhos semicerrados, em seguida despiu a casaca e a esticou no chão. Ele se virou para Val.

— Se você segurar a cauda, podemos colocá-la sobre o tecido. Tenho de levá-la até minha oficina.

— Ela foi envenenada? — perguntou Luis. — Você sabe o que a matou?

— Tenho uma teoria — respondeu Ravus. Ele afastou os cabelos com a mão molhada, em seguida entrou no East River.

— Eu ajudo — avisou Luis, se adiantando.

Ravus balançou a cabeça.

— Você não pode. Todo esse ferro que insiste em usar poderia queimar a pele da sereia. Não quero contaminar as evidências mais do que o necessário.

— O ferro me protege — argumentou Luis, tocando a argola no lábio. — Bem, pelo menos um pouco.

Ravus sorriu.

— No mínimo, vai protegê-lo de uma tarefa repugnante.

Val entrou na água e ergueu a cauda escorregadia, as pontas tão esfarrapadas quanto tecido rasgado. As escamas de peixe cintilavam como prata líquida conforme se desfolhavam na mão de Val. Havia trechos de carne pálida expostos ao longo do flanco da sereia, onde os peixes já haviam começado a beliscar.

— Que drama patético de se assistir — disse uma voz vinda do vale entre os montes.

— Greyan — disse Ravus olhando através das sombras.

Val reconheceu a criatura que se apresentou, o fabricante de manequins de barba esverdeada. Mas, atrás dele, havia outros seres encantados que ela não conhecia, fadas com braços longos e mãos escurecidas, com olhos de pássaro, rostos de gato, asas puídas tão finas quanto fumaça e tão brilhantes quanto as luzes de neon de um distante letreiro de bar.

— Outra morte — disse um deles, e se ouviu um burburinho.

— O que você está fornecendo dessa vez? — perguntou Greyan. Houve uma explosão de risadas constrangidas.

— Vim para descobrir o máximo possível — explicou Ravus. Ele assentiu para Val. Juntos, colocaram o corpo sobre o casaco. Val se sentiu enjoada quando se deu conta de que o cheiro de peixe vinha da carne em suas mãos.

Greyan deu um passo adiante, os chifres brancos sob a luz da rua.

— E veja o que foi descoberto.

— O que está insinuando? — perguntou Ravus. Em seu disfarce humano, ele parecia magro e alto, e ao lado do troncudo Greyan, terrivelmente em desvantagem.

— Nega ser um assassino?

— Pare — disse um dos outros, uma voz nas sombras atrelada ao que parecia um corpo comprido e esguio. — Nós o conhecemos. Ele fez poções inofensivas para todos nós.

— Nós o conhecemos? — Greyan se aproximou e tirou duas foices com lâminas de bronze escuro das dobras do casaco de couro rachado. Ele as cruzou no peito, como um faraó em um sarcófago. — Ele foi exilado por assassinato.

— Tenha cuidado — disse uma criatura minúscula. — Gostaria que todos fôssemos julgados pelo motivo de nosso exílio?

— Sabe que não posso refutar a acusação de assassinato — argumentou Ravus. — Assim como *sei* que é covardia brandir uma espada na frente de alguém que jurou nunca mais empunhar uma lâmina.

— Belas palavras. Ainda se considera um cortesão — disse Greyan. — Mas sua língua hábil não o ajudará aqui.

Uma das criaturas sorriu com malícia para Val; tinha os olhos de um papagaio e uma boca de dentes irregulares. Val esticou a mão e pegou um pedaço de cano nas rochas. Estava tão gelado que queimou seus dedos.

Ravus ergueu as mãos para Greyan.

— Não quero brigar com você.

— Então será sua ruína. — Ele golpeou Ravus com uma das foices.

O troll se desviou da lâmina e arrancou uma espada da mão de outra fada, o punho envolvendo o metal afiado. Sangue vermelho escorreu por sua palma. A boca se curvou em um travo de prazer e seu glamour desvaneceu como se fosse esquecido.

— Você precisa do que eu faço — cuspiu Ravus. Fúria contorcia seu rosto, tornando as feições assustadoras, forçando as presas a perfurar o lábio superior. Ele lambeu o sangue e seus olhos pareciam tão cheios de alegria quanto de raiva. Ele apertou o punho na lâmina da espada, mesmo quando o metal lhe ferroou a pele. — Eu ofereço de boa vontade, mas se fosse eu o envenenador, se fosse meu desejo matar um entre as centenas que ajudo, você ainda teria de viver à sombra de minha indulgência.

— Não vou viver sob a indulgência de ninguém. — Greyan brandiu suas foices na direção de Ravus.

Ravus girou o punho da espada, bloqueando o ataque. Os dois circundavam um ao outro, trocando golpes. A arma de Ravus estava desbalanceada por ser empunhada ao contrário, e escorregadia com o seu próprio sangue. Greyan atacou rapidamente com as pequenas foices de bronze, mas em todas as vezes Ravus se defendeu.

— Basta! — gritou Greyan.

Uma fada com uma cauda comprida e curva avançou, segurando um dos braços de Ravus. Uma outra se adiantou com uma faca de prata no formato de uma folha.

No momento em que Greyan golpeou o pulso de Ravus, Val se moveu antes mesmo de notar o movimento. Seu instinto assumiu o controle. Todos os treinos de lacrosse e videogames se uniram de algum modo, e ela atacou o flanco de Greyan com o cano. O golpe o atingiu com um chiado suave e carnudo, desequilibrando-o por um instante. Então ele se virou para ela, as lâminas de bronze baixando com força. Val mal teve tempo de erguer o cano e se defender antes do choque, faíscas saltando do metal. Ela se afastou de lado e Greyan a encarou, admirado, antes de colidir ambas as foices de bronze na perna dela.

Val sentiu o frio a invadir e os ruídos de fundo diminuírem até um zumbido nos ouvidos. A perna nem doía tanto, mas sangue ensopava as calças cargo já rasgadas.

Na outra vida de Val, aquela em que quase havia sido uma atleta e em que não acreditava em fadas, ela e Tom tinham jogado videogames e matado tempo no porão reformado da casa do garoto depois da escola. Seu jogo favorito era *Avenging Souls*. Sua personagem, Akara, tinha uma cimitarra curva, uma manobra poderosa que decapitava com um só golpe três de seus oponentes e garantia montes de pontos de vida. Você podia conferi-los no topo da tela, orbes azuis que se tornavam vermelhos com um estalido quanto mais Akara se feria. Era tudo o que acontecia. Akara não desacelerava quando se feria, não tropeçava, gritava ou desmaiava.

Val fez todas essas coisas.

Alguém apertava o braço de Val com muita força. Ela podia sentir as unhas contra a pele. Doía. Tudo doía. Val abriu os olhos.

Um rapaz estava inclinado sobre ela e, a princípio, Val não o reconheceu. Ela se afastou, rastejando para longe dele. Então notou o cabelo preto, os lábios inchados e os olhos com pintas douradas. Luis estava parado ao fundo.

— Val — disse Luis. — É Ravus. Ravus.

— Não me toque — disse Val, querendo que a dor parasse.

Um sorriso amargo curvou os lábios enquanto suas mãos a soltavam.

— Você podia ter morrido — comentou Ravus, baixinho.

Val considerou aquilo um sinal encorajador de que não estava, de fato, morrendo.

Val despertou, aquecida e sonolenta. Por um segundo, achou que estivesse de volta à própria cama, de volta a sua casa. Ela se perguntou se teria dormido demais e perdido a hora para a escola. Então imaginou que talvez estivesse doente, mas, quando abriu os olhos, viu a luz bruxuleante da vela e o teto sombrio bem acima dela. Val estava envolvida em um casulo de cobertores com perfume de lavanda, sobre uma pilha de almofadas e tapetes. Acima, o ruído constante do trânsito quase soava como chuva.

Val se apoiou no cotovelo. Ravus estava de pé atrás da mesa de trabalho, cortando um pedaço de alguma substância escura. Ela o observou por um instante, observou os dedos longos e eficientes segurando a faca, depois puxou uma das pernas sob as cobertas. Estava sem calças, enfaixada na altura da coxa, envolta em folhas e estranhamente entorpecida.

Ele olhou para ela.

— Está acordada.

Ela enrubesceu, constrangida por ele provavelmente ter tirado suas calças e por elas estarem sujas.

— Onde está Luis?

— Ele voltou aos túneis. Estou fazendo uma infusão para você. Acha que consegue bebê-la?

Val assentiu.

— É algum tipo de poção?

Ele bufou.

— Não é nada mais do que cacau.

— Ah — disse Val, se sentindo idiota. Ela olhou para ele de novo. — Sua mão não está enfaixada.

Ravus ergueu a mão, a palma sem marcas.

— Trolls cicatrizam rápido. Sou duro de matar, Val.

Ela olhou para sua mão, para a mesa com ingredientes, e balançou a cabeça.

— Como funciona... a magia? Como você pega coisas comuns e as torna mágicas?

Ele a olhou de modo incisivo e, em seguida, voltou a cortar a barra marrom.

— É o que acha que eu faço?

— Não é?

— Não torno as coisas mágicas — disse ele. — Talvez pudesse, mas nada significativo em quantidade ou potência. Estaria além de meu alcance, além do alcance da maioria, com exceção de um Senhor ou Senhora das fadas. Essas coisas... — A mão dele varreu sobre a mesa de trabalho as pepitas de chiclete mastigado, os vários papéis e latas, e as guimbas de cigarro manchadas de batom. — Já são mágicas. As pessoas assim as tornaram. — Ele pegou um papel de chiclete prateado. — Um espelho que nunca se quebra. — Ele pegou um lenço de papel com uma marca de batom. — Um beijo eterno. — Um cigarro. — O hálito de um homem.

— Mas espelhos e beijos também não são mágicos.

Ele riu do argumento.

— Então você não acredita que um beijo é capaz de transformar uma fera ou despertar os mortos?

— E estou errada?

— Não — respondeu ele, com o típico sarcasmo. — Você está bastante correta. Mas, felizmente, essa poção não tem a intenção de fazer nenhuma dessas coisas.

Ela sorriu com aquilo. Pensou no modo como notava todos os seus olhares, seus suspiros, as sutis mudanças em sua expressão. Pensou no que aquilo poderia significar e ficou preocupada.

— Por que você sempre tem essa aparência? — perguntou ela. — Você poderia se parecer com qualquer coisa. Qualquer um.

Ravus pousou seu pilão com o cenho franzido e rodeou a mesa. Ela sentiu um arrepio percorrer seu corpo que apenas em parte se devia ao medo.

Ela tinha consciência de que estava deitada no que devia ser a cama do troll, mas não queria se levantar sem as calças.

— Ah, você fala de glamour? — Ele hesitou. — Me fazer parecer menos assustador? Menos hediondo?

— Você não é... — começou Val, mas ele levantou a mão e ela parou.

— Minha mãe era muito bonita. Sem dúvida, tenho uma noção mais ampla de beleza do que você.

Val não disse nada, assentindo. Ela não queria analisar com muita atenção se tinha uma noção mais ampla de beleza. Sempre achou que tinha uma bem estreita, uma que não incluía a mãe nem pessoas que se esforçavam demais. Sempre desdenhara da beleza, como se fosse uma coisa que a pessoa tinha que barganhar por outra igualmente vital.

— Ela tinha pingentes de gelo no cabelo — continuou ele. — Os fios ficavam tão frios que congelavam, juntando as tranças em joias cristalinas que tilintavam quando ela se movia. Você devia tê-la visto sob a luz de velas. As chamas acendiam o gelo como se fosse feito de fogo. Ainda bem que ela não podia suportar a luz do sol... ela teria incendiado o céu.

— Por que ela não suportava a luz do sol?

— Nenhum troll suporta. Nós nos transformamos em pedra no sol... e assim permanecemos até o cair da noite.

— Dói?

Ele balançou a cabeça, mas não respondeu.

— Apesar de toda aquela beleza, minha mãe jamais mostrou sua verdadeira identidade para o meu pai. Ele era mortal, como você, e perto dele ela sempre usava um glamour. Ah, ela também ficava linda sob o efeito do glamour, mas era uma beleza reprimida. Meus irmãos e irmãs... tínhamos de usar feitiços também.

— Ele era mortal?

— Mortal. Se foi em um sopro de fada. Era o que minha mãe costumava dizer.

— Então você é...?

— Um troll. Sangue de fada tem poder.

— Ele sabia o que ela era?

— Ele fingia não saber o que éramos, mas deve ter adivinhado. No mínimo, deve ter suspeitado de que não éramos humanos. Ele tinha uma serraria que serrava e secava madeira dos vários hectares de florestas que possuía. Freixo, álamo, bétula, carvalho, salgueiro, zimbro, pinheiro, teixo.

"Meu pai tinha outra família na cidade, mas minha mãe fingia não saber. Era um ótimo acordo de fingimento. Ela fazia questão que a madeira de meu pai fosse fina e plana. Era lindamente aplainada e não empenava nem apodrecia.

"Fadas... não conhecemos moderação. Quando amamos, somos todo amor. Minha mãe era assim. Mas em troca exigia que ele tocasse um sino no alto da montanha para avisá-la de sua chegada.

"Um dia meu pai se esqueceu de tocar o sino."

O troll se levantou, caminhou até o leite fervente e o serviu em uma xícara de porcelana. O perfume de canela e chocolate flutuou até ela.

— Ele nos viu como realmente éramos. — Ravus se sentou ao seu lado, o longo casaco preto se amontoando no chão. — Fugiu e nunca mais voltou.

Val pegou a xícara que ele lhe oferecia e tomou um gole com cuidado. Estava muito quente e ela queimou a língua.

— O que aconteceu depois?

— A maioria das pessoas se contentaria com essa conclusão para a história. O que aconteceu depois foi que todo o amor de minha mãe se transformou em ódio. Até mesmo os próprios filhos não significavam nada para ela depois disso, apenas reminiscências de meu pai.

Val lembrou da própria mãe e de como jamais havia duvidado de que a amava. Óbvio que ela amava a mãe... mas agora Val a odiava. Não parecia certo um sentimento se transformar tão facilmente no outro.

— Sua vingança foi terrível.

Ravus olhou para as próprias mãos e Val se lembrou de como ele as havia cortado ao segurar a espada pela lâmina. Ela se perguntou se a raiva era tanta que ele não tinha sentido dor. Ela se perguntou se ele era capaz de amar como a mãe amava.

— Minha mãe também era muito bonita — revelou Val. Ela queria falar de novo, mas o único gole do chocolate quente a tinha enchido de um enorme e delicioso langor que ela se flagrou deslizando para o sono mais uma vez.

Val acordou ao som de vozes. A mulher com pés de bode estava ali, conversando baixinho com Ravus.

— Um cão sem dono eu talvez entendesse — disse ela. — Mas isso? Você tem um coração de manteiga.

— Não, Mabry — argumentou Ravus. — Não tenho. — Ele olhou na direção de Val. — Acho que ela quer morrer.

— Talvez você possa ajudá-la, afinal — disse Mabry. — Você é bom em ajudar pessoas a morrer.

— Há algum propósito em sua visita que seja não esfregar meus erros na minha cara? — perguntou ele.

— Isso já seria propósito o suficiente, mas houve outra morte — disse Mabry. — Um dos sereianos do East River. Um humano encontrou o corpo, mas grande parte foi comida pelos peixes, duvido que haverá muito escândalo.

— Sei disso — falou Ravus.

— Você sabe demais. Você sabia sobre todos eles, cada um que morreu — argumentou Mabry. — Você é o assassino?

— Não — respondeu ele. — Todos os mortos eram exilados da Corte Seelie. Certamente alguém notou esse detalhe.

— Todos envenenados — disse Mabry. — É isso que está sendo notado.

Ravus assentiu.

— Havia cheiro de veneno de rato no hálito da sereia.

Val abafou um soluço, enterrando o rosto nos cobertores.

— O Povo das Fadas culpa você — avisou Mabry. — É muita coincidência todos os mortos serem seus clientes e morrerem poucas horas depois de receberem uma encomenda de um de seus mensageiros humanos.

— Depois que o Tithe não foi pago na Corte Noturna, dezenas de fadas unseelie solitárias devem ter deixado as terras de Nicnevin. Não vejo por que qualquer um acharia mais provável eu ser o envenenador.

— São as terras de Lorde Roiben agora. — A voz de Mabry soou repleta de algo que Val não conseguia identificar. — Pelo tempo que Silarial permitir que ele as mantenha.

Ravus fungou e Val achou ter visto algo no troll que não havia notado antes. Ele vestia uma casaca, mas uma muito nova para ser do período que retratava. Um disfarce, ela se deu conta, com a súbita certeza de que Ravus era muito mais jovem do que tinha imaginado. Ela não sabia como as fadas envelheciam, mas imaginou que ele estivesse se esforçando demais para ser sofisticado na frente de Mabry.

— Não me importa quem é o Senhor ou a Senhora da Corte Noturna no momento — disse ele. — Que se matem um ao outro para que não precisemos lidar com eles.

Mabry o encarou de modo sombrio.

— Não tenho dúvidas de que seu desejo é este.

— Vou mandar uma mensagem para Lady Silarial. Sei que ignora o Povo das Fadas tão próximo das cidades, mas até mesmo ela não pode ficar indiferente ao assassinato dos exilados da Corte Luminosa. Ainda estamos em seus domínios.

— Não — retrucou Mabry, depressa, o tom de voz diferente. — Acredito que isso seria imprudente. Invocar a nobreza poderia piorar as coisas.

Ravus suspirou e olhou na direção de onde Val continuava deitada.

— Acho isso difícil de imaginar.

— Espere mais um pouco antes de mandar qualquer mensagem — aconselhou Mabry.

— Foi gentil de sua parte avisar, apesar do que pensa sobre mim — murmurou ele.

— Avisar? Vim apenas tripudiar — disse ela, e saiu do cômodo, os cascos ecoando nos degraus.

Ravus se virou para Val.

— Pode parar de fingir que está dormindo agora.

Val se sentou, franzindo o cenho.

— Você a considera cruel — disse Ravus, parado de costas para ela. Val desejava poder ver a expressão em seu rosto; a voz era difícil de interpretar. — Mas é minha culpa que ela esteja presa nesta fétida cidade de ferro, e ela tem motivos ainda melhores para me odiar.

— Que motivos?

Ravus passou a mão sobre a vela e da fumaça brotou o rosto de um jovem, muito bonito para ser humano.

— Tamson — respondeu Ravus. Cabelo loiro-claro beijava o pescoço da figura, soprado para longe do rosto, e tão cuidadosamente alinhado quanto seu sorriso.

Val ofegou. Nunca havia visto glamour ser usado daquela maneira.

O restante de Tamson se formou do nada, vestindo uma armadura que parecia feita de casca de árvore, áspera e pontilhada com musgo. A espada de cristal estava embainhada no quadril e, no jovem, parecia líquida, como água forçada a se manter em um formato improvável.

— Ele foi meu primeiro e melhor amigo na Corte Luminosa. Não se importava que eu não pudesse suportar o sol. Ele me visitava nas trevas e me contava histórias divertidas sobre o que aconteceu durante o dia. — Ravus franziu o cenho. — Eu me pergunto se eu fui uma boa companhia.

— Então a espada de cristal pertencia a ele?

— Era uma coisa muito delicada para mim — respondeu Ravus. Ao lado de Tamson, outra figura nebulosa apareceu, essa familiar a Val, embora ela tenha levado um instante para identificá-la. O cabelo castanho da fada era entremeado de verde, como o tapete de folhas de um bosque, e sob o ondular de seu vestido vermelho se viam pés de bode. Ela cantava uma balada, a voz forte e rouca enchendo as palavras de promessa. O troll fez um gesto em sua direção. — Mabry, a amante de Tamson.

— Ela também era sua amiga?

— Ela tentou ser, acho, mas eu não era agradável ao olhar.

Tamson colocou a mão no braço de Mabry e ela se virou para ele, a canção interrompida pelo abraço do casal. Sobre o ombro da fada, a imagem esfumaçada de Tamson encarava Ravus, os olhos brilhantes como brasas.

— Ele falava nela sem parar. — O sorriso de Ravus lhe curvava a boca.

O Tamson enfeitiçado falou:

— Seu cabelo é da cor do trigo em pleno verão, a pele da cor do osso, os lábios vermelhos como romãs.

Val se perguntou se Ravus achava as descrições exatas. Ela mordeu o interior da bochecha.

— Tamson queria impressioná-la — disse Ravus. — Ele me pediu que duelasse com ele para que pudesse mostrar sua habilidade com a espada. Sou alto e acho que pareço feroz.

"A rainha da Corte Luminosa aprecia lutas acima de qualquer esporte. Ela organizava torneios para que o Povo das Fadas pudesse mostrar suas habilidades. Eu era novo na corte e não gostava muito de competir. Meus prazeres vinham de meu trabalho, de minha alquimia.

"Era uma noite quente; me lembro disso. Eu estava pensando na Islândia, nas florestas geladas de minha juventude. Mabry e Tamson tinham trocado farpas. Eu o ouvi dizer, 'Eu a vi com ele'."

— Quem me dera saber o que Tamson viu, muito embora eu possa imaginar — continuou Ravus, se virando para as janelas cobertas. — O Povo das Fadas não faz nada pela metade, podemos ser caprichosos. Cada emoção é um líquido que devemos beber até a última gota, mas às vezes acho que amamos o amargo tanto quanto o doce. Na Corte Luminosa não há a noção de que por Mabry se envolver com Tamson e ele a amar, que ela não poderia se envolver com outro.

"A armadura de Tamson era forjada com casca de árvore, enfeitiçada para ser resistente como o ferro. — Ele parou de falar, fechou os olhos e recomeçou: — Ele era melhor espadachim do que eu, mas estava distraído e ataquei primeiro. A espada cortou o tronco como se fosse papel."

Val assistiu ao golpe na fumaça enfeitiçada da vela. O ruir da armadura ao redor da lâmina, o olhar de surpresa de Tamson, o grito de Mabry cortando o ar, alto e agudo, como se ela tivesse percebido o que acontecera um segundo antes de qualquer um. Mesmo enfeitiçado, aquele som ecoou no cômodo empoeirado.

— Quando luto, luto como um troll... a fúria me domina. Talvez outro pudesse ter controlado seu golpe; eu não. Ainda empunhava a espada, como se esta estivesse soldada a minha mão e fosse impossível soltá-la. A lâmina parecia ter sido pintada de vermelho.

— Por que ele tiraria a magia da própria armadura? — Ravus a encarava e, por um momento, ela achou que ele pudesse estar à espera de uma

resposta. Seu olhar se desviou dela para a parede e o glamour se dispersou.
— E, no entanto, ele deve ter tirado. Ninguém mais tinha razão para desejar seu mal. — A voz de Ravus soou baixa e ríspida: — Eu sabia que ele estava com problemas... podia ver em seu rosto. Achei que fosse passar, como todas as coisas passam... e de modo egoísta, fiquei feliz que Mabry o houvesse desapontado. Sentia falta dele. Pensei que seria meu de novo. Ele deve ter visto essa vulgaridade em mim... por que outro motivo teria me escolhido como instrumento da própria morte?

Val não sabia o que dizer. Ela formava frases em sua mente: *Não foi sua culpa. Todos desejamos coisas terríveis, egoístas. Só pode ter sido um acidente.* Nenhuma delas parecia ter significado. Eram apenas palavras para quebrar o silêncio. Quando ele recomeçou a falar, ela se deu conta de quanto tempo devia ter ficado debatendo em silêncio.

— Morte é de muito mau gosto no Reino das Fadas. — Ele riu sem alegria. — Quando eu disse que viria para a cidade, que ficaria no exílio aqui depois da morte de Tamson, lhes convinha me deixar partir. Não me culparam tanto pela morte quanto me julgaram maculado por ela.

"Silarial, a rainha da Corte Luminosa, obrigou Mabry a me acompanhar para que pudéssemos chorar juntos a morte de Tamson. O fedor da morte também se grudou a ela e deixava os outros membros do Povo inquietos. Então ela teve de me seguir, o assassino de seu amante, e aqui deve ficar até eu cumprir o prazo de meu autoexílio ou morrer."

— Isso é horrível — disse Val, e, pelo silêncio do troll, percebeu como eram inadequadas e idiotas aquelas palavras. — Quero dizer, é óbvio que é horrível, mas eu estava me referindo à parte em que ela é enviada com você. Isso é cruel.

Ele bufou, em uma quase risada.

— Eu arrancaria meu próprio coração para ver o de Tamson bater mais uma vez em seu peito. Mesmo por um segundo. Nenhuma sentença teria me incomodado. Mas sofrer punição e exílio coroados pelo luto deve ter sido quase demais para ela suportar.

— Como é estar aqui? Quero dizer, exilado na cidade?

— Sou constantemente bombardeado pela violência dos aromas, pelo barulho. Há veneno por toda parte, e ferro tão próximo que faz minha pele coçar e a garganta queimar. Mas mal posso imaginar como Mabry se sente.

Ela esticou uma das mãos em sua direção e ele a pegou, correndo os dedos pelas calosidades. Val ergueu o olhar para o seu rosto, tentando demonstrar solidariedade, mas ele estudava sua mão atentamente.

— Onde conseguiu isso? — perguntou ele.

— O quê?

— Suas mãos são ásperas — disse ele —, calejadas.

— Lacrosse — explicou ela.

Ele assentiu, mas ela podia ver, pela expressão, que ele não a entendeu. Ela podia ter dito qualquer coisa e ele teria assentido da mesma maneira.

— Você tem as mãos de um cavaleiro — disse ele, por fim, largando sua mão.

Val esfregou a pele, indecisa se estava tentando apagar ou guardar a lembrança do toque do troll.

— Não é seguro para você continuar com as entregas. — Ravus foi até um dos armários e pegou um frasco em que se debatia uma borboleta. Depois, retirou um minúsculo rolo de papel e começou a escrever em uma caligrafia miúda. — Tenho uma dívida com você, maior do que simplesmente sou capaz de pagar, mas, pelo menos, posso cancelar sua promessa de servidão.

Ela olhou para onde a espada de cristal estava pendurada, cintilando nas sombras, quase tão escura quanto a parede atrás da lâmina. Ela se lembrava da sensação do cano em sua mão, o jorro de adrenalina e a nitidez de propósito que sentia em um campo de lacrosse ou em uma briga.

— Quero continuar a fazer entregas para você — disse Val. — Mas há algo que pode fazer para me pagar, embora talvez não queira. Me ensine a usar a espada.

Ele ergueu o olhar do pergaminho de papel que estava prendendo à perna da borboleta.

— Saber usá-la me trouxe pouca alegria.

Ela esperou, calada. Ele não havia dito não.

O troll terminou sua tarefa e soprou, libertando o pequeno inseto no ar. A borboleta voou de modo vacilante, talvez um pouco desequilibrada pelo pedaço de papel.

— Quer matar alguém? Quem? Greyan? Talvez você queira morrer?

Val balançou a cabeça.

— Só quero aprender como. Quero ser capaz de empunhá-la.

Ele assentiu, lentamente.
— Como desejar. É sua dívida para quitar e seu direito de pedir.
— Então vai me ensinar? — perguntou Val.
Ravus assentiu de novo.
— Vou torná-la tão assustadora quanto deseja.
— Não quero ser... — começou ela, mas ele ergueu a mão.
— Sei que é muito corajosa — disse ele.
— Ou idiota.
— *E* idiota. Corajosa *e* idiota. — Ravus sorriu, mas logo seu sorriso vacilou. — Mas nada pode impedi-la de ser assustadora depois de aprender como.

*Leite-breu da aurora nós o bebemos à tarde
nós o bebemos ao meio-dia e de manhã nós o bebemos
   à noite
bebemos e bebemos*
— Paul Celan, Todesfuge

Dave, Lolli e Luis estavam sentados em um cobertor no estacionamento, alguns dos achados de Dave espalhados à frente do trio. Papelão despontava embaixo do tecido, onde o tinham usado como uma barreira entre eles e o frio que emanava da calçada. A cabeça de Dave estava apoiada no colo de Lolli enquanto ela passava as mãos pelos cachos, torcendo e esfregando as raízes. Lolli fez uma pausa, tirando fiapos do cabelo do garoto, prendendo-o entre as unhas e besuntando os dedos com a cera da lata ao lado de sua perna. Dave abriu os olhos; depois os fechou de novo, com uma expressão semelhante a êxtase.

O pé de Lolli, calçado com chinelos, sujo e vermelho de frio, roçou uma das coxas de Luis. Ele tinha um livro aberto diante de si e o lia com olhos semicerrados na luz difusa.

— Ei, pessoal — disse Val, se sentindo tímida enquanto caminhava até eles, como se ter ficado longe por dois ou três dias a tornasse uma desconhecida de novo.

— Val! — Lolli escorregou de baixo de Dave, fazendo com que ele se apoiasse nos cotovelos para evitar bater com a cabeça na calçada. Ela correu até Val, jogando os braços ao redor da garota.

— Ei, meu cabelo! — gritou Dave.

Val abraçou Lolli, aspirando cheiro de roupas sem lavar, suor e cigarros, e sentiu uma onda de alívio.

— Luis nos contou o que aconteceu. Você é maluca. — Lolli sorriu, como se aquilo fosse um grande elogio.

O olhar de Val se desviou para Luis, que ergueu os olhos do livro com um sorriso que fez seu rosto parecer bonito. Ele acenou com a cabeça.

— Ela é maluca. Pau a pau com o maldito ogro. Lolli Lunática, Dave Arisco e Val Louca. Vocês são um bando de anormais.

Val fez uma mesura formal, baixando a cabeça na direção deles, e depois se sentou no cobertor.

— Lunático Luis, mais provável — disse Lolli, chutando o chinelo na direção do rapaz.

— Luis Caolho — disse Dave.

Luis sorriu com ironia.

— Dave Cabeça de Barata.

— Princesa Luis — continuou Dave. — Príncipe Valente.

Val riu, se lembrando da primeira vez que Dave a chamara assim.

— E que tal Dave Sinistro?

Luis se inclinou para a frente, agarrando o irmão em uma chave de braço, os dois rolando sobre a coberta.

— E que tal Irmãozinho Caçula? Caçulinha Dave? — questionou.

— Ei — chamou Lolli. — E quanto a mim? Quero ser uma princesa como Luis.

Com aquilo, os garotos se separaram, gargalhando. Val se reclinou no cobertor acima do papelão, o ar frio arrepiando os pelos do braço, mesmo sob o casaco. Nova Jersey parecia distante, e a escola, um ritual estranho e sem sentido. Ela sorriu, com satisfação.

— Luis disse que alguém acha que estamos envenenando fadas? — perguntou Lolli. Ela havia enrolado outro cobertor nos ombros.

— Ou que Ravus está — disse Val. — Ravus disse algo sobre parar as entregas. Ele acha que pode ser muito perigoso para nós.

— Como se ele realmente se importasse — comentou Luis. — Aposto que ele fez uma grande e cortês demonstração de agradecimento, mas no fundo ainda é um rato, Val. Um rato que fez um excelente truque.

— Sei disso — mentiu Val.

— Se ele quer que a gente pare com as entregas, é para salvar a própria pele. — Havia algo na expressão de Luis quando disse aquilo, talvez o modo como insistia em não a encarar, que fez Val se perguntar se ele próprio estava completamente convencido.

— O envenenador só pode ser Ravus — argumentou Dave. — Obrigando a gente a fazer seu trabalho sujo. Não sabemos o que estamos transportando.

Val se virou para encará-lo.

— Acho que não. Enquanto eu estava lá, aquela mulher com pés de bode, Mabry, apareceu. Ele falou algo sobre escrever para a rainha Seelie. Imagino que, se a corte é uma gangue, então a cidade de algum modo ainda é o território da rainha. Enfim, por que ele iria escrever para ela se fosse culpado?

Dave se sentou, tirando a mecha de cabelo dos dedos de Lolli.

— Ele vai colocar a culpa em nós. Luis acabou de dizer... somos apenas ratos para ele. Quando há uma crise, você simplesmente envenena os ratos e dá o assunto por encerrado.

Val foi desagradavelmente lembrada de que tinha sido veneno de rato o que havia matado a sereia. Envenena os ratos. Veneno de rato. Uma olhada para Luis o revelou indiferente, entretanto, arrancando com os dentes um fio solto da luva sem dedos.

Luis ergueu o olhar e encontrou o de Val, mas não havia nada em seu rosto, nem culpa, nem inocência.

— É estranho — disse ele. — Com toda a merda que vocês enfiam no nariz e nos braços que nunca tenham descolado nenhum veneno.

— Você acha que eu fiz isso? — perguntou Lolli.

— É você que odeia fadas — respondeu Dave, falando ao mesmo tempo que Lolli, de modo que suas palavras se atropelaram. — É você que vê essas merdas.

Luis levantou as mãos.

— Calma aí, porra. Não acho que nenhum de nós envenenou nenhuma fada. Mas preciso concordar com Val. Ravus me fez um monte de perguntas na outra noite. Ele me fez... — Luis franziu o cenho na direção de Lolli. — Algumas sobre como vocês duas acabaram aparecendo por aqui, mas ele me perguntou na lata se eu era o envenenador, se eu sabia quem era, se alguém tinha me subornado para fazer uma entrega duvidosa. Por que ele se daria ao trabalho se ele tivesse matado aqueles seres encantados? Ele não precisa manter as aparências comigo.

Val assentiu. Embora a noção de que veneno de rato matou as fadas a incomodasse, ela se lembrou da expressão de Luis dentro da ponte. Ela acreditava que ele havia sido minuciosamente interrogado. Óbvio, talvez eles estivessem sendo incriminados, se não por Ravus, então por outra pessoa.

— E se alguma coisa tivesse se enfeitiçado para parecer com um de nós?
— Por que alguém faria isso? — indagou Lolli.
— Para dar a impressão de que estamos por trás das mortes.
Luis assentiu.
— Devíamos parar com as entregas. Deixar que quem quer que seja encontre outros otários em quem colocar a culpa.
Dave coçou o braço no lugar das marcas de gilete.
— Não podemos parar com as entregas.
— Não seja um drogado de merda — disse Luis.
— Val pode descolar algum Nunca, não pode, Val? — perguntou Lolli com um olhar malicioso por entre cílios claros.
— O que quer dizer? — rebateu Val, a voz soando na defensiva até para os próprios ouvidos. Ela se sentia culpada, mas não entendia muito bem por quê. Olhou para o dedo de Lolli, tão reto como se nunca tivesse sido deslocado da articulação.
— O troll te deve uma, não? — A voz de Lolli saiu baixa, quase sensual.
— Acho que sim. — Val se lembrou do aroma de nuncamais queimando na colher, e a memória a encheu de vontade. — Mas ele pagou sua dívida. Vai me ensinar como usar uma espada.
— Não fode! — Dave a encarava com estranheza.
— Precisa tomar cuidado — aconselhou Luis. De algum modo, aquelas palavras inundaram Val com uma inquietação que pouco tinha a ver com perigo físico. Ela não encontrou o olhar de Luis, encarando, em vez disso, um espelho com uma moldura rachada sobre o cobertor. Apenas

alguns momentos antes, ela havia se sentido ótima, mas agora a ansiedade tinha se esgueirado para dentro de seu coração e se alojado ali.

Lolli se levantou de um pulo.

— Resolvido — anunciou ela, torcendo os dreads de Dave, que assim se agitaram como cobras gordas. — Esqueçam tudo isso. Hora de brincar de faz de conta.

— Não temos muito tempo — disse Dave, mas já estava se levantando e recolhendo as coisas do cobertor.

Juntos, os quatro se esgueiraram de volta pela grade até o túnel.

Luis franziu o cenho quando Lolli mostrou o pó âmbar e seu kit.

— Isso não é para mortais, sabe? Não mesmo.

Na quase escuridão, Dave levou um pedaço de papel-alumínio ao nariz, acendendo a parte de baixo para que o Nuncamais fumegasse. Ele inspirou fundo e olhou de modo solene para Lolli.

— Só porque uma coisa não é uma boa ideia não significa que você consiga evitá-la. — Seu olhar foi até Luis, e o brilho naqueles olhos fez Val se perguntar no que exatamente ele pensava.

— Me dê um pouco — pediu Val.

Os dias passavam como um sonho febril. De dia, Val fazia entregas antes de ir até o esconderijo de Ravus dentro da ponte, onde ele lhe ensinava esgrima nos cômodos sombrios. Então à noite, injetava Nunca nos braços; e ela, Dave e Lolli faziam o que bem entendiam. Podiam dormir depois, ou beber um pouco para mitigar o vazio que se seguia ao barato da droga, quando o mundo voltava aos seus padrões menos mágicos.

Mais e mais, era difícil lembrar as coisas básicas, como comer. Nuncamais transformava migalhas de pão em banquetes repletos de comida, mas não importava o quanto comesse, Val estava sempre com fome.

— Me mostre como você segura um taco — disse Ravus, durante a primeira aula. Val apertou a metade do cabo de vassoura como se fosse um taco de lacrosse, com as duas mãos, separadas por uns 30 centímetros.

Ele aproximou as mãos dela e as desceu.

— Se segurar uma espada assim, vai cortar a mão na lâmina.

— Sim, só um idiota faria isso — rebateu Val, apenas para ver o que ele diria.

Ravus não respondeu com nada além de um curvar de lábios.

— Sei que o peso parece estranho, mas com uma espada não será assim. Aqui. — Ele tirou a espada de cristal da parede e a colocou na mão de Val. — Sinta o peso. Vê? Está equilibrada. É a coisa mais importante, equilíbrio.

— Equilíbrio — repetiu ela, deixando a espada oscilar na palma da mão.

— Isso é um pomo — disse ele, apontando para cada parte por vez. — Esse é o cabo, o punho, a guarda. Quando você empunha a espada, a borda voltada para o seu adversário é o fio. Você deve segurar a lâmina de modo que a ponta siga seu oponente. Agora repita minha postura.

Ela tentou imitá-lo, pernas separadas e levemente arqueadas, um pé na frente do outro.

— Quase. — O troll colocou o corpo dela em posição, indiferente a onde a tocava. O rosto de Val ficou quente quando ele afastou suas coxas, mas o que mais a constrangeu foi que apenas ela parecia notar as mãos de Ravus sobre ela. Para ele, o corpo dela era uma ferramenta e nada mais.

— Agora — continuou ele —, me mostre como você respira.

Às vezes, Val, Dave, Luis e Lolli conversavam sobre as coisas estranhas que haviam visto ou as criaturas com quem tinham conversado. Dave contou a eles sobre a vez que foi até o Brooklyn, apenas para acabar perseguido pelo parque por uma criatura com pequenos chifres despontando da testa. Ele havia gritado e corrido, deixando cair a garrafa de o-que-quer-que-fosse, e não olhado para trás. Luis lhes contou sobre ter vasculhado a cidade para encontrar flores não pulverizadas para um duende que vivia perto dos Claustros e que tinha alguma sedução planejada. Pelo incômodo, Luis havia recebido uma garrafa de vinho que nunca se esvaziaria, contanto que você não a olhasse pelo gargalo. A coisa devia ser mesmo mágica, não apenas efeito do glamour, porque funcionava, até mesmo com Luis.

— O que mais você ganhou? — perguntou Val.

— Sorte — respondeu Luis. — E os meios para quebrar feitiços de fadas. Meu pai nunca fez nada com seu poder. Vou ser diferente.

— Como você quebra feitiços? — indagou Val.

— Sal. Luz. Sopa de casca de ovo. Depende do feitiço. — Luis tomou outro gole da garrafa. Ele ergueu a mão para tocar a haste de metal que atravessava sua bochecha. — Mas sobretudo ferro.

Não houve golpes de espada no treino seguinte, apenas postura e trabalho de pés. Para trás e para a frente pelas tábuas empoeiradas, mantendo a metade do cabo de vassoura apontada para Ravus enquanto Val avançava e recuava. Ele a corrigia quando ela dava um passo muito amplo, quando perdia o equilíbrio, quando os dedos não estavam esticados. Ela mordia o interior da bochecha, frustrada, e continuava a se mover, mantendo a mesma distância entre ambos, como se esperasse por uma batalha jamais começada.

Ele se virou subitamente de lado, a forçando a imitá-lo de forma desajeitada.

— Velocidade, sincronia e equilíbrio. Essas são as qualidades que vão transformá-la em uma espadachim competente.

Ela rangeu os dentes e pisou em falso mais uma vez.

— Pare de pensar — disse ele.

— Tenho que pensar — rebateu Val. — Você disse que eu devia me concentrar.

— Pensar a torna lenta. Você precisa se mover comigo. No momento, está apenas seguindo meus passos.

— Como vou saber para onde vai antes de ter ido? Que estupidez.

— Não é diferente de saber o possível movimento de qualquer adversário. Como você sabe para onde uma bola deve se deslocar no campo de lacrosse?

— As únicas coisas que você sabe sobre lacrosse foram as que contei — argumentou Val.

— Posso dizer o mesmo sobre você e luta de espadas. — Ele parou. — Aí. Você conseguiu. Estava tão distraída discutindo comigo que não percebeu o que estava fazendo.

Val franziu o cenho, muito irritada para se sentir satisfeita, mas muito satisfeita para dizer qualquer coisa.

Lolli, Dave e Val caminhavam pelas ruas do West Village, usando feitiços para transformar folhas caídas em sapos adornados com joias, que saltavam em padrões caóticos, para fazer estranhos se beijarem, e, além disso, causando quaisquer problemas que os três fossem capazes de imaginar.

Val observou o outro lado da rua, através das cortinas transparentes de um apartamento térreo, um lustre com macacos entalhados e brilhantes contas de cristal no formato de lágrimas.

— Quero ir até lá — avisou Val.

— Vamos — disse Lolli.

Dave se aproximou da porta e tocou a campainha. O interfone zumbiu, ganhando vida, e uma voz distorcida disse algo indecifrável.

— Eu gostaria de um cheeseburguer — disse Dave com uma sonora gargalhada —, um milk-shake e anéis de cebola.

A voz falou de novo, mais alto, mas ainda assim Val não conseguiu entender as palavras.

— Aqui — disse ela, afastando Dave para o lado. Ela apertou a campainha e continuou apertando até um homem de meia-idade aparecer à porta. Ele vestia calça de veludo e uma camiseta larga que cobria sua ligeira barriga. Os óculos ficavam na ponta do nariz.

— Qual é o seu problema? — perguntou ele.

Val sentia o Nunca fervilhando dentro dos braços, estourando como bolhas de champanhe.

— Quero entrar — respondeu ela.

O rosto do homem relaxou e ele abriu a porta ainda mais. Val sorriu enquanto passava por ele e entrava no apartamento.

As paredes estavam pintadas de amarelo e exibiam pinturas a dedo em molduras douradas. Uma mulher estava esticada no sofá, segurando uma taça de vinho. Ela se sobressaltou quando Val entrou, manchando a camisa com o líquido vermelho. Uma garotinha, sentada no tapete aos pés da mulher, assistia a um programa na televisão que parecia ser sobre ninjas lutando. A garotinha se virou e sorriu.

— Esse lugar é tão bonito — disse Lolli da porta. — Quem vive assim?

— Ninguém — respondeu Dave. — Eles contratam faxineiros... talvez decoradores... para encenar suas vidas.

Val foi até a cozinha e abriu a geladeira. Havia embalagens de comida para viagem, algumas maçãs murchas e uma caixa de leite desnatado. Ela deu uma mordida na fruta. O interior estava amarronzado e farinhento, mas ainda era doce. Ela não conseguiu entender por que nunca comera uma maçã marrom.

Lolli pegou a garrafa de vinho da mesinha de centro e tomou um gole, deixando o suco vermelho escorrer pelo queixo e bochechas.

Ainda comendo a maçã, Val foi até o sofá onde a mulher estava sentada, apática. O apartamento adorável, com sua mobília estilosa e família feliz, lembrava Val da casa do pai. Ela não cabia ali mais do que cabia lá. Era muito zangada, muito atormentada, muito desleixada.

E como ela poderia contar ao pai o que havia acontecido entre a mãe e Tom? Seria como confessar que ela era ruim de cama ou algo do gênero. Mas não contar a ele permitia a sua nova esposa rotular Val como inspiração para filmes baseados em histórias reais, uma problemática adolescente fugitiva, que necessitava de amor e disciplina. "Viu? Ela é igualzinha à mãe", diria Linda.

— Você jamais gostou de mim — disse ela para a mulher no sofá.

— Sim — repetiu a mulher como um robô. — Jamais gostei de você.

Dave empurrou o homem para uma cadeira e se virou para Lolli.

— Podíamos simplesmente fazer os três partirem — disse ele. — Seria tão simples. Podíamos viver aqui.

Lolli se sentou ao lado da garotinha e puxou um cacho do cabelo escuro.

— O que você está vendo?

A menina deu de ombros.

— Gostaria de vir brincar com a gente?

— Sim — respondeu a garotinha. — Esse programa é chato.

— Vamos começar com o guarda-roupa — disse Lolli, levando a menina até o quarto dos fundos.

Val se virou para o homem. Ele parecia dócil e feliz em sua cadeira, a atenção se desviando para a televisão.

— Onde está sua outra filha? — perguntou Val.

— Só tenho uma — respondeu ele, com certa perplexidade.

— Você quer apenas se esquecer da outra. Mas ela ainda está aqui.

— Tenho outra filha?

Val se sentou no braço da cadeira e se inclinou para mais perto, com a voz em um quase sussurro.

— Ela é um símbolo do fracasso monumental que foi seu primeiro casamento. Toda vez que vê como ela cresceu, você se lembra do quanto está velho. Ela o faz se sentir ligeiramente culpado, como se talvez devesse saber que esporte ela pratica ou qual o nome de sua melhor amiga. Mas você não quer saber dessas coisas. Se soubesse dessas coisas, não poderia se esquecer dela.

— Ei — disse Dave, segurando uma garrafa de conhaque quase cheia. — Luis vai gostar de um pouco disso.

Lolli voltou à sala vestindo uma jaqueta de couro cor de manteiga queimada e com um colar de pérolas. A garotinha tinha uma dúzia de grampos de pedras brilhantes no cabelo.

— Pelo menos é feliz? — perguntou Lolli à mulher.

— Não sei — respondeu ela.

— Como pode não saber? — gritou Val. Então pegou uma cadeira e a jogou na televisão. A tela rachou e todos se assustaram. — Você é feliz?

— Não sei — repetiu a mulher.

Val derrubou a estante, fazendo a garotinha gritar. Gritos soaram do lado de fora da porta.

Dave começou a rir.

A luz do candelabro refletia nos cristais, lançando faíscas cintilantes para reluzir ao longo das paredes e tetos.

— Vamos embora — disse Val. — Eles não sabem de nada.

A gatinha miava e miava, arranhando Lolli com as pequenas garras afiadas, chocando-se contra a garota com seu pequeno corpo macio.

— Quieta, Polly — resmungou ela, rolando de lado e puxando o pesado cobertor sobre a cabeça.

— Talvez ela esteja entediada — disse Val, sonolenta.

— Ela está é com fome — disse Luis. — Dê logo a porra da comida ao bicho.

Choramingando, Polly pulou nas costas de Lolli, se esfregando em seu cabelo.

— Sai de cima de mim! — Lolli ordenou à gata. — Vá matar alguns ratos. Você já tem idade para se virar sozinha.

Um som agudo de metal contra metal e uma luz suave indicavam a chegada de um trem. O estrondo abafou os miados da gata.

No último segundo, quando toda a plataforma foi inundada pela luz, Lolli jogou Polly nos trilhos, bem na frente do trem. Val levantou de um pulo, mas já era tarde. A gata havia sumido e o corpo de metal do trem trovejava adiante.

— Por que diabos você fez isso? — gritou Luis.

— Ela sempre mijava em tudo mesmo — respondeu Lolli, se encolhendo como uma bola e fechando os olhos.

Val encarou Luis, mas ele apenas desviou o olhar.

Depois de Ravus ficar satisfeito com a postura de Val, ele lhe ensinou um movimento e a fez repeti-lo até os membros doerem e que estivesse convencida de que ele a achava uma idiota, até estar certa de que ele não sabia como ensinar nada a ninguém. O troll ensinou cada movimento até que se tornassem automáticos, tão natural quanto roer a pele ao redor das unhas e enfiar a agulha em seu braço.

— Expire — gritou ele. — Sincronize sua expiração ao golpe.

Ela assentiu e tentou se lembrar de fazer aquilo, tentou fazer tudo.

Val gostava de catar lixo com Dave Arisco, gostava de caminhar pelas ruas, curtia a caçada e a ocasional descoberta incrível — como a pilha de cobertores acolchoados, com forro prateado, que manteve os quatro aquecidos como ratos até mesmo quando novembro ficou para trás, ou o bacana e antigo telefone de disco que alguém comprou por dez paus. Na maior parte do tempo, entretanto, eles estavam muito doidos de Nuncamais para conseguir fazer as velhas rotas. Era mais fácil pegar o que queriam afinal. Tudo o que precisavam fazer era pedir.

Um relógio. Uma câmera. Um anel de ouro.

Afinal aquelas coisas vendiam melhor do que um monte de velharia.

Então, finalmente, Ravus a deixou começar a combinar os movimentos e duelar. Os braços mais compridos do troll o colocavam em constante vantagem, mas ele nem precisava daquilo. Ravus era implacável, derrubando-a no chão com o cabo de vassoura, forçando-a a recuar até a parede, virando a própria mesa quando ela tentava colocá-la entre ambos. O instinto e anos de prática de esportes se somavam ao desespero para lhe permitir um golpe ocasional.

Quando seu bastão acertou a perna dele, foi ótimo ver a expressão no rosto do troll, fúria que se transformou em surpresa e, em seguida, em prazer no intervalo de um instante.

Recuando, começaram de novo, rodeando um ao outro. Ravus fez uma finta e Val defendeu, mas conforme o fazia, o cômodo começou a girar. Ela despencou contra a parede.

O bastão de Ravus golpeou seu outro lado. A dor fez a garota ofegar.

— O que há de errado com você? — gritou ele. — Por que não bloqueou o golpe?

Val se forçou a ficar de pé, cravando as unhas na palma e mordendo o interior da bochecha. Ainda estava tonta, mas imaginou ser capaz de fingir que não.

— Não sei... Minha cabeça.

Ravus golpeou a parede com o cabo de vassoura, estilhaçando a madeira e arranhando a pedra. Largando os restos do bastão, ele se virou para ela, os olhos escuros ardentes como aço na forja.

— Você nunca devia ter me pedido para ensiná-la! Não consigo conter meus golpes. Acabará ferida pela minha mão.

Ela recuou, trôpega, observando os fragmentos do bastão rodopiando em sua visão.

Ele deu um passo, a respiração trêmula parecia acalmá-lo.

— Pode ter sido a magia no cômodo que a desequilibrou. Com frequência, consigo farejá-la em você, em sua pele, em seu cabelo. Talvez esteja perto demais dela.

Val balançou a cabeça e ergueu o bastão, assumindo uma postura inicial.

— Estou bem agora.

Ele a olhou, a expressão intensa.

— É o glamour que está te enfraquecendo ou é o que quer que esteja fazendo por aí, na rua?

— Não importa — respondeu ela. — Quero lutar.

— Quando eu era criança — começou ele, não dando sinal de que mudaria de postura —, minha mãe me ensinou como lutar com as mãos antes de me deixar usar qualquer tipo de arma. Ela, meus irmãos e irmãs me batiam com a escova, me atiravam neve e gelo até eu me irritar e reagir. Dor não era desculpa, nem doença. Tudo aquilo deveria alimentar minha fúria.

— Não estou inventando desculpas.

— Não, não — disse Ravus. — Não foi o que eu quis dizer. Sente-se. Raiva não a torna uma ótima espadachim; a torna instável. Eu deveria ter notado que você estava doente, mas tudo o que vi foi uma fraqueza. Esse é meu defeito, e não quero que se torne o seu.

— Odeio não ser boa nisso — comentou Val, enquanto desabava em um banco.

— Você é boa. Você odeia não ser ótima.

Ela riu, mas a risada soou falsa. Ela estava irritada porque o mundo ainda não havia se aprumado, e ainda mais irritada com a raiva do troll.

— Por que você faz poções quando tem a formação de um espadachim?

Ele sorriu.

— Depois que deixei as terras de minha mãe, tentei deixar a espada para trás. Queria fazer algo meu.

Ela assentiu.

— Embora alguns membros do Povo possam ficar chocados, aprendi a fazer poções com uma humana. Ela preparava elixires de cura e emplastros para outros mortais. Você poderia pensar que as pessoas não fazem mais isso, mas, em certas regiões, ainda o fazem. Ela sempre foi amável comigo, uma cortesia distante, como se acreditasse que estava apaziguando um espírito incerto. Acho que ela sabia que eu não era mortal.

— E quanto ao Nunca? — perguntou Val.

— O quê?

Val podia ver que ele jamais ouvira a droga ser chamada assim. Ela se perguntou se ele tinha ideia do que aquilo podia fazer com humanos. Val balançou a cabeça, como se tentasse sacudir as palavras para longe.

— A magia das fadas. Como aprendeu o que tornaria as poções mágicas?

— Ah, isso. — Ele sorriu de um modo quase idiota. — Eu já sabia do detalhe mágico.

Nos túneis, Val treinava o movimento de um corte, o modo como tinha que torcer as mãos como se estivesse espremendo um pano de prato. Ela ensaiava desenhar o número oito e virar a espada, como as garotas giravam bandeiras nos intervalos dos jogos. Adversários invisíveis dançavam nas sombras ondulantes, sempre mais rápidos e mais bem equilibrados, em sincronia perfeita.

Ela pensou nos treinos de lacrosse, exercícios com passes reversos, desvios e manobras de mudança de mão. Ela se lembrou de aprender a rebater a bola na parede lateral do taco, e a pegar a bola atrás das costas ou entre as pernas.

Tentou aquelas manobras com sua metade do cabo de vassoura. Apenas para ver se podia ser feito. Apenas para ver se havia algo que pudesse aprender com aquilo. Ela arremessou uma lata de refrigerante com o punho improvisado de seu bastão, então a chutou com a lateral da bota, mandando-a na direção de seus oponentes sombrios.

Val estudou seu rosto em uma janela quando o barato bateu. A pele parecia argila, completamente maleável. Ela podia transformá-la no que quisesse, aumentar os olhos, como os de um personagem de mangá, esticar a pele sobre as maçãs do rosto, tão afiadas quanto facas.

A testa ondulou, a boca afinou e o nariz se tornou comprido e adunco. Era fácil se fazer bonita — ela já havia se entediado com aquilo —, mas se fazer grotesca era infinitamente mais interessante. Havia simplesmente muitas maneiras de fazer isso.

Val distraía-se com um jogo do qual não lembrava o nome, em que a pessoa estava presa na torre de um necromante, subindo infinitos degraus. Ao longo do caminho, pegava poções. Algumas a encolhiam e outras a tornavam muito alta, de modo que pudesse atravessar diferentes portas. Em algum lugar, havia um alquimista, preso bem no alto, tão no alto que não conseguia ver o que acontecia abaixo dele. Em algum lugar, havia um monstro também, mas às vezes o alquimista era o monstro e o monstro era o alquimista. Ela empunhava uma espada, mas a lâmina não acompanhava suas mudanças de tamanho, então ou era um palito afiado em sua palma ou uma coisa enorme, que precisava arrastar às suas costas.

Quando Val abriu os olhos, viu que estava deitada na calçada, os quadris e costas doíam, a bochecha marcada pelo concreto. As pessoas passavam por ela em um fluxo constante. Ela havia perdido o treino outra vez.

— O que tem de errado com aquela moça? — Ela ouviu uma voz de criança perguntar.

— Ela só está cansada — respondeu uma mulher.

Era verdade; Val estava cansada. Ela fechou os olhos e voltou ao jogo. Tinha de encontrar o monstro.

Em algumas tardes, ela chegava à ponte virada da noite anterior, onda de glamour ainda correndo em suas veias, os olhos ressequidos nas bordas, como se tivessem sido delineados com cinzas, a boca seca com uma sede que não conseguia saciar. Ela tentava manter as mãos firmes, impedi-las de tremer e revelar sua fraqueza. Quando perdia um golpe, ela tentava fingir não ter sido porque se sentia tonta ou enjoada.

— Você está bem? — perguntou Ravus, em uma manhã em que ela estava particularmente trêmula.

— Estou bem — mentiu Val. Suas veias pareciam secas. Ela podia senti-las pulsar ao longo dos braços, as marcas escuras no lado de dentro dos cotovelos estavam duras e doloridas.

Ele se apoiou na borda da mesa de trabalho, apontando para o rosto dela com o bastão de treino, como se fosse uma varinha. Val ergueu a mão de modo automático, mas, se ele fosse golpeá-la, ela teria reagido com muita lentidão para bloquear o ataque.

— Você está visivelmente pálida. Suas defesas estão péssimas… — Ele deixou o restante da frase no ar.

— Acho que estou um pouco cansada.

— Até seus lábios estão pálidos — disse ele, acompanhando o traçado da boca da garota no ar com a lâmina de madeira. O olhar dele era intenso, implacável. Ela queria abrir a boca e contar tudo a ele, contar a ele sobre a droga roubada, sobre o glamour que o pó lhes proporcionava, sobre a confusão de sentimentos que parecia se anular dentro de si, mas se pegou dando um passo à frente, de modo que ele precisou parar de gesticular e mover o bastão para o lado a fim de não machucá-la.

— Estou com frio — disse ela, baixinho. Ela estava sempre com frio naqueles dias, mas era inverno, então talvez não fosse de se estranhar.

— Frio? — ecoou Ravus. Ele pegou o braço dela e esfregou, observando as próprias mãos, como se elas o tivessem traído. — Melhor? — perguntou, com cautela.

Val sentia o calor da pele do troll, mesmo através do tecido da camiseta, e o toque era ao mesmo tempo tranquilizador e eletrizante. Ela se inclinou em sua direção, sem pensar. Aquelas coxas se abriram, tecido áspero e preto roçou em sua calça jeans conforme ela se encaixava entre as pernas compridas dele.

Os olhos de Ravus estavam semicerrados quando ele desceu da mesa, os corpos resvalando, as mãos dele ainda segurando as de Val. Então, de repente, ele congelou.

— Alguma coisa está... — começou ela, mas ele se afastou de forma abrupta.

— É melhor você ir — disse ele, seguindo até a janela e, depois, ficou parado lá. Ela sabia que ele não ousava abrir as cortinas enquanto ainda era dia lá fora. — Volte quando estiver se sentindo melhor. Não adianta nada treinar quando está doente. Se precisar de qualquer coisa, posso...

— Já disse que estou bem — repetiu Val, a voz soou mais alta do que pretendia. Ela se lembrou da mãe. Ela havia se jogado para Tom daquele jeito? Ele tinha resistido a princípio?

Ravus ainda estava virado para a janela quando ela pegou uma garrafa inteira de Nuncamais e a colocou na mochila.

Naquela noite, Lolli e Dave a parabenizaram pela façanha, gritando seu nome tão alto que as pessoas pararam na grade acima. Luis estava sentado nas sombras, mordiscando seu piercing de língua em silêncio.

Naquela manhã, ela desmaiou no colchão imundo, como fazia na maioria das manhãs, e caiu em um sono profundo e sem sonhos, como se nunca tivesse vivido outra vida que não aquela.

9

Aqueles que reprimem o desejo assim o fazem porque seu desejo é fraco o suficiente para ser reprimido.
— WILLIAM BLAKE, O CASAMENTO DO CÉU E DO INFERNO

Val acordou com alguém abrindo sua calça jeans. Ela podia sentir os dedos na cintura, o torcer e desabotoar de um botão conforme era aberto.

— Sai de cima de mim — disse, mesmo antes de se dar conta de que era Dave debruçado sobre ela. Val se desvencilhou e se sentou, ainda corada com os resquícios de Nuncamais. A pele estava suada, muito embora ar fresco soprasse da grade acima, e a boca parecia seca como areia.

— Qual é — sussurrou ele. — Por favor.

Ela baixou o olhar para os dedos e viu o esmalte azul lascado de Lolli. As botas brancas da outra garota estavam em seus pés, e ela podia ver compridas mechas azul, já desbotadas, caindo sobre os ombros.

— Não sou ela — disse Val, a voz carregada de sono e perplexidade.

— Você poderia fingir — argumentou Dave Arisco. — E eu poderia ser quem você quisesse. Me transforme em qualquer um.

Val balançou a cabeça, se dando conta de que ele a havia enfeitiçado para se parecer com Lolli, imaginando se ele fizera o mesmo com outras, se perguntando se Lolli sabia. A ideia de bancar outra pessoa era repulsiva, mas com os restos do Nunca ainda fervilhando dentro de si, ela ficou intrigada com a pura malícia daquilo. Ela sentiu a mesma emoção que a tinha impelido a entrar nos túneis, o prazer vertiginoso de fazer uma escolha que é nítida e obviamente uma das piores.

Qualquer um. Ela olhou para Lolli e Luis, dormindo juntos, mas sem se tocar. Val se permitiu imaginar o rosto de Luis em Dave. Foi fácil, a fisionomia deles não era tão diferente. A expressão de Dave mudou, assumindo um ar entediado e aborrecido que era puro Luis.

— Sabia que escolheria ele — disse Dave.

Val inclinou a cabeça para a frente e ficou surpresa quando fios de cabelo cobriram seu rosto. Ela havia esquecido como uma cortina de cabelo a fazia se sentir.

— Não escolhi ninguém.

— Mas vai. Você quer.

— Talvez. — A mente de Val tornou a figura em cima dela mais familiar. O moicano espetado de Tom brilhava com laquê e, quando ele sorriu, as covinhas marcaram suas bochechas. Ela podia até sentir o conhecido perfume de patchouli da loção pós-barba. Ela se aproximou, inundada pela sensação de que estava de volta a sua casa e de que nada daquilo jamais acontecera.

O Tom sobre ela suspirou com o que ela imaginou que pudesse ser alívio, e suas mãos se moveram sob sua camiseta.

— Sabia que você se sentia solitária.

— Não me sinto solitária — rebateu Val, automaticamente, se retraindo. Ela não sabia se estava mentindo ou não. Tinha se sentido só? Ela se lembrou das fadas e de sua incapacidade de mentir, e se perguntou o que faziam quando não sabiam qual era a verdade.

Ao pensar em fadas, a pele de Tom ficou verde, o cabelo escureceu, caindo sobre os ombros, até que viu Ravus, eram os dedos longos de Ravus que tocavam sua pele e os olhos ardentes do troll que a encaravam.

Ela se sentiu enrijecer, enojada pela própria fascinação. A inclinação da cabeça era quase perfeita, a expressão dele inquisitiva.

— Você não me quer — argumentou ela, mas se falava para a imagem de Ravus diante de si ou para Dave, não tinha certeza.

Ele pressionou a boca contra a dela, e Val sentiu o aguilhoar daqueles dentes em seu lábio e tremeu de desejo e medo.

Como podia não ter ideia de que era aquilo que queria, quando agora não queria outra coisa? Sabia que não era, de fato, Ravus e que era obsceno fingir o contrário, mas, mesmo assim, ela o deixou deslizar suas calças pelos quadris. O coração martelava no peito, como se ela tivesse corrido, como se estivesse em algum tipo de perigo, mas esticou os braços e entrelaçou os dedos no cabelo preto oleoso. O corpo esbelto se acomodou sobre o de Val e ela agarrou os músculos naquelas costas, concentrando-se em seu pescoço, no dourado cintilante dos olhos semicerrados, conforme tentava ignorar os gemidos de Dave. Quase foi o bastante.

Na tarde seguinte, enquanto Ravus conduzia Val por uma série de manobras de espada com a lâmina de madeira, ela estudou o rosto distante e fechado, e se desesperou. Antes, fora capaz de se convencer de que não sentia nada por ele, mas agora tinha a sensação de haver provado de uma iguaria que a deixou faminta por um banquete que jamais viria.

Ao voltar da ponte, ela passou perto de onde partia o Dragon Bus. Três prostitutas tremiam de frio em suas minissaias. Uma garota com casaco de pele de cavalo falsa se aproximou de Val com um sorriso, em seguida lhe deu as costas, quando percebeu não se tratar de um garoto.

No quarteirão seguinte, ela atravessou a rua para evitar um homem de barba, minissaia e botas surradas com os cadarços desamarrados. Vapor subiu de baixo da saia quando ele urinou na calçada.

Val seguiu o caminho pelas ruas até a entrada para o túnel da plataforma. Conforme se aproximava do estacionamento, viu Lolli discutindo com uma garota que vestia um monstruoso casaco de pele com uma mochila de borracha cheia de spikes por cima. Por um segundo, Val sentiu-se estranhamente desorientada. A garota parecia familiar, mas tão fora de contexto que não era possível situá-la.

Lolli ergueu os olhos. A garota se virou e seguiu o olhar de Lolli. Sua boca se abriu com surpresa. Ela disparou na direção de Val sobre botas com salto plataforma e com um saco de farinha na mão. Foi só quando notou que alguém havia desenhado um rosto na embalagem que Val se deu conta de que olhava para Ruth.

— Val? — O braço de Ruth se ergueu como se fosse tocar em Val, mas depois pensou melhor. — Uau! Seu cabelo. Devia ter me dito que queria cortar. Eu teria ajudado.

— Como me encontrou? — perguntou Val, apática.

— Sua amiga. — Ruth olhou para Lolli com ceticismo. — Ela atendeu seu celular.

Val pegou automaticamente a bolsa, mesmo sabendo que o celular não devia estar ali.

— Eu o desliguei.

— Eu sei. Tentei te ligar um zilhão de vezes mas sua caixa postal estava cheia. Estava muito aflita.

Val assentiu, sem saber o que dizer. Tinha consciência da sujeira entranhada em suas calças, da meia-lua preta sob as unhas e do fedor do próprio corpo, o cheiro que se limpar em banheiros públicos praticamente vestida não atenuava.

— Veja — começou Ruth. — Trouxe alguém para te ver. — Ela estendeu o saco de farinha. Tinha olhos delineados de lápis preto, um biquinho desenhado com esmalte azul cintilante. — Nosso bebê. Você sabe, tem sido difícil para ele sem uma das mães, e tem sido difícil para mim, o lance de ser mãe solo. Na aula de ciências, preciso fazer todos os relatórios sozinha. — Ruth lançou um sorriso hesitante para Val. — Lamento ter sido tão babaca. Devia ter contado sobre Tom. Eu tentei, tipo um milhão de vezes. Só não consegui colocar tudo para fora.

— Não importa mais — disse Val. — Não ligo para Tom.

— Olhe — disse Ruth. — Está congelando aqui. Podemos entrar? Vi uma loja de chá de bolhas não muito longe daqui.

Estava congelando? Val estava tão acostumada a sentir frio quando não estava doidona de Nunca que parecia normal seus dedos estarem dormentes e sua espinha ser feita de gelo.

— Ok — concordou ela.

Lolli tinha uma expressão maliciosa no rosto. Acendeu um cigarro e soprou dois jatos gêmeos de fumaça branca pelas narinas.

— Vou dizer a Dave que você volta logo. Não quero que ele fique preocupado com a nova namorada.

— O quê? — Por um segundo, Val não entendeu o que ela quis dizer. Dormir com Dave parecia tão surreal, algo feito na calada da noite, bêbada de glamour e sono.

— Ele disse o que vocês fizeram na noite de ontem. — Lolli soou arrogante, mas Dave obviamente não havia contado que Val tinha a aparência da amiga quando fizeram aquilo. O que a encheu de um alívio constrangedor.

Agora Val entendia por que Ruth estava ali, por que Lolli havia roubado seu celular e armado aquela cena. Ela estava castigando Val.

Val imaginou que era mesmo o que merecia.

— Não foi nada demais. Era só uma coisa a se fazer. — Val hesitou. — Ele só estava tentando te deixar com ciúmes.

Lolli ficou surpresa e, em seguida, subitamente envergonhada.

— Só não achei que você gostasse dele desse jeito.

Val deu de ombros.

— Volto já.

— Quem é ela? — perguntou Ruth, enquanto caminhavam até o lugar do chá de bolhas.

— Lolli — disse Val. — Ela é ok, na maioria das vezes. Estou ficando com ela e alguns amigos.

Ruth assentiu.

— Você podia voltar para casa, sabe. Podia ficar comigo.

— Não acho que sua mãe concordaria com isso. — Val abriu a porta de vidro e madeira e se embrenhou no aroma de leite açucarado. Elas se sentaram a uma mesa nos fundos, se equilibrando nos pequenos caixotes de pau-rosa que o lugar oferecia como assentos. Ruth tamborilou os dedos no tampo de vidro da mesa, como se o nervosismo tivesse se entranhado em sua pele.

A garçonete veio e elas pediram chá de pérola negra, torrada com leite condensado e manteiga de coco, e rolinhos primavera. Ela encarou Val por um longo tempo antes de deixar a mesa, como se analisando se podiam ou não pagar a conta.

Val inspirou fundo e resistiu ao impulso de roer a pele ao redor da unha.

— É tão estranho que esteja aqui.

— Você parece doente — disse Ruth. — Está muito magra e seus olhos são um hematoma só.

— Eu...

A garçonete colocou os pedidos na mesa, cortando o que quer que Val estivesse prestes a dizer. Feliz pela distração, Val espetou seu drinque com o gordo canudo azul e depois sugou uma grande e grudenta tapioca e deu uma golada no chá doce. Tudo o que Val fazia parecia em câmera lenta, os membros tão pesados que mastigar aquela tapioca foi exaustivo.

— Sei que você vai dizer que está bem — começou Ruth. — Apenas me diga que não me odeia de verdade.

Val sentiu algo dentro de si vacilar e, então, por fim foi capaz de começar a explicar.

— Não estou mais zangada com você. Mas me sinto tão idiota, e minha mãe... Simplesmente não posso voltar. Pelo menos, ainda não. Nem tente me convencer.

— Quando então? — perguntou Ruth. — Onde você está ficando?

Val apenas balançou a cabeça, enfiando outro pedaço de torrada na boca. Parecia derreter na língua, sumindo antes que ela se desse conta de que tinha comido tudo. Em outra mesa, um grupo de garotas cobertas de glitter explodiu em uma gargalhada. Dois homens indonésios as encararam, irritados.

— Então... que nome deu à criança? — perguntou Val.

— O quê?

— Nosso bebê-farinha. Aquele que deixei em suas mãos, sem pagar pensão alimentícia.

Ruth sorriu.

— Sebastian. Você gosta?

Val assentiu.

— Bem, que tal algo que você não deve gostar? — disse Ruth. — Não vou para casa a menos que volte comigo.

Suas palavras não fizeram diferença, Val não conseguiu convencer Ruth a ir embora. Finalmente, pensando que conhecer a gangue talvez a persuadisse, Val a levou até a plataforma abandonada. Do ponto de vista de outra pessoa, Val notou o odor do lugar: suor, urina, o caramelo de Nunca, ossos de animais nos trilhos e montes de roupas que nunca eram retiradas por estarem cheios de baratas. Lolli tinha desenrolado seu kit e despejava um pouco de Nunca em uma colher. Dave já estava alto, a fumaça do cigarro formando silhuetas de personagens de desenhos animados, que perseguiam uns aos outros com martelos.

— Está zoando com a minha cara — disse Luis. — Deixe eu adivinhar. Outra gata de rua para Lolli tacar nos trilhos.

— V... Val? — A voz de Ruth tremia enquanto a garota olhava ao redor.

— Esta é minha melhor amiga Ruth — disse Val, antes de se dar conta de como aquilo soava infantil. — Ela veio atrás de mim.

— Achei que nós fôssemos seus melhores amigos. — Dave sorriu quase lascivamente, e Val se arrependeu de ter permitido que ele a tocasse, ter permitido que ele acreditasse exercer algum poder sobre ela.

— Somos todos melhores amigos — disse Lolli, fuzilando Dave com o olhar enquanto colocava a perna sobre a de Luis, a bota quase tocando a virilha do rapaz. — Todos os melhores dos amigos.

A expressão de Dave se fechou.

— Se você fosse minimamente amiga dela não a arrastaria para essa merda. — Luis falou para Val, se desvencilhando de Lolli.

— Quantas pessoas há aqui embaixo? Venham para onde eu possa vê-los — disse uma voz rouca.

Dois policiais desceram as escadas. Lolli ficou paralisada, a colher em sua mão ainda sobre o fogo. A droga começou a escurecer e queimar. Dave riu, uma gargalhada estranha e ensandecida que não parava.

A luz das lanternas cortou a penumbra da estação. Lolli deixou cair a colher, que havia ficado quente demais para a continuar segurando, e os fachos convergiram para ela, então se dirigiram para Val, ofuscando sua visão. Ela protegeu os olhos com a mão.

— Todos vocês — um dos policiais era uma mulher, o rosto severo —, fiquem contra a parede, mãos na cabeça.

Um facho de luz caiu em Luis e o policial o cutucou com a bota.

— Vamos. Mexa-se. Recebemos algumas denúncias de que havia crianças aqui embaixo, mas não acreditei.

Val se levantou devagar e caminhou até a parede com Ruth ao seu lado. A amiga se sentia tão doente de culpa que queria vomitar.

— Desculpa — sussurrou.

Dave simplesmente ficou parado no meio da plataforma. Estava tremendo.

— Alguma coisa errada? — gritou a policial, a frase era tudo menos uma pergunta. — Contra a parede! — Com aquilo, o discurso deu lugar a latidos. Onde ela estivera, agora se via um cachorro preto, maior que um rottweiler, com baba escorrendo da boca.

— Mas que porra? — O outro policial se virou, sacou a arma. — É seu cachorro? Acalme esse bicho.

— Não é nosso cachorro — respondeu Dave, com um sorriso sinistro.

O cão se virou para Dave, rosnando e latindo. Dave apenas riu.

— Masollino? — gritou o policial. — Masollino?

— Pare de sacanagem — falou Luis. — Dave, o que está fazendo?

Ruth tirou os braços da cabeça.

— O que está acontecendo?

Os dentes do cachorro brilharam conforme ele avançava contra o policial. Ele apontou a arma para o animal e o cão parou. O bicho chorou e ele hesitou.

— Onde está minha parceira?

Lolli soltou uma risadinha e o homem ergueu o olhar de forma brusca, então rapidamente olhou de volta para o cachorro.

Val deu um passo à frente, Ruth ainda segurava seu braço com tanta força que doía.

— Dave — sibilou Val. — Por favor. Pare com isso.

— Dave! — berrou Luis. — Transforme ela de volta!

O cão reagiu ao grito, dando meia-volta e saltando na direção deles, a língua frouxa parecia um borrão vermelho no escuro.

Dois fortes estouros seguidos de silêncio. Val abriu os olhos, nem sequer ciente de que os havia fechado. Ruth gritou.

Deitada no chão estava a policial, sangrando no pescoço e no lado do corpo. O outro policial encarava a própria arma, horrorizado. Val congelou, atônita demais para se mover, os pés pareciam chumbo. A mente procurava uma solução, algum modo de desfazer o que havia sido feito. *É apenas uma ilusão*, disse a si mesma. *Dave está pregando uma peça em todos nós.*

Lolli pulou para o vão dos trilhos e saiu em disparada, o cascalho rangendo sob suas botas. Luis pegou o braço de Dave e o puxou na direção dos túneis.

— Temos de dar o fora daqui — disse ele.

O oficial de polícia ergueu o olhar conforme Val pulava da beirada da plataforma, Ruth estava atrás dela. Luis e Dave já desapareciam na escuridão.

Um tiro ecoou atrás deles. Val não olhou para trás. Correu pelos trilhos, segurando a mão de Ruth como se elas fossem crianças pequenas atravessando a rua. Ruth apertou duas vezes, mas Val podia ouvi-la começar a soluçar.

— Policiais não sabem de nada — disse Dave, conforme percorriam os túneis. — Eles têm de bater sua meta de prisões e só se importam com isso. Eles descobriram nosso esconderijo e só iam trancar tudo para que ninguém mais usasse o lugar, e qual é o sentido disso? Não estamos prejudicando ninguém aqui em baixo. É nosso canto. Nós que encontramos.

— Do que você está falando? — perguntou Luis. — No que estava pensando lá atrás? Você perdeu completamente o juízo?

— Não é minha culpa — respondeu Dave. — Não é sua culpa. Não é culpa de ninguém.

Val só queria que ele calasse a boca.

— Tem razão — disse Luis com a voz trêmula. — Não é culpa de ninguém.

Eles saíram na estação da Canal Street, subindo na plataforma e pegando o primeiro trem que parou. O vagão estava praticamente vazio, mas ficaram de pé mesmo assim, apoiados na porta enquanto o trem oscilava sobre os trilhos.

Ruth tinha parado de chorar, mas a maquiagem deixou manchas escuras em suas bochechas e o nariz estava vermelho. Dave parecia oco de emoções, os olhos evitando os dos outros. Val não conseguia imaginar o que ele estava sentindo naquele momento. Nem mesmo tinha certeza de como nomear o que ela sentia.

— Podemos ficar no parque essa noite — sugeriu Luis. — Dave e eu fazíamos isso antes de achar o túnel.

— Vou levar Ruth à Penn Station — disse Val, de repente. Ela se lembrou da policial, a memória de sua morte como um fardo que se tornava mais pesado a cada passo para longe do cadáver. Não queria afundar Ruth junto com eles.

Luis assentiu.

— E você vai com ela?

Val hesitou.

— Não vou embarcar naquele trem sozinha — avisou Ruth, de forma impetuosa.

— Preciso dizer adeus a uma pessoa — argumentou Val. — Não posso simplesmente desaparecer.

Eles saltaram na estação seguinte, pegaram um trem para o centro e se dirigiram à Penn Station, em seguida subiram até o saguão para verificar o horário dos trens. Depois, se acomodaram na área de espera da Amtrak e Lolli comprou café e sopa em que nenhum deles tocou.

— Me encontre aqui em uma hora — disse Ruth. — O trem parte quinze minutos depois disso. Você pode se despedir desse cara nesse meio-tempo, certo?

— Se eu não voltar, você precisa entrar naquele trem — disse Val. — Me prometa.

Ruth assentiu, o rosto pálido.

— Contanto que você prometa voltar.

— Vamos estar no castelo do tempo, no Central Park — avisou Lolli. — Se você perder o trem.

— Não vou perder o trem — garantiu Val, olhando para Ruth.

Lolli mergulhou uma colher no pote de sopa, mas não a levou à boca.

— Eu sei. Só estou avisando.

Val saiu para o frio, feliz por se afastar de todos.

Quando chegou à ponte, ainda havia luz o bastante para identificar o East River, marrom como café esquecido por muito tempo no fogo. A cabeça doía e os músculos dos braços se contraíam; ela se deu conta de que não se injetava com uma dose de Nunca desde a noite anterior.

Nunca mais de dois dias seguidos. Ela não conseguia se lembrar de quando aquela regra havia sido quebrada, e a nova se tornara todos os dias e, às vezes, até mais que isso.

Val bateu no tronco e se esgueirou para dentro da ponte, mas, apesar da ameaça da luz do sol, Ravus não estava lá. Ela cogitou deixar uma mensagem pintada a dedo em um panfleto de supermercado rasgado, mas estava tão cansada que decidiu esperar um pouco mais. Sentada na espreguiçadeira, os aromas de papel velho, couro e fruta a embalaram, fazendo com que reclinasse a cabeça e abrisse ligeiramente a cortina. Ela ficou sentada absorta por uma hora, observando o sol baixar aos poucos, incendiando o céu, mas Ravus não voltou e ela apenas se sentiu pior. Os músculos, que doíam como se ela tivesse se exercitado, agora queimavam como uma cãibra que desperta você do sono.

Ela vasculhou as garrafas, poções e misturas, sem se preocupar com o que desarrumava e para onde movia as coisas, mas não encontrou nem um único grão de Nuncamais para levar embora sua dor.

Uma família terminava o piquenique nas pedras quando Val entrou no Central Park, a mãe embrulhando as sobras de sanduíches, uma filha magricela apressando um de seus irmãos. Val percebeu que os dois garotos eram gêmeos. Sempre achara gêmeos um pouco assustadores, como se apenas um deles pudesse ser real. O pai olhou para Val, mas os olhos pararam nas pernas longas e nuas de uma ciclista conforme ele mastigava lentamente sua comida.

Val continuou a caminhar, com as pernas doloridas, passando por um lago cheio de algas, onde um bote sem passageiros flutuava na luz minguante. Um casal mais velho passeava na margem, de braços dados, enquanto um corredor vestido com lycra se desviava deles, o MP3 quicava no bíceps. Pessoas comuns com problemas comuns.

O caminho continuava até um pátio cercado por muros entalhados com amoras e pássaros, trepadeiras tão intrincadas que quase pareciam ganhar vida, havia botões de rosas e outras flores menos conhecidas.

Val parou para se apoiar em uma árvore cujas raízes expostas se embaralhavam como o padrão das veias sob sua pele, a casca cinza-chumbo do tronco úmida e escurecida pela seiva congelada. Ela andava fazia algum tempo, mas não havia castelo à vista.

Três garotos com calças de cintura baixa passaram por ela, um deles quicando uma bola de basquete nas costas do amigo.

— Onde fica o castelo do tempo? — perguntou Val.

Um garoto balançou a cabeça.

— Isso não existe.

— Ela quer dizer o Castelo Belvedere — disse o outro, apontando em um determinado ângulo, a meio caminho de onde ela havia vindo. — Fica do outro lado da ponte, depois do Ramble.

Val assentiu. *Do outro lado da ponte e depois do bosque*. Tudo doía, mas ela continuou, antecipando a espetada da agulha e o doce alívio que traria. Ela se lembrou de Lolli sentada perto do fogo com a colher na mão, e sua respiração ficou presa na garganta com a noção de que todo o Nuncamais ainda estava lá, nos túneis, com a mulher morta, então se odiou por ser aquilo que a preocupou, por ser o que lhe roubou o fôlego.

O Ramble era um labirinto de trilhas, cruzando uma à outra, terminando em becos sem saída e voltando sobre si mesmas. Alguns caminhos pareciam planejados, outros provavelmente foram criados por pedestres cansados de tentar achar a direção pelo percurso caprichoso. Val se arrastou pela via, esmagando gravetos e folhas, as mãos nos bolsos, beliscando a pele através do forro fino do casaco, como se o castigo de enterrar os dedos na carne pudesse obrigar o corpo a não doer.

Sob a sombra dos galhos irregulares, dois homens estavam entrelaçados, um deles vestia terno e sobretudo, o outro, calça e jaqueta jeans.

No topo da colina havia um grande castelo cinzento com um pináculo que se erguia bem acima da copa das árvores. Parecia ser uma propriedade antiga e grandiosa, rotulada como estranha pelo contraste com as luzes da cidade ao anoitecer, algo completamente fora de contexto. Conforme Val se aproximava, viu que uma variedade de criaturas empalhadas estava bem no peitoril da janela, os olhos escuros a observando através da vidraça.

— Ei — chamou uma voz conhecida.

Val se virou e viu Ruth encostada em uma pilastra. Antes de conseguir pensar em algo para dizer, notou Luis deitado no patamar que dava para um lago e uma quadra de beisebol, beijando Lolli com demorados e suaves beijos de língua.

— Sabia que não pretendia aparecer — disse Ruth, balançando a cabeça.

— Você disse que pegaria o trem mesmo que eu não fosse — argumentou Val, na expectativa de raiva moralista, mas as palavras soaram defensivas e sem convicção.

Ruth cruzou os braços.

— Tanto faz.

— Onde está Dave? — perguntou Val, olhando ao redor. O parque estava ficando escuro e ela não o via em lugar nenhum ali perto.

Ruth deu de ombros e pegou um copo a seus pés.

— Ele saiu para pensar ou algo assim. Luis foi atrás dele, mas voltou sozinho. Acho que ele teve uma crise. Merda, eu tive... aquela mulher se transformou em um cachorro e agora está morta.

Val não sabia como explicar as coisas de modo que fizessem sentido para Ruth, em especial porque aquilo apenas pioraria as coisas. Era melhor acreditar que a policial havia se transformado em um cão do que descobrir que a mulher tinha sido transformada em um.

— Dave não vai ficar nada feliz com isso. — Val gesticulou com o queixo na direção de Lolli e Luis, ignorando totalmente a pergunta sobre magia.

Ruth fez uma careta.

— É nojento. Aqueles filhos da puta insensíveis.

— Não entendo. Todo esse tempo ela tem andado atrás dele e ele escolhe esse momento para corresponder? — Val não conseguia entender. Luis era um babaca, mas se importava com o irmão. Não era de seu feitio deixar Dave perambulando pelo Central Park enquanto se dava bem com uma garota.

Ruth franziu o cenho e ergueu o copo que estava segurando.

— São seus amigos. Aqui, tome um pouco de chá. É terrivelmente doce, mas pelo menos está quente.

Val tomou um gole, deixando o líquido aquecer sua garganta, tentando ignorar o modo como a mão tremia.

Luis se afastou de Lolli e abriu um sorriso torto para Val.

— Ei, quando você chegou?

— Algum de vocês tem um pouco de Nunca? — disparou Val. Ela não acreditava que pudesse suportar a dor por mais tempo. Até sua mandíbula parecia rígida.

Luis balançou a cabeça e olhou para Lolli.

— Não — respondeu a garota. — Deixei cair. Conseguiu algo com Ravus?

Val inspirou fundo, tentando não entrar em pânico.

— Ele não estava lá.

— Você viu Dave quando chegou? — perguntou Lolli.

Val negou com a cabeça.

— Vamos até o cafofo — disse Luis. — Acho que está escuro o bastante para ficarmos escondidos.

— Dave vai conseguir nos encontrar? — perguntou Ruth.

— Óbvio — respondeu Luis. — Ele sabe onde procurar. Já dormimos lá antes.

Val rangeu os dentes, frustrada, mas seguiu os outros quando eles pularam o portão na lateral do castelo e se esgueiraram pelas pedras abaixo. Havia um platô na penumbra sob outra rocha, que proporcionava algum abrigo. Val percebeu que eles já o haviam forrado com papelão.

Luis se sentou e Lolli se encostou a ele, os olhos semicerrados.

— Vou descolar coisas melhores amanhã — disse ele, se inclinando para colar a boca à dela.

Ruth colocou um braço ao redor de Val e suspirou.

— Não acredito nisso.

— Nem eu — disse Val, porque, de repente, tudo aquilo parecia igualmente surreal, igualmente aleatório e inacreditável. Parecia menos plausível que Ruth estivesse dormindo sobre papelão no Central Park do que a existência de fadas.

Luis deslizou as mãos sob a saia de Lolli, e Val tomou outro gole do chá morno, ignorando o vislumbre de pele, o brilho dos anéis de metal, tentando não ouvir os ruídos molhados e as risadinhas. Conforme virava a cabeça, viu a perna das calças largas de Luis tão para cima que as marcas de queimadura no interior do joelho estavam visíveis, marcas de queimadura que apenas podiam ter sido causadas por Nuncamais.

Quando a respiração de Ruth se acalmou com o sono e a de Lolli e Luis se intensificou em algo mais, Val mordeu o lábio e vivenciou a dor da abstinência.

10

Quem recorre ao veneno, só proveito dele entende tirar.
— William Shakespeare, *A tragédia de Ricardo II*

Com o cair da noite, Val só piorou. As cãibras nos músculos aumentaram até ela se levantar e se esgueirar para longe do esconderijo, de modo que pudesse ao menos se revirar e remexer quando o desconforto assim exigia. Ela caminhou até as rochas e mais uma vez atravessou o Ramble, espalhando uma rajada de folhas mortas dos galhos. Tomou outro gole do chá, mas o líquido ficara gelado.

Val tinha crescido achando o Central Park perigoso, até mais que o restante de Nova York, o tipo de lugar onde pervertidos e assassinos espreitavam atrás de cada moita, apenas à espera de algum atleta inocente. Ela se lembrou de incontáveis reportagens sobre esfaqueamentos e assaltos. Mas agora o parque parecia só tranquilo.

Ela pegou um graveto e ensaiou algumas investidas, golpeando com a ponta da madeira o nó de um olmo grosso, até imaginar ter intimidado qualquer esquilo que porventura se escondesse ali. Os movimentos a deixaram tonta e levemente enjoada, e, quando balançou a cabeça, pensou ter visto luzes irrequietas em uma trilha próxima.

O vento aumentou naquele momento, e o ar parecia carregado, como ficava antes de uma tempestade, mas, quando ela olhou de novo, não viu nada. Franzindo o cenho, Val se abaixou e esperou para ver se havia mais alguém ali.

O vento a açoitava, quase arrancando a mochila de seu ombro. Daquela vez, tinha certeza de que ouviu uma risada. Ela se virou, mas viu apenas as grossas gavinhas de hera agarradas a uma árvore próxima.

A rajada de vento seguinte então a acertou, arrancando o copo de sua mão, derramando o resto do chá em uma poça e fazendo o copo branco rolar pela terra úmida.

— Pare com isso! — gritou Val, mas no silêncio que se seguiu, suas palavras soaram fúteis, até mesmo perigosas de se berrar na calmaria.

Um assovio a fez virar a cabeça. Ali, sentada em um tronco, estava uma mulher toda feita de hera.

— Sinto cheiro de glamour, fino como uma camada de neve. Você é uma de nós?

— Não — respondeu Val. — Não sou uma fada.

A mulher inclinou a cabeça em uma leve reverência.

— Espere. Preciso... — começou Val, mas não sabia como terminar. Ela precisava de uma dose; precisava do Nunca, mas não fazia ideia se as fadas tinham um nome para o pó.

— Uma dos gulosos? Pobrezinha, você se afastou demais da folia. — A mulher-hera passou por Val na direção da ponte. — Vou mostrar o caminho.

Val não sabia o que a mulher-hera queria dizer, mas ela a seguiu. Não o fez só porque Lolli e Luis estavam partindo o coração de Dave nas pedras ali perto e por não querer testemunhar aquilo, não só porque os olhos mortos da policial pareciam segui-la pela escuridão, mas porque a única coisa que parecia importante no momento era acabar com a própria dor. E onde havia diversão das fadas, havia um modo de encontrar um desfecho.

A mulher-hera guiou Val de volta ao terraço, com seus muros de pássaros e galhos, a fonte no centro e o lago além. A fada farfalhava pelos ladrilhos, uma coluna móvel de folhagem. Neblina se ergueu da água, uma bruma prateada que pairou no ar por um instante, antes de ondular adiante, muito densa e rápida para ser natural. A pele de Val formigava, mas ela se sentia muito atordoada e cheia de dor para fazer mais do que recuar aos tropeços, conforme o nevoeiro se aproximava como a maré em alguma margem sombria.

A cerração a envolveu, quente e pesada, carregando um estranho aroma de podridão e dulçor. Música fantasma estava suspensa no ar — o dobrar de sinos, um gemido, as notas agudas de uma flauta. Val caminhou trôpega, esgotada e ofuscada pelos redemoinhos de névoa. Ouviu um coro de risadas, bem perto, e se virou. O nevoeiro se dissipou em alguns pontos, deixando Val entrever uma nova paisagem.

O pátio ainda estava ali, mas as trepadeiras tinham brotado da pedra em formato de seres selvagens e retorcidos, desabrochando em estranhas flores e com longos espinhos, finos como agulhas. Pássaros voavam de seus ninhos esculpidos para bicar as uvas maduras que se penduravam do corrimão das escadas, e brigavam com abelhas do tamanho de um punho por maçãs metálicas que cobriam o cais.

E, ainda, havia seres encantados. Mais do que Val poderia ter imaginado capazes de viver em meio ao ferro e aço da cidade, fadas com olhos bizarros e orelhas de faca, em saias tecidas de urtiga e grinalda-de-noiva, em camisetas e coletes com rosas bordadas, e até sem nada, a pele cintilando sob a lua. Val passou por uma criatura com pernas que pareciam galhos e um rosto entalhado de casca de árvore, e por um homenzinho que a espiava através de binóculos de ópera com lentes de lágrima de sereia azul. Ela passou por um homem com espinhos ao longo da corcunda. Ele cheirava a sândalo e ela achou que o conhecia. Cada criatura encantada parecia brilhante como labaredas e selvagem como o vento. Seus olhos faiscavam, ardentes e terríveis à luz do luar, e Val se pegou com medo.

À margem do lago, havia toalhas tecidas com ouro e cobertas por todo tipo de iguarias. Tâmaras, marmelos e caquis sobre travessas de folhas secas e rachadas, ao lado de decantadores de vinho de safira e peridoto. Bolos salpicados de nozes assadas empilhados ao lado de tigelas de xaropes viscosos. Perto deles, amontoadas, estavam as maçãs brancas de Ravus, o miolo vermelho visível através da pele de velino, tentando Val com alívio para a dor.

Ela esqueceu o medo.

Val pegou uma e mordeu a polpa doce e quente. Aquilo escorregou pela garganta como um sangrento pedaço de carne. Lutando contra a náusea, ela deu mais uma mordida, e outra, o sumo escorrendo por seu queixo, a pele da fruta cedendo sob seus dentes afiados. Não parecia Nunca, no entanto era o bastante para entorpecer os membros e aquietar o tremor.

Satisfeita, Val se deixou cair perto do lago enquanto uma criatura de musgo e líquen emergia por um segundo, com um peixe prateado se debatendo na boca, então mergulhava outra vez. Cansada demais para se mexer e aliviada demais para se sentir outra coisa que não saciada, Val se contentou em observar o grupo. Para sua surpresa, viu que não era a única humana. Uma garota, jovem demais para ter terminado o ensino fundamental, descansava a cabeça no colo de uma fada com lábios pretos, que trançava minúsculos sinos e ervas daninhas nas marias-chiquinhas da menina. Um homem com cabelo grisalho e casaco de tweed se ajoelhou ao lado de uma garota verde com cabelo musgoso e gotejante. Dois rapazes comiam fatias de maçã branca de uma faca, lambendo a lâmina para não desperdiçar nenhum sumo.

Seriam eles os gulosos? Humanos escravizados, capazes de qualquer coisa por um gostinho de Nuncamais, nem mesmo cientes do que injetavam no braço ou aspiravam pelo nariz. *Nunca*, disse Val a si mesma, *nunca mais nuncamais. Nunca mais. Nunca nuncamais Terra do Nuncanunca.* Ela não precisava fazer a dança das sombras. Não precisava continuar a escolher o caminho errado, se gabando de que, pelo menos, escolhia o próprio desastre. Independentemente de quão ruins eram suas decisões, não mantinham outros problemas longe.

Outra fada desceu as escadas. Havia algo de errado com sua pele; parecia manchada e borbulhava em alguns lugares. Uma de suas orelhas e parte do pescoço davam a impressão de terem sido toscamente esculpidas do barro. Alguns dos outros se afastaram quando ele cruzou o terraço.

— Doença do ferro — disse alguém. Val se virou e deu de cara com uma das meninas fadas de cabelo cor de mel do Washington Square Park. Seus pés continuavam descalços, embora ela usasse uma tornozeleira de azevinho.

Val estremeceu.

— Parece que ele foi queimado.

— Alguns dizem que é o que vai acontecer a todos nós se não ficarmos no parque ou voltarmos de onde viemos.

— Estão exilados aqui?

A fada assentiu.

— Um de meus amantes também era amante de um lorde bem conceituado. Ele fez parecer que eu tinha roubado uma peça de tecido. Era um tecido mágico, o tipo que mostra histórias... do tipo precioso... e o castigo da tecelã seria tanto elegante quanto severo. Minhas irmãs e eu fomos mandadas para o exílio até que pudéssemos provar minha inocência. Mas e quanto a você?

Val havia se inclinado para a frente, imaginando o fantástico material, e foi pega de surpresa pela pergunta da fada.

— Acho que poderia dizer que estou no exílio. — Em seguida, olhando ao redor, perguntou: — É sempre assim por aqui? Os exilados vêm aqui todas as noites?

A fada de cabelo cor de mel riu.

— Ah, sim. Se precisa ir para o Reino de Ferro, pelo menos pode visitar este lugar. É quase como voltar à corte. E, óbvio, há as fofocas.

Val sorriu.

— Que tipo de fofoca? — Estava de volta ao papel de coadjuvante. Era automático para ela fazer as perguntas que sua companhia queria responder e um alívio ouvir. As palavras da fada abafaram os próprios pensamentos inquietos.

A garota sorriu.

— Bem, a fofoca mais quente é que a Senhora Luminosa, a rainha Seelie Silarial, está aqui na cidade de ferro. Dizem que veio cuidar dos envenenamentos. Ao que parece, Mabry, uma das nobres exiladas, sabe de algo. Todos sabem que elas têm uma reunião.

Val cravou as unhas nas costas da outra mão. Teria Mabry acusado Ravus? Ela se lembrou do esconderijo abandonado de Ravus dentro da ponte e franziu o cenho.

— Ah, veja — sussurrou a fada. — Ali está ela. Veja como todos se afastam, fingindo não estarem ávidos para ela que confirmar os rumores.

Val se levantou.

— Vou perguntar a ela.

Antes que a fada de cabelo cor de mel pudesse protestar ou aplaudir, Val serpenteou por entre os seres encantados. Mabry usava um vestido creme-claro, o cabelo castanho e verde preso no alto da cabeça com um pente feito de madrepérola. Parecia curiosamente familiar, mas Val não conseguia identificá-lo.

— É um belo pente — elogiou ela, já que o estava admirando.

Mabry o tirou do cabelo, deixando as mechas cascatearem pelas costas, e abriu um sorriso amplo e exuberante.

— Eu conheço você. A serva por quem Ravus tanto se afeiçoou. Pegue essa pequena bugiganga se desejar. Talvez seu cabelo cresça e possa usá-la.

Val correu os dedos pela superfície fria da concha, mas tinha certeza de que um presente dado com tamanha alfinetada não merecia um agradecimento.

Mabry estendeu um dedo e tocou o canto da boca de Val.

— Vejo que teve uma amostra do que sua pele vem bebendo.

Val se sobressaltou.

— Como soube?

— Tenho o hábito de saber das coisas — respondeu Mabry, dando meia-volta para se afastar antes que Val tivesse a chance de perguntar qualquer coisa que quisesse saber.

Val tentou seguir Mabry, mas um ser encantado com cabelo repleto de ervas daninhas e sorriso malicioso se colocou no caminho.

— Minha adorada, deixe-me devorar sua beleza.

— Você só pode estar brincando — disse Val, tentando passar por ele.

— De jeito algum — rebateu ele, e de repente e de forma estranha, Val podia sentir o aguilhão do desejo em suas entranhas. O rosto dela ficou quente. — Posso fazer até mesmo seus sonhos serem sobre desejo.

Um punho se fechou em sua garganta e uma voz profunda e rouca falou baixinho, perto de seu ouvido:

— E agora, de que vale seu treinamento?

— Ravus? — perguntou Val, embora conhecesse a voz do troll.

O outro ser encantado se afastou, mas Ravus manteve os dedos em seu pescoço.

— Aqui é perigoso. Devia ser mais cuidadosa. Agora gostaria que ao menos tentasse se libertar.

— Você nunca me ensinou... — começou ela, mas então se interrompeu, envergonhada pelo modo como a voz soou chorosa. Ele a estava ensinando naquele momento. Afinal, lhe dava tempo para pensar nas possíveis manobras. Não era como se a estivesse sufocando. Estava lhe dando tempo para vencer.

Val relaxou, encostando as costas no peito do troll e se roçando em seu corpo. Sobressaltado, ele afrouxou o aperto e ela se soltou. Ele agarrou seu braço, mas ela girou e pressionou a boca na de Ravus.

Os lábios eram ásperos, ressecados. Ela sentiu o ferroar das presas no lábio inferior. Ele emitiu um som estrangulado do fundo da garganta e fechou os olhos, a boca se abrindo sob a dela. O cheiro do troll — de pedra fria e úmida — fez sua cabeça rodar. Um beijo levou a outro e foi perfeito, absolutamente certo, foi real.

Ele se afastou de modo abrupto, virando a cabeça para não a encarar.

— Eficaz — disse ele.

— Achei que talvez quisesse que eu te beijasse. Às vezes acho que posso até ver. — Seu coração martelava no peito e as bochechas estavam em brasa, mas Val ficou satisfeita por soar calma.

— Não queria que você... — disse Ravus. — Não queria que você visse.

Ela quase riu.

— Você parece tão chocado. Ninguém beijou você antes? — Val quis fazer aquilo de novo, mas não ousava.

A voz do troll soou gélida.

— Em raras ocasiões.

— Você gostou?

— Antes ou agora?

Val inspirou fundo, deixou escapar um suspiro.

— Os dois. Qualquer um.

— Gostei — confessou ele, a voz suave. Foi então que ela se lembrou de que ele não podia mentir.

Ela passou a mão por sua bochecha.

— Me beije.

Ravus pegou os dedos dela, apertou com tanta força que os machucou.

— Basta — disse ele. — Seja qual for seu jogo, acaba agora.

Ela desvencilhou a mão daqueles dedos e se afastou vários passos.

— Desculpe... eu pensei... — Na verdade, não conseguia se lembrar do que havia pensado, do que fizera aquilo parecer uma boa ideia.

— Venha — chamou ele, sem olhar para ela. — Vou levá-la de volta aos túneis.

— Não — falou Val.

Ele parou.

— Não seria prudente continuar aqui, não importa seu...

Val balançou a cabeça.

— Não foi o que eu quis dizer. Alguém descobriu nosso esconderijo. Não há para onde voltar. — Já fazia um bom tempo desde que tivera um lugar para onde voltar, algo para o que voltar.

Ele abriu a mão, como se tentasse expressar algo indescritível.

— Nós dois sabemos que sou um monstro.

— Você não é...

— Você se rebaixa ao disfarçar carne podre com mel. Sei o que sou. O que você iria querer com um monstro?

— Tudo — respondeu Val, solene. — Lamento ter beijado você... fui egoísta e isso te magoou... mas não pode me pedir para fingir que eu não queria.

Ele a estudou desconfiado, conforme ela se aproximava com um passo.

— Não sou muito boa em explicar as coisas — admitiu ela. — Mas acho que você tem olhos lindos. Amo o dourado na íris. Amo que sejam diferentes dos meus olhos... vejo os meus o tempo todo e fico entediada com eles.

Ele bufou com divertimento, mas continuou imóvel.

Ela esticou o braço e lhe tocou o verde-pálido da bochecha.

— Gosto de todas as coisas que te fazem monstruoso.

Os longos dedos do troll alisaram a penugem de pêssego do cabelo de Val, garras raspando com cuidado sua pele.

— Temo que tudo o que toco se corrompa com o contato.

— Não tenho medo de ser corrompida — disse Val.

O canto da boca de Ravus se ergueu.

Uma voz de mulher rasgou o ar, aguda como o badalar de um sino.

— Você chamou Silarial afinal.

Val girou. Mabry estava no centro do pátio, mechas de cabelo soltas na brisa. Ao redor deles, seres encantados observavam. Afinal, ali havia uma possibilidade de fofoca.

A mão de Ravus pousou no arco das costas de Val, e ela podia sentir a curva de suas unhas em sua coluna. A voz do troll soou insípida quando se dirigiu a Mabry.

— A clemência de Lady Silarial pode ser terrível, mas não tive outra escolha senão me curvar a ela. Sei que ela veio conversar com vocês... talvez quando vir como têm estado infelizes e como são prestativos, ela os aceite de volta na corte.

A boca de Mabry se curvou em um sorriso irônico.

— Todos devemos nos beneficiar de sua clemência. Mas agora quero lhes dar algo pelo que deram a mim.

Val enfiou a mão no bolso de trás para devolver o pente de Mabry, os dentes espetando seus dedos conforme ela o tirava. Pérolas envoltas em alga marinha e minúsculas pombas do interior de bolachas-do-mar estavam presas à crista do pente. Ao observar aquilo, Val de repente viu a sereia, o colar enrolado em voltas de pérolas e pássaros de conchas, os olhos mortos encarando Val pela eternidade, enquanto o cabelo flutuava na superfície da água na falta do par do pente.

Segurando o pente nos dedos entorpecidos, Val se deu conta de que aquilo tinha vindo de um cadáver.

— Mabry me deu isto — disse Val.

Ravus olhou para o pente, nitidamente não lhe atribuindo nenhum significado.

— Veio da sereia — explicou Val. — Ela o tirou da sereia.

Mabry bufou.

— Então como foi parar na sua mão?

— Ela me deu...

Mabry se virou para Ravus, interrompendo Val com tranquilidade.

— Sabia que ela vinha roubando de você? Raspando a borda de suas poções como um demônio lambe a camada de creme de uma garrafa de leite. — Mabry agarrou o braço de Val, arregaçando a manga para que Ravus visse as marcas escuras na dobra do cotovelo, as marcas que pareciam causadas por alguém que apagara um cigarro em sua pele. — E veja só o que ela vem fazendo: entope as veias com nosso bálsamo. Agora, Ravus, me diga quem é o envenenador. Vai responder pelos erros da humana?

Val esticou a mão para Ravus. Ele recuou.

— O que você fez? — perguntou ele, entre dentes.

— Sim, eu injetei as poções — confessou Val. Não havia sentido em negar nada àquela altura.

— Por que você faria isso? — perguntou ele. — Achei que fosse algo inofensivo, apenas uma poção para poupar o Povo das Fadas da dor.

— O Nunca... dá a você... torna os humanos iguais às fadas. — Não era aquilo, não exatamente, mas a expressão do troll já dizia, *Você não se importou que eu fosse um monstro, porque você é um monstro.*

— Esperava mais de você — disse Ravus. — Muito mais.

— Sinto muito — desculpou-se Val. — Por favor, me deixe explicar.

— *Humanos* — disse ele, a palavra impregnada de repugnância. — Mentirosos, todos vocês. Agora entendo o ódio de minha mãe.

— Posso ter mentido sobre isso, mas não sobre o pente. Não estou mentindo sobre todo o resto.

Ele agarrou o ombro de Val, os dedos tão pesados que ela se sentia presa em pedra.

— Agora sei o que viu em mim para amar. Poções.

— Não! — protestou Val.

Quando ela olhou para o rosto de Ravus, não havia nada ali de familiar, nada de gentil. O polegar com garras pressionava a pulsação em sua garganta.

— Acho que já é hora de você ir embora...

Val hesitou.

— Apenas me deixe...

— Vá! — gritou ele, empurrando-a para longe e cerrando os dedos em um punho tão apertado que as garras cortaram a palma da própria mão.

Val recuou aos tropeços, a garganta ardia.

Ravus se virou para Mabry.

— Diga que se sente vingada. Pelo menos me diga isso.

— Não mesmo — retrucou Mabry com um sorriso. — Eu lhe fiz um favor.

Val partiu, refazendo seus passos pelo caminho, pela cortina de bruma, pelo bosque e até o castelo, os olhos embaçados e o coração aos pedaços. Ali, observando o distante piscar das luzes da cidade, Val de repente se lembrou da mãe. Foi assim que ela havia se sentido, depois que Tom e Val partiram? Havia desejado voltar atrás e mudar tudo, mas não tinha poder para isso?

Esgueirando-se pelas rochas, Val viu a ponta vermelha do cigarro de cravo de Ruth antes de ver o restante do acampamento improvisado. Ruth se levantou quando Val se aproximou.

— Pensei que tivesse me abandonado de novo.

Val olhou na direção de Lolli e Luis, aninhados juntos. Luis parecia diferente, os olhos sombreados e a pele pálida.

— Só fui dar uma volta.

Ruth deu outra longa tragada, a ponta do cigarro incandescente.

— Sim, bem, seu amigo Dave também só foi dar uma volta.

Val se lembrou da folia e se perguntou se Dave estivera presente, outro guloso, perambulando inebriado entre mestres caprichosos.

— Eu... Eu... — Val se sentou, consternada, e cobriu o rosto com as mãos. — Fodi tudo. Fodi tudo mesmo, sério.

— O que quer dizer? — Ruth se sentou ao lado de Val e colocou o braço sobre seu ombro.

— É muito complicado de explicar. Fadas existem, fadas reais, como as fadas do *Final Fantasy*, e elas têm sido envenenadas e essa parada que tenho usado... é tipo uma droga, mas é um tipo de magia também. — Val podia sentir as lágrimas escorrendo pelo rosto, e as secou.

— Sabe — começou Ruth —, as pessoas não choram quando estão tristes. Todo mundo pensa assim, mas não é verdade. As pessoas choram quando estão frustradas ou oprimidas.

— E quanto ao luto? — perguntou Val.

— O luto é frustrante e esmagador.

O pente da sereia ainda estava na mão de Val, ela se deu conta, mas o havia apertado com tanta força que este se quebrara em pedacinhos. Apenas pequenas lascas de concha, nada mais. Nenhum motivo para achar que aquilo provava alguma coisa.

— Olha, admito que você parece um pouco louca — disse Ruth. — Mas e daí? Mesmo que estivesse completamente delirante, ainda teríamos que resolver seu delírio, certo? Um problema imaginário pede uma solução imaginária.

Val deixou a cabeça pousar no ombro de Ruth, relaxando de um modo que não conseguia desde antes de ter visto a mãe e Tom, e talvez até antes disso. Ela havia esquecido como amava conversar com Ruth.

— Ok, comece do princípio.

— Quando vim para a cidade, estava agindo no automático — admitiu Val. — Tinha entradas para o jogo, então fui. Sei que soa insensato. Mesmo enquanto estava fazendo isso, pensei que era tolice, como se eu fosse uma daquelas pessoas que mata o patrão e depois se senta ao computador para terminar um relatório.

"Quando encontrei Lolli e Dave, eu só queria me perder, me tornar nada, me tornar nula. Tudo isso soa errado e idiota, eu sei."

— Muito poético. — Ruth abriu um sorriso sarcástico. — Meio gótico.

Val revirou os olhos, mas sorriu.

— Eles me apresentaram a algumas fadas e é aí que tudo para de fazer sentido.

— Fadas? Como elfos, duendes, trolls? Como aquelas nas calcinhas Brian Froud da Hot Topic?

— Olhe, eu...

Ruth ergueu a mão.

— Só checando. Ok, fadas. Estou acompanhando.

— Seres encantados têm problemas com ferro, então rola esse lance que Lolli batizou de nuncamais. Impede que fiquem muito doentes. Humanos podem... usar... Isso faz com que sejam capazes de criar ilusões ou faz as pessoas sentirem o que você quer que sintam. A gente cuidava das entregas para Ravus... é ele quem produz o Nunca... e a gente pegava um pouco para nós.

Ruth assentiu.

— Ok. Então Ravus é uma fada?

— Algo assim — respondeu Val. Ela podia ver um sorriso nos olhos de Ruth e ficou feliz quando este não chegou aos olhos. — Alguns seres encantados morreram envenenados e culpam Ravus. Acho que este pente veio de uma das fadas mortas, e Mabry estava com ele, e simplesmente não sei o que isso significa.

"Tudo parece tão irreal. Dave transformou aquela policial em cachorro de propósito e Mabry disse a Ravus que estávamos roubando dele, então ele acha que tenho alguma coisa a ver com as mortes, não uso Nunca há dois dias e meu corpo inteiro dói."

Era verdade, as dores tinham começado de novo, a agonia tênue, mas progressiva, o alívio temporário da fruta de fada não foi suficiente para impedir que suas veias clamassem por mais.

Ruth apertou os ombros de Val em um abraço enviesado.

— Merda. Ok, é inacreditável. O que podemos fazer?

— Podemos solucionar o caso — respondeu Val. — Tenho todas essas pistas; só não sei como juntá-las.

Val estudou os restos do pente e se lembrou mais uma vez da sereia. Ravus havia dito que veneno de rato matara a fada, mas veneno de rato era uma substância perigosa e improvável de ser usada por um envenenador fada em especial um alquimista como Ravus. E por que ele iria querer matar um monte de fadas inofensivas?

Um humano poderia ter feito aquilo. Um mensageiro humano era esperado, de forma alguma suspeito.

Val se lembrou da primeira entrega a que havia comparecido e a garrafa de Nunca que Dave tinha aberto, quebrando o selo. Mabry não devia ter se preocupado? Com todos aqueles envenenamentos, não era o mesmo que tomar uma aspirina com o lacre de segurança violado? Alguém só faria algo assim se já soubesse quem era o envenenador ou se fosse o próprio envenenador.

E Mabry havia descoberto que Val estava usando. Alguém contou a ela.

— Mas por quê? — perguntou Val em voz alta.

— Por que o quê? — indagou Ruth.

Val se levantou e caminhou pela rocha.

— Estou pensando. Qual a consequência dos envenenamentos? Ravus se mete em problemas!

— E daí? — quis saber Ruth.

— Daí que Mabry quer se vingar dele — respondeu Val. Lógico: vingança pela morte do amante. Vingança pelo exílio.

Mabry então. Mabry e um cúmplice humano. Dave evidentemente, já que não se importou em disfarçar que vinha roubando Nuncamais de Mabry, mas que motivo ele teria para matar as fadas?

Podia ter sido Luis. Ele odiava as fadas pelo que fizeram a seu olho. Ele usava todo aquele metal para proteção. E estava usando Nunca, como as marcas sob o joelho provavam, mesmo que negasse. Mas para que, se não podia enxergar o glamour? E por que não se preocupou com o sumiço de Dave? Por que decidiu se pegar com Lolli agora, quando ela o tinha desejado por mais tempo do que Val a conhecia? Ele parecia tão despreocupado. Era como se soubesse onde o irmão estava.

Val estacou diante daquele pensamento.

— Isso é o que vamos fazer — disse Val. — Temos de ir até a casa de Mabry enquanto ela ainda está no banquete, e achar provas de que ela está por trás dos envenenamentos. — Uma evidência que convenceria Ravus de que Val era inocente e que convenceria os outros de que o troll não era o envenenador afinal. Uma evidência que o salvaria para que ele a perdoasse.

— Ok — concordou Ruth, colocando a mochila no ombro. — Vamos ajudar seus amigos imaginários.

11

*Golpeie um vidro, e ele não resistirá um instante;
simplesmente não o golpeie, e ele vai resistir mil anos.*
— G.K. Chesterton, Ortodoxia

Val e Ruth chegaram ao Riverside Park nas horas gélidas antes do amanhecer. O céu era de um escuro intenso e as ruas estavam silenciosas. O coração de Val batia como o de um coelho, adrenalina e contração muscular a impediam de sentir o ar frio ou o adiantado da hora. Ruth estremeceu e se enrolou mais ainda no casaco felpudo de pele falsa conforme o vento soprava da água. Suas bochechas estavam borradas de maquiagem, manchadas de lágrimas e toques descuidados, mas, quando sorriu para Val, Ruth parecia a mesma garota confiante de sempre.

O parque em si estava praticamente vazio, exceto por um pequeno grupo de pessoas amontoadas perto de um dos muros, uma delas fumava algo que cheirava como maconha. Val olhou para a fileira de prédios de apartamentos do outro lado do parque, mas nenhum deles parecia certo. Ela discerniu a fonte entupida que ela havia visitado dias antes, mas, quando olhou para a rua, a porta à sua frente era da cor errada e havia uma grade de metal cobrindo as janelas.

— E aí? — perguntou Ruth.

Val mudou o peso de um pé para o outro.

— Não tenho certeza.

— O que você vai fazer se encontrar?

Erguendo o olhar, Val viu a gárgula em uma posição ligeiramente diferente da que se lembrava, mas o monstro de pedra foi o bastante para convencê-la de que a casa que observava só podia ser a de Mabry. Talvez a memória fosse imprecisa.

— Preste atenção se alguém vai aparecer — disse Val, começando a atravessar a rua. O coração martelava no peito. Ela não fazia ideia no que estava se metendo.

Ruth correu atrás dela.

— Ótimo. Vigia. Sou uma vigia. Mais uma coisa para colocar na minha candidatura à faculdade. O que faço se vir alguém?

Val olhou para trás.

— Na verdade, não tenho certeza.

Estudando o prédio por um longo período, Val segurou uma das abraçadeiras da calha e se içou parede acima. Era como subir em uma árvore, como subir em uma corda na aula de ginástica.

— O que você está fazendo? — chamou Ruth, com a voz estridente.

— Para que você achou que eu precisava de uma vigia? Agora cale a boca.

Val escalou cada vez mais alto, os pés apoiados nos tijolos do prédio, os dedos cravados nas argolas de metal conforme a calha gemia e cedia sob o esforço de seu peso. Quando esticou o braço para o peitoril de uma janela, viu a mão se perder dentro da boca de uma gárgula, o rosto mescla-de-terrier-com-frango inclinado, os olhos arregalados de surpresa ou excitação. Ela puxou os dedos segundos antes de os dentes de pedra se fecharem. Perdendo o equilíbrio, ela chutou o ar por um instante, todo o peso na calha e na outra mão. O alumínio se dobrou, se desprendendo dos suportes.

Val enfiou o pé no tijolo e tomou impulso, pulando e se esforçando para agarrar o parapeito. Ouviu um grito agudo vindo do chão enquanto se segurava no peitoril da janela. Ruth. Por um segundo, ela apenas ficou pendurada ali, com medo de se mexer. Então subiu pela moldura e empurrou a janela. Parecia emperrada e, por um instante, Val teve medo de que estivesse trancada ou colada com tinta, mas ela empurrou com mais força e a janela cedeu. Ao pular para dentro, passando pelas cortinas emaranhadas, Val se viu no quarto de Mabry. O piso era de mármore brilhante, e a cama, um dossel curvo de galhos de salgueiro, a coisa toda era coberta por sedas e cetins. Um dos lados da cama estava limpo, mas o outro, polvilhado com terra e arbustos.

Val saiu para o corredor. Havia uma série de portas que se abriam para cômodos vazios e uma escadaria de madeira cor de ébano. Ela desceu os degraus até o salão, o rangido do assoalho e o gorgolejar da fonte eram os únicos sons que ouvia.

O salão continuava como lembrava, mas a mobília parecia disposta de outro modo, e uma das portas, maior. Val saiu do apartamento e entrou no corredor principal, com o cuidado de a porta de Mabry estar aberta. Ela girou a maçaneta da porta da frente e a abriu. Ruth a olhou boquiaberta da calçada por um segundo, depois correu para dentro.

— Você enlouqueceu — disse Ruth. — Acabamos de invadir um prédio chique.

— É protegido por glamour — explicou Val. — Tem que ser. — Pela primeira vez, Val pensou nas duas portas que julgara ser de outros apartamentos. Uma ficava em frente à porta de Mabry, a outra, no final do corredor. Pelo tamanho dos cômodos, da escadaria no apartamento da fada e da silhueta do prédio pelo lado de fora, não parecia possível que as portas levassem a qualquer lugar. Val balançou a cabeça para desanuviar as ideias. Não tinha importância. O que importava era que encontrasse alguma evidência para comprometer Mabry, algo que provaria que ela envenenou outros seres encantados, provaria não apenas para Ravus, mas para Greyan e qualquer um que pensasse que o troll estava por trás das mortes.

— Pelo menos, está quente aqui — comentou Ruth, entrando no apartamento e dando meia-volta no piso de mármore brilhante. Sua voz ecoou pelos cômodos vazios ao lado. — Se temos que ser gatunas, vou ver o que há para roubar na geladeira.

— Estamos tentando encontrar provas de que ela é uma envenenadora. Só um detalhe, antes de começar a colocar coisas aleatórias na boca.

Ruth deu de ombros e deixou Val para trás.

Uma cristaleira ocupava um dos cantos da sala de estar. Val espiou pelo vidro. Havia um pouco de cortiça ali dentro, trançada com cabelo escarlate; um bibelô de uma bailarina, tinha as mãos nos quadris e os sapatos vermelhos como rosas; o gargalo quebrado de uma garrafa; e uma flor amarronzada desbotada. Val pensou se lembrar de diferentes tesouros bizarros em sua visita anterior.

Aquilo deixou Val ciente de como sua tarefa parecia impossível. Como identificaria alguma evidência, mesmo que a visse? Ravus talvez reconhecesse aqueles objetos... soubesse seus usos e talvez até parte de sua história, mas ela não entendia nada daquilo.

Era difícil pensar em Mabry como sentimental, mas ela devia ter sido, antes da morte de Tamson torná-la detestável.

— Ei — chamou Ruth do outro cômodo. — Veja só isso.

Val seguiu a voz da amiga. Ela estava na sala de música, ao lado da lira, sentada em um divã forrado com um estranho couro rosado. O corpo do instrumento parecia ser de madeira dourada, entalhada com coroas de acantos, cada corda de um tom diferente. A maioria era marrom, dourada ou preta, mas algumas eram vermelhas, e uma, verde-folha.

Ruth se ajoelhou ao lado do instrumento.

— Não... — começou Val, mas os dedos de Ruth roçaram uma corda marrom. Imediatamente, um lamento invadiu o cômodo.

— Outrora, fui uma das damas de companhia da rainha Nicnevin — entoou uma voz cheia de lágrimas, com um sotaque rico e insólito. — Eu era sua favorita, sua confidente, e atormentar os outros era meu prazer. Nicnevin tinha um brinquedo especial, um cavaleiro da Corte Seelie que adorava. As lágrimas de ódio dele lhe davam mais prazer do que as declarações de amor. Fui chamada à presença da rainha, ela exigia saber se eu estava de conluio com ele. Eu não estava. Então ela ergueu um par de luvas do cavaleiro e exigiu que eu examinasse o bordado nos punhos. Era um padrão cuidadosamente bordado com meu próprio cabelo. Havia mais provas: relatos de nós dois juntos, um bilhete em sua caligrafia me jurando devoção, mas nada disso era verdade. Caí de joelhos, implorando a Nicnevin, apavorada. Enquanto me levavam para a morte, vi uma das outras damas, Mabry, sorrindo, os olhos afiados como agulhas, os dedos estendidos para arrancar um único fio de cabelo de minha cabeça. Agora devo contar minha história para todo o sempre.

— Nicnevin? — perguntou Ruth. — Quem diabos é essa?

— Acho que é a antiga rainha Unseelie — respondeu Val. Ela passou os dedos por várias cordas ao mesmo tempo. Uma cacofonia de vozes se fez ouvir, cada uma contando sua triste história, cada uma mencionando Mabry. — Todas as cordas são fios de cabelo das vítimas de Mabry.

— Essa parada é assustadora pra caralho — comentou Ruth.

— Shhh — disse Val. Uma das vozes parecia familiar, mas ela não conseguia identificar onde a havia ouvido antes. Ela tocou uma corda dourada.

— Outrora, fui um cortesão a serviço da rainha Silarial — disse uma voz masculina. — Eu vivia para as caçadas, os enigmas, duelar e dançar. Então me apaixonei e todas essas coisas deixaram de importar. Minha única alegria era Mabry. Só desejava o que lhe dava prazer; eu me deleitava com sua felicidade. Então, em uma tarde preguiçosa, enquanto colhíamos flores para trançar em guirlandas, vi que ela havia se afastado. Eu a segui e a ouvi conversando com uma criatura da Corte Unseelie. Eles pareciam bem familiarizados e sua voz foi suave quando ela lhe disse as informações que tinha reunido para a rainha Unseelie. Devia ter me zangado, mas tive medo por ela. Se Silarial descobrisse, as consequências seriam terríveis. Eu disse a Mabry que não contaria a ninguém, mas que ela deveria partir de imediato. Ela me garantiu que o faria e chorou copiosamente por ter me enganado. Dois dias depois, eu iria duelar com um amigo em um torneio. Quando vesti minha armadura, me pareceu estranha, mais leve, mas não dei importância àquilo. Mabry me contou que a tinha costurado com o próprio cabelo, como um amuleto. Quando meu amigo golpeou, a armadura cedeu e a espada me atravessou. Senti a seda de seu cabelo em meu rosto e soube que fui traído. Agora devo contar minha história para todo o sempre.

Val se sentou tensa, encarando a harpa. Mabry era uma espiã para a Corte Unseelie. Ela mesma havia matado Tamson. Ravus havia sido apenas o instrumento.

— Quem era esse? — perguntou Ruth. — Você o conhecia?

Val negou com a cabeça.

— Mas Ravus, sim. Ele era aquele que golpeou com a espada na história.

Ruth mordeu o lábio inferior.

— Isso é tão complicado. Como vamos descobrir alguma coisa?

— Já descobrimos alguma coisa — respondeu Val.

Ela se levantou e seguiu até o cômodo ao lado. Era a cozinha. Não havia fogão, entretanto; nem geladeira, apenas uma pia em uma longa superfície de ardósia polida. Val abriu um dos armários, mas estava repleto de vidros vazios.

Val se lembrou da forma enfeitiçada de Ravus, os olhos dourados como falha no disfarce. Havia algo de inquietante naqueles cômodos perfeitos, imaculados e com apenas o eco de suas passadas e o ruído da água. Mas, se havia algum glamour, ela não tinha ideia do que escondia.

Ruth entrou no cômodo e Val notou o pó branco escapando da mochila.

— O que é isso? — perguntou Val.

— O quê? — Ruth olhou para trás, para o chão, e tirou a mochila do ombro. Ela riu. — Parece que rasguei a bolsa e fiz um buraco no nosso bebê.

— Merda. Isso é pior que uma trilha de migalhas. Mabry vai saber que estivemos aqui.

Ruth se agachou e começou a varrer o pó com as mãos. Em vez de formar uma pilha, a farinha espiralava em nuvens brancas.

Ao olhar para a farinha, Val teve uma ideia.

— Espere. Ei, acho que talvez eu precise cometer infanticídio.

Ruth deu de ombros e pegou o saco.

— Sempre podemos ter outro, acho.

Val rasgou a embalagem e começou a polvilhar o chão com farinha.

— Tem que ter alguma coisa aqui, algo que não conseguimos ver.

Ruth pegou um punhado de pó branco e jogou na porta. Val atirou outra mão cheia. Logo o ar estava denso com aquilo. O cabelo das duas estava coberto e, quando respiravam, farinha envolvia suas línguas.

O pó aderiu a todo o apartamento, mostrando o viveiro de peixes como um cano quebrado que jorrava água em baldes e empoçava o chão, revelando o gesso estufado no teto, os ladrilhos lascados ao longo das paredes e uma trilha de cocô de rato no chão.

— Veja. — Ruth foi até uma das paredes, o pó a tornava fantasmagórica. A farinha se agarrava à maior parte da parede, mas havia um enorme trecho vazio.

Val jogou mais pó na falha, mas em vez de acertar a parede, a farinha parecia atravessar o espaço.

— Achamos. — Val sorriu e ergueu o punho. — Supergêmeos ativar!

Ruth devolveu o sorriso, batendo o punho no de Val.

— Forma de duas malucas da porra.

— Fale por si mesma — rebateu Val, e se enfiou pelo buraco.

Ali, em um cômodo sombrio com cortinas de veludo, encontrava-se Luis. Ele estava deitado em um tapete com desenhos de romãs e enrolado em um cobertor de lã, mas, apesar da coberta, tremia. Havia sangue em seu couro cabeludo, e várias de suas tranças tinham sido cortadas.

A princípio, Val apenas o encarou, boquiaberta.

— Luis? — Enfim conseguiu dizer.

Ele levantou os olhos, semicerrados, como se quisesse protegê-los da luz forte.

— Val? — Ele se sentou com dificuldade. — Onde está Dave? Ele está bem?

— Não sei — respondeu ela, de modo distraído. Sua cabeça estava a mil. — O que você está fazendo aqui?

— Não vê que estou acorrentado ao chão? — disse Luis. Ele virou os pulsos e ela viu que as próprias tranças o prendiam, bem esticadas.

— Ao chão? — repetiu Val, estupidamente. — Mas e quanto ao carpete?

Luis soltou uma gargalhada.

— Imagino que o lugar pareça lindo para você.

Val olhou para os sofás baixos, as estantes abarrotadas de contos de fadas com encadernação de linho, a grandeza desbotada do tapete e a moldura pintada nas paredes.

— É um dos cômodos mais lindos em que já entrei.

— O reboco das paredes está rachado e tem um vazamento no teto, o que basicamente significa que todo o canto está preto de mofo. Não há mobília aqui, e com certeza nenhum tapete... apenas as tábuas de assoalho com pregos velhos despontando para fora.

Val olhou ao redor, para a luz suave filtrada por um abajur de estanho com uma cúpula de franjas.

— Então o que é isso que estou vendo?

— Glamour, o que mais seria?

Ruth enfiou a cabeça na sala.

— O que está acont... Luis?

— Espere aí. Como podemos ter certeza de que é mesmo você, Luis? — perguntou Val.

— Quem mais eu seria?

Ruth estava quase toda para dentro do cômodo, o pé ainda na abertura enfeitiçada, como se ela pensasse que poderia se fechar a qualquer momento sem um obstáculo.

— Acabamos de te deixar no parque, e você estava dormindo.

Luis deixou a cabeça cair para trás.

— Sim, bem, a última vez que vi Ruth eu estava com Lolli e Dave no parque. Tínhamos escolhido um lugar para dormir perto do castelo do tempo. Lolli estava apoiada em mim, cochilando, quando Dave simplesmente se levantou e saiu andando. Eu sabia que ele estava chateado. Merda, eu também estava perdendo a cabeça. Pensei que talvez ele quisesse ficar sozinho.

"Mas, então, ele não voltou e eu não sabia o que pensar. Fui procurá-lo. Eu o vi atravessar o Ramble. Ele também não estava sozinho. A princípio, achei que fosse algum cara... sei lá, dando em cima dele..., mas depois vi que o sujeito tinha penas no lugar do cabelo. Disparei na direção dos dois e foi quando dedos minúsculos cobriram minha boca e meu olho bom, dominaram meus braços e minhas pernas. Eu podia ouvir risos enquanto me levantavam no ar, e meu irmão dizendo 'Não se preocupe. É por pouco tempo.' Eu não sabia o que pensar. Com certeza não imaginava que acabaria aqui."

— Você viu Mabry? — perguntou Val. — Ela te disse alguma coisa?

— Não muito. Ela estava distraída com algo que estava rolando. Alguém a visitou e ela estava puta com isso.

— Há algo que preciso te contar — disse Val.

Luis ficou em silêncio, a boca em uma linha fina.

— O quê? — indagou ele, e a voz soou tão baixa que Val sentiu uma pontada no coração.

— A gente achou que Dave estivesse sumido. Ele desapareceu. Alguém está fingindo ser você.

— Então vieram atrás de Dave?

— Viemos atrás de provas. Acho que Mabry está por trás da morte dos seres encantados.

Luis fez uma careta.

— Espere, então onde está meu irmão? Ele se meteu em algum problema?

Val balançou a cabeça.

— Acho que não. O que quer que esteja fingindo ser você parece passar todo o tempo trepando com Lolli. Não acho que isso esteja nos planos do sobrenatural, mas definitivamente está nos de Dave.

Luis estremeceu, mas não disse nada.

— Temos de nos apressar — avisou Ruth, dando um tapinha na cabeça de Val, os dedos se arrastando pela penugem. — Só porque a vaca não pode te amarrar com seu próprio cabelo não quer dizer que a gente deva dar mole.

— Certo. — Val se inclinou sobre Luis, examinando as tranças que o prendiam ao chão. Ela tentou arrebentá-las ou as afrouxar, mas eram tão resistentes quanto se fossem feitas de aço.

— Mabry as cortou com uma tesoura — explicou Luis. — E me cortou também.

— Acha que uma tesoura pode cortar as tranças? — perguntou Ruth.

Val assentiu.

— Ela precisa ter um meio para quebrar os próprios feitiços. Onde você acha que pode estar?

— Não sei — respondeu Luis. — Pode nem se parecer com uma tesoura.

Val se levantou e saiu da sala, parando na fonte onde a farinha havia se dissolvido, em seguida foi até a cristaleira.

— Vê alguma coisa? — gritou Val.

Ruth abriu uma gaveta e despejou o conteúdo no piso.

— Nada.

Val procurou na cristaleira, reparando na bailarina mais uma vez, reparando nos arcos de seus braços e na cor sangrenta dos pés. Estendendo o braço, Val a pegou, enfiando os dedos pelo vão dos braços e forçando. As pernas do bibelô se fecharam e abriram, igual a uma tesoura.

— Pegue a harpa — disse Val. — Vou buscar Luis.

Nem bem havia amanhecido quando atravessaram o Ramble, passando pelas trilhas e suas ramificações, até onde haviam deixado Lolli e o que lhes tinha parecido ser Luis. As cordas da harpa tiniam conforme eles avançavam, mas Ruth as silenciou abraçando o instrumento contra o peito. Conforme Val, Ruth e Luis se aproximavam, viram que o outro Luis estava acordado.

A voz de Lolli soou aguda e trêmula.

— Está tão frio e você está ardendo de febre.

O Luis disfarçado as encarou. Os olhos estavam pretos nas bordas, e a boca, escura. A pele estava pálida como papel e tinha uma camada de suor que a fazia parecer de plástico. Com dedos trêmulos, ele levou um cigarro aos lábios. A fumaça não deixou seu corpo.

— Dave — disse o Luis verdadeiro. A voz soou equilibrada, calma, exatamente como a de Val quando havia flagrado a mãe com Tom. Era uma voz tão carregada de emoção que parecia não carregar emoção alguma.

Lolli olhou para Luis, e então para seu gêmeo.

— O q... O que está acontecendo?

— Não consegue ver diferença, consegue? — perguntou o Luis disfarçado para Lolli. Seu rosto mudou, as feições se transformando sutilmente até se tornarem as de Dave. A boca escurecida e os olhos continuaram, assim como o brilho na pele.

Lolli ofegou.

Ele gargalhou como um maníaco, a voz rouca.

— Você nem foi capaz de notar a diferença, mas você nunca me daria uma chance.

— Seu babaca de merda. — Lolli deu um tapa em Dave. Ela o acertou de novo, uma chuva de golpes caindo sobre as mãos que ele ergueu para se defender.

Luis segurou os braços dela, mas Dave riu de novo.

— Você acha que me conhece? Sou Dave Arisco? Dave o Covarde? Dave o Idiota? Dave que precisa da proteção do irmão? Não preciso de nada. — Ele encarou Luis. — Você é tão esperto, não é? Tão esperto que nem viu o que estava acontecendo. Quem é o imbecil, hein? Você tem alguma merda de palavra chique para o quanto é estúpido?

— O que você fez? — perguntou Luis.

— Ele fez um acordo com Mabry — respondeu Val. — Não fez?

Dave sorriu, mas parecia um esgar, a pele da boca muito apertada. Quando ele falou, Val viu apenas escuridão para além dos dentes, como se estivesse olhando para dentro de um túnel escuro.

— Sim, eu fiz um acordo. Não preciso da Visão para saber quando tenho algo que alguém quer. — Ele enxugou a testa com a mão, os olhos cada vez mais arregalados. — Eu queria...

Ele desmaiou, o corpo tremendo. Luis caiu de joelhos ao lado de Dave e esticou a mão para afastar os dreads de seu rosto, em seguida recolheu a mão de modo abrupto.

— Ele está quente demais. É como se sua pele estivesse em chamas.

— Nuncamais — respondeu Val. — Ele vem usando Nunca bem mais que uma vez ao dia. Ele precisou tomar todo esse tempo para manter essa forma.

— Nos filmes, eles colocam as pessoas terrivelmente febris em uma banheira com gelo — disse Ruth.

— O quê, quando têm uma overdose de drogas das fadas? — disparou Lolli.

— Segure ele — disse Val. — O lago deve ser frio o bastante.

Luis escorregou as mãos sob os ombros do irmão.

— Cuidado. O corpo dele está mesmo quente.

— Pegue minhas luvas. — Ruth puxou um par do bolso do casaco e entregou a Val.

Calçando as luvas com rapidez, ela agarrou os tornozelos de Dave. Tocar a pele do garoto parecia o mesmo que pegar a alça de um pote de água fervente. Ela o ergueu. Dave parecia tão leve que poderia estar oco.

Juntos, ela e Luis desceram correndo os degraus, cruzando as trilhas do Ramble até a beira da água. O calor do corpo de Dave lhe queimava a pele através das luvas, e ele se remexia e debatia, como se lutasse contra alguma força invisível. Val trincou os dentes e se manteve firme.

Luis entrou na água e Val o seguiu, o frio gélido nas canelas fazia um terrível contraste com a queimadura em suas mãos.

— Ok, para baixo — disse Luis.

Eles afundaram Dave na água, o corpo fumegando quando tocou o lago. Val o soltou e começou a voltar para a margem, mas Luis continuou, mantendo a cabeça do irmão acima da água, como um pastor ministrando um terrível batismo.

— Está ajudando? — gritou Ruth.

Luis assentiu, esfregando o rosto flutuante do irmão. Val podia ver que as mãos estavam rosa-claro, mas se foram queimadas ou estavam assim apenas por conta do frio, não saberia dizer.

— Melhorou, mas precisamos levá-lo a um hospital.

Lolli entrou na água, baixando o olhar para Dave.

— Seu maldito idiota — vociferou ela. — Como pôde ser tão estúpido? — De repente, ela parecia perdida. — Por que ele faria isso por mim?

— Não pode se sentir responsável — argumentou Val. — Se eu fosse você, acho que iria querer matá-lo.

— Não sei o que sentir — admitiu Lolli.

— Val — chamou Luis. — Temos de pedir ajuda a Ravus.

— Ravus? — perguntou Ruth.

— O troll já salvou a vida dele antes — explicou Luis.

Val lembrou da expressão de Ravus, fechada, os olhos sombrios de fúria. Ela pensou nas coisas que descobriu sobre Mabry e nas coisas que tinha acabado de adivinhar sobre a moeda de troca que Dave usara para pagar pela ajuda da fada.

— Não sei se ele estará disposto a isso agora.

— Vou levar Dave ao hospital — disse Lolli.

— Vá com ela, ok? — Val pediu a Ruth. — Por favor.

— Eu? — Ruth parecia incrédula. — Eu nem conheço ele.

Val se inclinou para perto da amiga.

— Mas eu te conheço.

Ruth revirou os olhos.

— Certo. Mas fica me devendo uma. Você já me deve, tipo, um mês de servidão silenciosa.

— Eu te devo, tipo, um ano de servidão silenciosa — rebateu Val, e entrou na água para ajudar Luis a erguer o corpo do irmão mais uma vez. Lentamente, eles caminharam até a rua. O primeiro táxi para o qual fizeram sinal parou e, então, ao ver o corpo de Dave, arrancou antes que Lolli pudesse segurar na maçaneta. O seguinte parecia indiferente quando as duas garotas entraram e Luis arrastou o corpo do irmão que se debatia sobre o colo delas.

— Aqui — disse Ruth, passando a harpa para Val.

— Vamos tomar conta dele — prometeu Lolli.

— Encontro vocês lá assim que puder. — Luis hesitou ao fechar a porta.

O táxi começou a andar, e Val viu o rosto pálido de Ruth pelo vidro traseiro, seus lábios articulando alguma frase que ela não conseguiu entender conforme o carro se afastava cada vez mais rápido.

12

E seus doces lábios vermelhos nesses meus lábios
queimaram como fogo incrustado de rubi
na inquieta lâmpada da capela carmesim,
ou em feridas de granada sangrando,
ou no coração do lótus inundado
no sangue derramado do vinho tinto.
— Oscar Wilde, In the Gold Room: A Harmony

Uma carruagem puxada por cavalos tinha parado sob o arco de suporte da ponte. Longe o bastante do parque ou de qualquer outro lugar onde uma carruagem deveria estar, e o cavalo marrom parecia inquieto sob a luz pálida do amanhecer. Não havia cocheiro.

— Acha que alguém pegou uma carona até o supermercado? — perguntou Val.

— Aquilo não é um cavalo — disse Luis, desviando a atenção de Val da cena. Seus olhos estavam vermelhos, os lábios rachados do frio. — Dê-se por satisfeita por não ver o que é realmente.

Parecia com qualquer outro cavalo da cidade, o amplo dorso caído e os cascos largos. Val semicerrou os olhos até a imagem embaçar, mas ainda não sabia o que Luis vira, e decidiu não perguntar.

— Vamos.

Colada à parede oposta, ela se esgueirou por baixo da passagem, Luis estava logo atrás. Ela bateu no toco, mas, assim que atravessou a soleira, ouviu passos ecoando nos degraus da ponte.

Era tarde demais para fazerem outra coisa, a não ser encarar, boquiabertos, Greyan. Suas mãos estavam cobertas de sangue, sangue que escorria do topo de seus dedos e coagulava nos degraus empoeirados, muito brilhante para parecer real. Ele trazia as foices de bronze juntas em uma das mãos. Elas, também, brilhavam com sangue.

— Está feito — disse o ogro. Ele parecia cansado. — Pequenos humanos, deixem-me ensiná-los a não se intrometer mais nos assuntos do Povo.

— Onde está Ravus? — indagou Val. — O que aconteceu?

— Lutaria comigo outra vez, mortal? Sua lealdade é do Povo, mesmo equivocada. Guarde sua coragem para um inimigo mais valoroso. — Ele passou por ela e desceu os degraus restantes. — Não tenho apetite para mais mortes hoje.

Tudo se resumiu àquele momento, àquela palavra. Morte. *Com certeza, não*, Val disse a si mesma, buscando apoio na pedra fria da parede. Por um segundo, ela não achou que pudesse subir o restante dos degraus. Não conseguiria suportar.

Luis subiu a escada devagar, até o patamar, e então desceu de novo. Ele levou o dedo aos lábios.

— Ela está aqui.

Val começou a se mover, tão rápido que a mão de Luis segurou seu braço.

— Quieta — sibilou ele.

Val assentiu, não ousando perguntar sobre Ravus. Juntos, eles se esgueiraram pelas escadas, cada passada levantando uma pequena nuvem de poeira, tilintando a estrutura de ferro, trinando as cordas da harpa, sons que Val torceu para que fossem abafados pelo constante troar do tráfego acima. À medida que se aproximaram do patamar, ela ouviu a voz de Mabry.

— Onde você o esconde? Sei que tem que guardar algum veneno por aqui. Vamos lá, faça esse último favor.

Val esperou para ouvir a resposta de Ravus, mas ele não falou.

Luis tinha uma expressão sombria.

— Você costumava ser tão disposto a agradar — continuou Mabry, amarga. Algo caiu dentro do cômodo e Val pensou ter ouvido o som agudo de vidro estilhaçado.

Val se esgueirou adiante, abrindo a cortina de plástico. A mesa de Ravus estava virada, os livros e papéis espalhados pela sala. A poltrona fora rasgada com cortes precisos nas costas, deixando escapar penas e espuma. Poucas velas tremeluziam no chão, algumas cercadas por rios de cera. A pedra das paredes estava marcada com sulcos profundos. Ravus jazia deitado de costas, uma das mãos no peito, enquanto sangue jorrava por entre seus dedos. Manchas escuras e úmidas pintavam o chão, como se ele tivesse rastejado pelo piso. Mabry se debruçou sobre um móvel, uma das mãos vasculhando o conteúdo, a outra segurando um prato que continha os restos avermelhados de algo.

Val se esgueirou para mais perto, indiferente aos dedos suplicantes de Luis cravando em sua pele, o medo a entorpecendo para tudo que não a visão do corpo de Ravus.

— Sabe há quanto tempo espero por sua morte? — perguntou Mabry, a voz quase exaltada agora. — Finalmente, eu estaria livre do exílio. Livre para retornar à Corte Luminosa e ao meu trabalho. Mas agora todo o prazer que pensei ter com sua morte me é roubado. Alguém tinha de levar a culpa por assassinar todas aquelas fadas, então pelo menos você serviu para algo. Ninguém gosta de pontas soltas. — Mabry escolheu um frasco do armário e sentiu o cheiro. — Isso vai ter de servir... minha nova Senhora está impaciente e quer tudo resolvido antes do solstício de inverno. Não é irônico que depois de todo esse tempo, depois de toda a sua lealdade, tenha sido eu a escolhida para ser agente na Corte Unseelie? Jamais imaginaria que a rainha da Corte Seelie iria querer sua própria agente dupla. Talvez eu venha a gostar de trabalhar com Silarial. Afinal, ela provou ser uma senhora tão impiedosa quanto minha querida Lady.

Val abriu a cortina de plástico e se esgueirou para dentro da sala. A cabeça de Ravus estava virada para a parede onde a espada de Tamson fora pendurada, os olhos dourados opacos e desfocados. Havia um fosso profundo em seu peito meio encoberto pela mão, como se ele estivesse fazendo um juramento na morte. O cômodo fedia a uma doçura densa e estranha que provocava ânsia de vômito em Val.

Juro pela minha vida.

Val tremia ao se levantar, não mais preocupada com Mabry, com política ou planos ou com qualquer coisa que não fosse Ravus.

Ela não conseguia desviar os olhos do sangue que manchava os cantos de seus lábios e lhe tingia de rosa os dentes. A pele estava pálida demais, o verde era a única cor restante.

Mabry girou, o prato em sua mão nitidamente continha o pedaço de carne que faltava ao peito de Ravus. Seu coração. Val sentiu a tontura ameaçar sobrepujá-la. Ela queria gritar, mas a garganta se fechou.

— Luis — disse Mabry —, seu irmão vai lamentar saber que você se cansou tão rápido de minha hospitalidade.

Val deu meia-volta. Luis estava parado atrás dela, um músculo latejava em seu maxilar.

— E minha harpa. — A voz de Mabry continha um prazer jocoso e certeiro que não combinava com o ambiente, com a mobília quebrada e com o sangue. — Ravus, veja o que seus servos lhe trouxeram. Um pouco de música.

— Por que está conversando com ele? — esbravejou Val. — Não vê que está morto?

Ao som de sua voz, Ravus moveu a cabeça de leve.

— Val? — gemeu o troll.

Val pulou, recuando, para longe do corpo. Não era possível que ele falasse. Esperança e horror se digladiavam e ela sentiu a bile subir até a garganta.

— Vá em frente, Luis — pediu Mabry. — Toque a harpa. Tenho certeza de que ele vai descansar em paz ao saber.

Luis dedilhou uma corda e a voz de Tamson ecoou através da câmara, recontando sua história. No momento que Tamson pronunciou a palavra "traído", a espada de cristal caiu da parede, rachando sob a superfície, como gelo em um lago.

— Tamson — disse Ravus, com suavidade. A cabeça se ergueu, os olhos empedernidos de ódio, mas o braço estava muito escorregadio com sangue para sustentar seu peso. Ele caiu de novo, com um gemido.

Os lábios de Mabry se franziram e ela caminhou até Ravus.

— Ah, ver seu rosto quando você o atravessou com a espada. Seu cabelo será a próxima corda em minha harpa, cantando sua história patética para todo o sempre.

— Se afaste dele — disse Val, pegando a perna quebrada de uma mesa. Mabry ergueu o prato.

— Surpreendente, não? Trolls conseguem sobreviver por um tempo sem o coração. Ele talvez tenha uma hora se eu não o apressar, mas vou esmagar o coração na terra se você não ficar fora de meu caminho.

Val ficou imóvel, soltando a perna da mesa.

— Muito bem — disse Mabry. — Vou deixá-lo em suas boas mãos.

Seus cascos ecoaram pelos degraus, o vestido ondulando atrás de si.

Val caiu de joelhos ao lado de Ravus. Um longo dedo em garra se estendeu para tocar o rosto dela. Os lábios do troll estavam manchados de carmim-escuro.

— Desejei que viesse. Não devia, mas o fiz.

— Me diga o que trazer para você — disse Val. — Que ervas misturar.

Ele balançou a cabeça.

— Isso eu não posso curar.

— Então vou buscar seu coração — disse ela, a voz implacável. Ela se levantou de um pulo, disparando pelo plástico e escada abaixo. Ela acertou a parede e atravessou a porta até a rua. O ar frio aguilhoava seu rosto quente, mas tanto Mabry quanto a carruagem haviam sumido.

Tudo tinha saído tão vertiginosamente de controle que ela não conseguia impedir. Não havia saída. Nem plano.

A única coisa sobre a qual tinha algum poder era ela mesma. Val podia ir embora, fugir repetidas vezes até que estivesse tão fria e entorpecida que não sentisse nada. Pelo menos, seria ela a tomar a decisão; ela estaria *no controle*. Não teria que assistir à morte de Ravus.

Ali, encolhida na calçada, ela se engasgou com soluços contidos. Era como continuar vomitando quando não havia mais nada no estômago. Ela cravou as unhas no pulso, a dor trazendo foco a sua mente até que se forçou a voltar pelas escadas e a não gritar.

Luis estava ajoelhado perto de Ravus, as mãos dos dois entrelaçadas.

— Uma corda de amaranto — disse o troll, rouco, uma bolha vermelha se formando no lábio. — O sono de uma criança, o perfume do verão. Trance-os em uma coroa para seu irmão e a coloque na cabeça dele com suas próprias mãos.

— Não sei como conseguir essas coisas — disse Luis, a voz embargada.

Val olhou para ambos, depois para a parede e para as cortinas empoeiradas.

— Me perdoe — implorou ela.

Ravus se virou para ela, mas Val não conseguiu aguardar a resposta. Ela puxou o tecido, arrancando as cortinas, e o chão se encheu de luz. Partículas de poeira dançavam no ar.

— O que está fazendo? — gritou Luis.

Val o ignorou, correndo para a janela seguinte.

Ravus se ergueu sobre um dos cotovelos. Abriu os lábios para falar, mas a pele já havia se tornado cinzenta, e a boca, congelado, ligeiramente aberta com as palavras silenciadas. Ele se transformou em pedra, uma estátua entalhada pela mão de algum escultor perverso, e o sangue derramado virou cascalho.

Luis correu até onde ela arrancava mais cortinas.

— Ficou louca?

— Precisamos de tempo para impedir Mabry — gritou Val de volta. — Ele não vai morrer enquanto for pedra. Não vai morrer até o crepúsculo.

Luis assentiu, lentamente.

— Pensei que podia... não pensei na luz do sol.

— Ravus pode trançar a coroa para Dave ele mesmo quando acordar. Foi o que perguntou a ele, não foi? — Val pegou a espada de Tamson, brilhando com tamanha intensidade à luz do sol que ela não conseguia olhar diretamente para a lâmina. Ela segurou o punho entre as palmas das mãos. — Vamos encontrar Mabry e então salvaremos os dois.

Luis recuou um passo.

— Pensei que espadas mágicas não deveriam se quebrar.

Val se sentou de pernas cruzadas no chão, deixando a espada repousar sobre os joelhos. A rachadura era visível sob o cristal, mas, quando os dedos percorreram a lâmina, estava lisa.

— Mabry disse algo sobre ser uma espiã na Corte Unseelie.

— Uma agente dupla. — Luis girou a bola de seu piercing de lábio entre o polegar e o indicador enquanto refletia. — E ela estava procurando por veneno.

— As fadas no parque disseram que Silarial havia vindo para ver Mabry. Achavam que Mabry possuía alguma evidência. Talvez tenham feito algum tipo de acordo?

— Um acordo para que ela envenenasse alguém?

— Ok — disse Val. — Se Silarial sabia que Mabry havia sido a responsável pelo envenenamento dos exilados Seelie, então a rainha a tinha mesmo na palma da mão. Mabry precisava fazer o que quer que Silarial exigisse para salvar a própria pele. Até mesmo voltar a sua corte e matar alguém.

— Meu irmão os envenenou, não foi? — perguntou Luis.

— O quê?

— Foi isso que Dave fez por Mabry. Ele envenenou todas aquelas fadas para fazer parecer que Ravus estava por trás das mortes. O que ela fez por Dave foi me trancar em sua casa. Foi o que você quis dizer quando falou que Silarial é a responsável. Ela orquestrou tudo, mas outra pessoa cuidou do envenenamento.

— Não quis dizer isso. Não temos certeza de nada.

Luis não respondeu.

— Estou surpresa que se importe — disse Val, frustração e medo a fazendo explodir. — Não achei que pensasse que matar fadas fosse um grande problema.

— Você achou que eu fosse o assassino, não achou? — Luis virou o rosto.

— Óbvio que achei. — Val sabia que estava sendo cruel, mas as palavras se derramavam de seus lábios como se fossem criaturas vivas, como se fossem aranhas, vermes e besouros, ansiosos por escapar de sua boca. — Toda aquela sua conversa sobre fadas serem perigosas e, então, ah, veja, estão sendo mortas por veneno de rato. Se alguma vez você tivesse desconfiado de que era Dave o envenenador, o que teria feito? Teria mesmo o impedido?

— Óbvio que teria — cuspiu Luis.

— Ah, fala sério. Você odeia fadas.

— Tenho medo deles — gritou Luis, então inspirou fundo. — Meu pai tinha a Visão e isso o enlouqueceu. Minha mãe está morta; meu irmão, catatônico. Sou um maldito mendigo caolho aos dezessete anos. O Reino das Fadas deve ser uma festa infinita.

— Bem, então, abra o champanhe — disse Val, se aproximando tanto que quase podia sentir o calor do corpo dele. Ela fez um gesto com a mão que abrangeu a sala. — Mais um deles está morto.

— Não foi o que eu quis dizer. — Luis lhe deu as costas, a luz drenando a cor de seu rosto. Ele caminhou até o corpo de Ravus, esticou uma das mãos para tocar a pedra, em seguida a recolheu, como se prestes a ser queimado. — Só não sei o que podemos fazer.

— Quem você acha que Silarial quer que Mabry envenene? Tem que ser alguém da Corte Unseelie.

— O que Ravus chamava de Corte Noturna.

Val se encaminhou até o mapa na parede da sala de Ravus. Ali, fora de Nova York, longe dos alfinetes que assinalavam cada envenenamento, havia dois marcadores pretos, um ao norte de Nova York, outro em Nova Jersey. Ela tocou no de Jersey.

— Aqui.

— Mas quem? Isso está muito além de nossa capacidade.

— Não há um novo rei lá? — perguntou Val. — Mabry disse algo sobre o solstício de inverno. Poderia ser ele quem ela deveria matar?

— Talvez.

— Mesmo que não seja... não importa. Tudo o que precisamos saber é onde ela está.

— Mas as cortes não são lugar para humanos, em especial a Corte Unseelie. A maioria das *fadas* nem se atreve a ir até lá.

— Precisamos ir... temos de pegar o coração de Ravus. Ele vai morrer se não formos.

— O que vamos fazer? Ir até lá embaixo e pedir o coração?

— Quase isso — respondeu Val. Ao se levantar, viu um pequeno frasco de Nunca caído ao lado de asfódelos e rosa mosqueta. Ela o ergueu.

— Para que é isso? — perguntou Luis, embora devesse saber muito bem.

Os pensamentos de Val se voltaram para Dave, que até mesmo com a pele pálida e a boca enegrecida não diminuíram seu apetite por Nuncamais. Ela talvez precisasse daquilo. Ela precisava naquele instante. Uma picada e toda aquela dor desapareceria para sempre.

Apesar disso, Val enfiou o frasco na bolsa e pegou os bilhetes de trem que havia comprado semanas antes, depois os entregou a Luis. O papel estava tão desgastado de tanto rodar em sua mochila que parecia suave como seda entre seus dedos, mas, quando Luis pegou o dele, o bilhete fez um corte raso na pele dela. Por um segundo, a pele pareceu tão surpresa que esqueceu como sangrar.

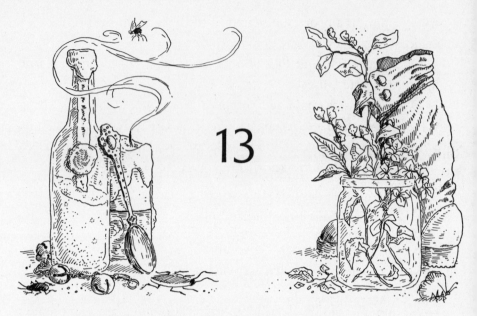

13

Logo após os monstros, morrem os heróis.
— Roberto Calasso, As núpcias de Cadmo e Harmonia

Val ficou empoleirada em seu assento por alguns instantes, então caminhou de um lado para o outro no corredor, impaciente. Cada vez que o condutor passava por ela, Val lhe perguntava qual era a próxima parada, se estavam atrasados, se podiam ir mais rápido. Ele respondia que não podiam. Dando uma olhada na espada enrolada em um cobertor sujo e amarrada com cadarços, ele partiu apressado.

Val tivera de mostrar o punho para provar que a arma era meramente decorativa quando embarcou. Era apenas vidro, afinal. Ela havia explicado que estavam fazendo uma entrega.

Luis falava baixinho ao celular de Val, a cabeça virada para a janela. Ele tinha ligado para os hospitais que lhe ocorreram antes de se lembrar de ligar para o número de Ruth, e agora que a tinha encontrado, o corpo relaxara, os dedos não estavam mais cravados no tecido da mochila de Val, os dentes não estavam mais tão cerrados a ponto de os músculos do rosto latejarem.

Ele desligou o celular.

— Sobrou só um pouco de bateria.

Val assentiu.

— O que ela disse?

— Dave está em estado crítico. Lolli se mandou. Não conseguiu lidar com o hospital, odeia o cheiro ou coisa assim. Eles estão pressionando Ruth, porque ela não quer contar a eles o que Dave usou e, óbvio, não a deixam entrar para vê-lo, já que ela não é da família.

Val tocou a borda desfiada do assento, as narinas dilatadas enquanto respirava com dificuldade. Era fúria acumulada com mais fúria do que conseguiria suportar.

— Talvez você...

— Não há nada que eu possa fazer. — Luis olhou pela janela. — Ele não vai sobreviver, não é?

— Ele vai — garantiu Val, com firmeza. Ela conseguiria salvar Ravus; Ravus salvaria Dave. Como dominós, dispostos em fileiras sinuosas, e a coisa mais importante era que ela não derrubasse nenhum.

Estudando as próprias mãos, lanhadas e sujas de terra, era difícil imaginar que seriam mãos que salvariam alguém.

Seus pensamentos se fixaram no Nunca em sua mochila. A droga prometia cantar em suas veias, torná-la mais rápida e forte, melhor do que era. Ela não seria estúpida. Não acabaria exaurida como Dave. Não mais que uma picada. Não mais de uma vez hoje. Ela precisava daquilo naquele momento, para se manter coesa, para enfrentar Mabry, para transformar toda a raiva e a mágoa em que chafurdava em algo maior que si mesma.

Luis se acomodou do outro lado do assento, se reclinando o máximo que podia. Com os olhos fechados, os braços cruzados sobre o peito, e a cabeça encostada na mochila de Val, ele se encostou na beirada de metal da janela. O jovem nem notaria se ela escapasse até o banheiro.

Val se levantou, mas algo chamou sua atenção. O tecido que a envolvia escorregou, revelando um pouco da espada de cristal, etérea à luz do sol. A lâmina a fez lembrar dos pingentes de gelo no cabelo da mãe de Ravus.

Equilíbrio. Como uma espada bem-feita. Equilíbrio perfeito.

Ela não podia confiar em si mesma com Nunca no organismo, a tornando alternadamente formidável e distraída, sonhadora e intensa. Fora de eixo. Desequilibrada. Ela não sabia por quanto tempo conseguiria se impedir de usar a droga, mas podia continuar adiando por mais um instante. E talvez por mais um instante depois desse. Val mordeu o lábio e voltou ao seu ritmo.

Val e Luis saltaram na estação Long Branch, emergindo na plataforma de concreto assim que as portas se abriram. Alguns poucos táxis perambulavam ali perto, tetos coroados por tampões amarelos.

— O que faremos agora? — perguntou Luis. — Onde diabos estamos?

— Vamos para minha casa — respondeu Val. — Segurando a espada pelo punho, ela apoiou a lâmina enrolada no ombro e começou a andar. — Precisamos de um carro emprestado.

A casa de tijolos parecia menor do que Val se lembrava. A grama estava marrom e coberta de folhas, as árvores, nuas e pretas. O Miata vermelho da mãe de Val estava na frente, estacionado na rua, muito embora ela devesse estar no trabalho. Lenços de papel amassados e copos de café vazios se amontoavam no painel. Val franziu o cenho. Não era o estilo da mãe ser bagunceira.

Val abriu a porta de tela, sentindo como se estivesse atravessando um cenário de sonho. Tudo parecia ao mesmo tempo familiar e estranho. A porta da frente estava destrancada, a televisão, desligada na sala de estar. Apesar de passar de meio-dia, a casa parecia escura.

Era enervante estar no mesmo lugar onde ela havia visto Tom se derretendo para a mãe, mas era ainda mais esquisito como a sala parecia menor. De algum modo, o cômodo havia crescido em sua mente até se tornar tão vasto que não conseguia se imaginar cruzando-o para chegar ao próprio quarto.

Val tirou a espada do ombro e deixou a mochila cair no sofá.

— Mãe — chamou baixinho. Não houve resposta.

— Só encontre as chaves — disse Luis. — Mais fácil pedir desculpas do que permissão.

Val deu meia-volta para soltar uma resposta atravessada, mas um movimento nas escadas a fez parar.

— Val — disse a mãe, descendo às pressas os degraus, apenas para congelar no patamar inferior. Os olhos estavam avermelhados, o rosto sem maquiagem e o cabelo despenteado. Val sentiu tudo ao mesmo tempo: culpa pelo sofrimento da mãe e profunda exaustão. Queria que ambas parassem de se sentir tão infelizes, mas ela não tinha ideia de como fazer aquilo acontecer.

A mãe de Val percorreu aqueles últimos passos devagar, e a abraçou com força. Val se apoiou no ombro da mãe, sentindo o aroma de sabonete e um leve perfume. Com os olhos queimando pela emoção que a assaltava, ela se afastou.

— Eu estava tão preocupada. Continuei acreditando que você voltaria, exatamente assim, mas você não aparecia. Por dia e noites, você não voltou. — A voz da mãe soou estridente e embargada.

— Estou aqui agora — disse Val.

— Ah, querida. — A mãe de Val esticou a mão com relutância para passar os dedos pela cabeça da filha. — Está tão magra. E seu cabelo...

Val se desvencilhou daquela mão.

— Me deixe, mãe. Gosto do meu cabelo.

A mãe empalideceu.

— Não foi o que eu quis dizer. Você está sempre bonita, Valerie. Só parece diferente.

— Estou diferente — argumentou Val.

— Val — avisou Luis. — As chaves.

Ela franziu o cenho para ele e suspirou.

— Preciso do carro emprestado.

— Você sumiu por semanas. — A mãe de Val olhou para Luis pela primeira vez. — Não pode desaparecer de novo.

— Estarei de volta amanhã.

— Não. — A voz da mãe de Val tinha uma nota de pânico. — Valerie, eu sinto muito. Lamento por tudo. Não sabe como fiquei preocupada com você, as coisas que tenho imaginado. Fiquei à espera do telefonema da polícia que diria que a encontraram morta em uma vala. Não pode me fazer passar por isso outra vez.

— Tem algo que preciso fazer — explicou Val. — E não tenho muito tempo. Olhe, não entendo você e Tom. Não sei o que estavam pensando ou como aconteceu, mas...

— Você deve achar que eu...
— Mas já *não me interessa*.
— Então por que... — começou ela.
— Isso não tem a ver com você, e não posso voltar para casa até estar terminado. Por favor.
A mãe suspirou.
— Você não passou no exame de direção.
— Você pode dirigir? — perguntou Luis.
— Tenho minha permissão temporária — disse Val para a mãe, depois encarou Luis. — Até dirijo bem, só não consigo estacionar direito.
A mãe de Val caminhou até a cozinha e voltou com uma chave e um alarme pendurados em um chaveiro com a letra R incrustada em pedraria.
— Vou te dar um voto de confiança, Valerie, então aqui está. Não me faça me arrepender.
— Não vou — assegurou Val.
A mãe de Val soltou as chaves na mão da garota.
— Você promete que volta amanhã? Prometa.
Val pensou no modo como seus lábios queimaram quando não cumpriu a promessa de retornar ao esconderijo de Ravus a tempo. Ela assentiu. Luis abriu a porta da frente. Val se virou naquela direção, não encarando a mãe.
— Você ainda é minha mãe — disse Val.
Enquanto descia os degraus da varanda, Val sentiu o sol no rosto, e lhe pareceu que pelo menos uma coisa ficaria bem.

Val dirigiu por estradas familiares, se lembrando de dar sinal e controlar a velocidade. Ela esperava que ninguém os mandasse encostar.
— Sabe — começou Luis —, a última vez que estive em um carro foi no Fusca de minha avó e estávamos indo até uma loja por conta de um feriado... Ação de Graças, acho. Ela morava em Long Island, onde você precisa de carro para se locomover. Eu me lembro disso porque meu pai tinha me puxado em um canto para dizer que podia ver goblins no jardim.

Val não disse nada. Estava concentrada na estrada.

Ela conduziu o Miata através das colunas que flanqueavam a entrada do cemitério, seus tijolos cobertos por sinuosas gavinhas sem folhas. O cemitério em si se erguia em uma colina, pontilhado por lápides brancas e mausoléus. Apesar de novembro estar no fim, a grama continuava verde.

— Vê alguma coisa? — perguntou Val. — Para mim, só parece com qualquer outro cemitério.

A princípio, Luis não respondeu. Olhava pela janela, uma das mãos tocando o vidro embaçado sem se dar conta.

— Isso porque você não enxerga.

Val pisou no freio, parando de repente.

— O que está vendo?

— Estão por toda parte. — Luis pousou a mão na maçaneta da porta, sua voz era pouco mais que um sussurro.

— Luis? — Val desligou o carro.

A voz do garoto soou distante, como se falasse consigo mesmo.

— Deus, olhe só para eles. Asas coriáceas. Olhos pretos. Dedos longos, com garras. — Em seguida, olhou para Val, como se subitamente tivesse se lembrado dela. — Se abaixe!

Ela se lançou sobre ele, jogando a cabeça no seu colo, sentindo o calor dos braços de Luis quando estes a tocaram conforme o ar açoitava o teto do carro.

— O que está acontecendo? — gritou Val por sobre o assovio do vento. Algo arranhava o teto de couro do carro e o capô balançava.

Então o ar se aquietou, diminuindo até cessar. Quando Val ergueu a cabeça lentamente, lhe pareceu que nem uma folha se movia com a brisa. Todo o cemitério havia ficado silencioso.

— O carro inteiro é de fibra de vidro. — Luis olhou para cima. — Eles poderiam rasgar o teto com as garras se quisessem.

— Por que não fazem isso?

— Meu palpite é que estão esperando para ver se viemos colocar flores em algum túmulo.

— Não precisavam fazer isso. Estamos saindo. — Inclinando-se até o banco de trás, Val desembrulhou a espada de cristal. Luis pegou a mochila de Val e a colocou no ombro.

Val fechou os olhos e respirou fundo. Sentiu um peso no estômago, igual acontecia antes de um jogo de lacrosse, mas aquilo era diferente. O corpo parecia distante, mecânico. Seus sentidos se aguçaram para assimilar cada som, cada mudança de cor e forma, e um pouco mais. Adrenalina cantava em seu sangue, gelando seus dedos, acelerando o coração.

Descendo o olhar para a espada, Val abriu a porta e saltou para o cascalho.

— Venho em paz — disse ela. — Levem-me a seu líder.

Dedos invisíveis se fecharam em sua pele, beliscando a carne, puxando seu curto cabelo, a empurrando e arrastando pela colina, onde tufos de grama cresciam afastados do solo preto. Ela tentou gritar quando caiu para a frente, de cara na terra, inspirando o cheiro denso do mineral enquanto se engasgava em meio ao grito. Seus braços fizeram pressão contra o solo conforme ela tentava se erguer, mas terra, pedra e grama cederam sob ela e Val rolou para a escuridão do emaranhado de raízes.

Val acordou presa com correntes douradas em um salão repleto de fadas.

Sobre um tablado de terra, um cavaleiro de cabelo branco estava sentado em um trono de bétula trançada, o tronco pálido como osso. Ele se inclinou para a frente e chamou uma garota alada de pele verde que observava Val com olhos pretos e estranhos. A fada alada se debruçou e falou baixinho com o cavaleiro no trono. Os lábios do ser encantado se curvaram no que poderia ter sido um sorriso.

Acima de Val estava a parte inferior da colina, oca como uma tigela e com longas raízes penduradas que se fechavam e contorciam, iguais a dedos que não conseguiam alcançar o que desejavam.

Ao redor de Val, um bando de criaturas sussurrava, piscava e especulava. Algumas eram altas e esguias como gravetos, outras, minúsculos seres que esvoaçavam pelo ar como Agulhanix fizera. Algumas tinham chifres retorcidos para trás de suas testas como heras, algumas balançavam crinas verdes pintadas, tão grossas como uma linha em carretel, e outras poucas saltitavam por ali sobre pés estranhos e improváveis. Val se encolheu para longe de uma garota com asas finíssimas e dedos da cor de pedras da lua, brancos e azulados nas pontas. Para onde quer que olhasse, não via nada familiar. Tinha caído na toca do coelho, bem no fundo.

Um homem encarquilhado, com cabelo loiro comprido, se ajoelhou diante da criatura no trono, em seguida se ergueu tão ágil quanto um garoto. Ele olhou com malícia na direção de Val.

— Eles encontraram a entrada muito facilmente, como se tivessem recebido indicação, mas quem teria guiado um par de humanos? Um enigma para seu prazer e deleite, Lorde Roiben.

— Concordo. — Roiben assentiu para ele e o ser encantado recuou.

— Posso resolver esse mistério — disse uma voz familiar.

Val girou e ficou de costas, batendo contra o corpo de Luis, então virou a cabeça na direção de quem falava. Luis grunhiu. Mabry passou por cima deles, a bainha do vestido avermelhado roçando na bochecha de Val. A fada estendeu uma caixa de prata entalhada e se dobrou em uma ligeira mesura.

— Tenho o que procuram.

Roiben ergueu uma única sobrancelha branca.

— A Corte dos Cupins não fica contente quando a luz do sol se diverte e dança em nossos salões, mesmo durante o breve segundo da admissão de prisioneiros.

Luis ficou de lado, e Val podia ver que ele estava acorrentado como ela, mas com o rosto ensanguentado. Cada um dos piercings de ferro havia sido arrancado de sua carne.

Mabry baixou os olhos, mas não parecia muito constrangida.

— Permita-me liquidar tanto a luz quanto seus portadores.

— Sua vaca maldita... — começou Val, mas foi interrompida por uma bofetada no ombro.

— Se ele não perguntar, não responda — cuspiu a fada de cabelo-dourado.

— Não — disse o lorde da Corte Noturna. — Deixe que falem. É tão raro termos convidados mortais. Lembro da última vez, mas, então, não foi nada memorável. — Alguns da multidão de convivas riram baixinho com aquela afirmação, embora Val não tivesse certeza do porquê. — O garoto tem mesmo a Visão, se não estou enganado. Um de nós danificou seu olho, certo?

Luis olhou o salão em volta, o medo gravado no rosto. Ele lambeu o sangue do lábio e assentiu.

— Imagino o que vê quando olha para mim — disse Roiben. — Mas, vamos, nos conte a que veio. Está mesmo em poder de Mabry?

— Ela arrancou o coração de meu... — disse Val. — De um membro do Povo das Fadas... um troll. Vim pegá-lo de volta.

Mabry riu com aquilo, uma risada rouca, sensual. Alguns na multidão também riram.

— Ravus já está morto há muito tempo, apodrecendo em seus aposentos. Com certeza você sabe disso. De que vale seu coração para você?

— Morto ou não — começou Val —, vim por seu coração e vou pegá-lo.

Um sorriso malicioso tocou os lábios de Roiben, e Val sentiu o medo a invadir. Ele olhou para Val e Luis com olhos pálidos.

— O que pede não é meu para dar, mas talvez minha serva seja generosa.

— Acho que não — disse Mabry. — Se consumir o coração de algo, você consome parte de seu poder. Vou me deleitar com o coração de Ravus. — Ela baixou o olhar, primeiro para Luis, e depois para Val. — E vou saboreá-lo ainda mais sabendo que você o queria.

Val ficou de joelhos, então se levantou, os pulsos ainda amarrados às costas. Sangue latejava em seus ouvidos, tão alto que quase abafava qualquer outro som.

— Lute comigo por ele. Aposto o coração dele contra o meu.

— Corações mortais são fracos. Que necessidade tenho eu de tal coração?

Val deu um passo na direção de Mabry.

— Se sou tão fraca, então você deve mesmo ser uma maldita covarde para não me enfrentar. — Ela se virou para as fadas, para as de olhos de gato, aquelas com pele verde e dourada, aquelas cujos corpos se alongavam demais ou se achatavam em todo tipo de proporção extraordinária. — Sou só uma humana, não? Não sou nada. Morta com um sopro da boca de um de vocês, foi o que Ravus disse. Portanto, se tem medo de mim, então deve ser menos que isso.

Os olhos de Mabry faiscaram perigosamente, mas o rosto continuava sereno.

— Tem muita ousadia para falar assim, aqui, em minha própria corte, aos pés de meu novo Senhor.

— Eu ouso — rebateu Val. — Tanto quanto você ousa agir com tanta arrogância quando está aqui apenas para matá-lo, como matou Ravus.

Mabry soltou uma gargalhada, curta e estridente, mas houve murmúrios de alguns membros do Povo das Fadas na audiência.

— Deixe-me adivinhar — disse Roiben, de maneira preguiçosa. — Não devo ouvir a mortal nem mais um segundo.

Mabry abriu a boca, em seguida a fechou novamente.

— Aceite o desafio — disse Roiben. — Não vou permitir que digam que um membro de minha corte é incapaz de derrotar uma criança humana. Nem permitirei que digam que minha assassina foi uma covarde.

— Como quiser — disse Mabry, se virando abruptamente para Val. — Depois que eu acabar com você, vou arrancar o outro olho de Luis e fazer uma nova harpa com os ossos dos dois.

— Me prenda em sua harpa — sibilou Val. — E vou amaldiçoá-la toda vez que a dedilhar.

Roiben se levantou.

— Concorda com os termos do desafio? — questionou ele, e Val suspeitou de que ele estivesse lhe dando uma chance de fazer algo, mas não sabia o quê.

— Não — respondeu Val. — Não posso barganhar em nome de Luis. Ele não tem nada a ver com meu desafio.

— Posso barganhar por mim mesmo — disse Luis. — Concordo com os termos de Mabry desde que ela acrescente algo a eles. Ela pode me ter, mas, se Val vencer, então estaremos livres. Poderemos dar o fora daqui.

Val olhou para Luis, grata por sua perspicácia e perplexa com a própria estupidez.

Robin assentiu.

— Muito bem. Se a mortal vencer, garanto a ela e a seu companheiro salvo-conduto pelas minhas terras. E desde que não decidiram as regras do combate, vou fazê-lo... lutarão até o primeiro sangue ser derramado. — Ele suspirou. — Não pensem que há piedade nisso. Viver, caso Mabry ganhe seus corações e ossos, não parece tão preferível a estar tranquilamente morto. Eu, no entanto, tenho algumas perguntas para Mabry e preciso dela viva para responder. Agora, Penugem de Cardo, desacorrente os mortais e dê à garota suas armas.

O homem de cabelo dourado deslizou uma chave de dentes irregulares nas fechaduras e os grilhões se abriram, caindo no chão com um som oco que ecoou através do domo.

Luis se levantou um segundo depois, esfregando os pulsos.

Uma mulher com pelos no queixo tão longos que os exibia em tranças minúsculas levou a espada de cristal até Val e se ajoelhou, erguendo a lâmina em suas palmas. A espada de Tamson. Val olhou para Mabry, mas, se ela esboçou qualquer reação à visão, ou se até mesmo lembrou a quem a arma pertenceu um dia, não deu sinal.

— Você consegue — encorajou Luis. — O que ela sabe sobre lutas? Ela não é nenhuma cavaleira. Apenas não deixe que a distraia com glamour.

Glamour. Val olhou para sua mochila, ainda presa ao ombro de Luis. Havia quase um frasco cheio de Nuncamais ali. Se glamour seria a arma de Mabry, então Val podia lutar com ela naqueles termos.

— Me dê a bolsa — pediu Val.

Luis escorregou a mochila pelo braço e a entregou a ela.

Val enfiou a mão lá dentro e tocou a garrafa. Vasculhando mais fundo, a mão se fechou em um isqueiro. Levaria apenas um segundo e logo Val seria inundada pelo poder.

Quando se virou, viu o próprio rosto refletido no cristal da lâmina, viu os olhos vermelhos e a pele encardida antes que as luzes piscantes sob a colina inundassem a espada com súbita radiância. Val se lembrou de Nancy, a garota atropelada por um trem porque estava tão doida de Nunca que não havia visto o brilho dos faróis nem ouvido o guincho dos freios. O que Val poderia perder enquanto tecia as próprias ilusões? Ela sentiu a compreensão pesar em suas entranhas, como se tivesse engolido uma pedra; precisava fazer aquilo sem nenhum Nuncamais cantando sob a pele.

Val tinha de enfrentar Mabry com o que sabia: anos de lacrosse e semanas de esgrima, lutas corpo a corpo com as crianças da vizinhança, que nunca diziam que ela brigava como uma garota, a dor de forçar o corpo além do que achava que conseguiria suportar. Val não podia enfrentar fogo com fogo, mas podia enfrentar fogo com gelo.

Ela soltou o isqueiro e ergueu a espada das mãos da fada.

Não posso cair, lembrou a si mesma, pensando em Ravus e Dave e nos dominós, todos juntos em pequenas fileiras organizadas. *Não posso cair e não posso falhar.*

A nobreza da corte havia aberto um quadrado no meio da audiência, e Val entrou nele, despindo o casaco. O agasalho ficou amontoado no chão, o ar gelado arrepiando os pelos de seu braço. Ela inspirou fundo e sentiu o cheiro do próprio suor.

Mabry saiu da multidão, vestida em bruma que se congelou no formato de uma armadura. Na mão, segurava um chicote de fumaça. A ponta deixava um rastro de gavinhas que lembravam a Val o modo como queimavam as velas estrelinhas.

Val deu um passo à frente, abrindo as pernas de leve e mantendo os joelhos ligeiramente dobrados. Lembrou do campo de lacrosse, do modo firme, mas gentil, de segurar o taco. Lembrou das mãos de Ravus, posicionando seu corpo da forma correta. Val ansiava por Nuncamais, a queimando por dentro, a enchendo de fogo, mas cerrou os dentes e se preparou para começar.

Mabry caminhou até o centro do quadrado. Val queria perguntar se já deviam começar, mas Mabry estalou o chicote e não houve tempo para dúvidas. Val defendeu, tentando cortar o chicote ao meio, mas o açoite se tornou insubstancial como névoa e a lâmina passou direto.

A fada estalou o chicote de novo. Val bloqueou o golpe, fez uma finta e avançou, mas não tinha alcance. Ela mal cambaleou para longe de outro ataque.

Mabry girou o chicote sobre a cabeça, como se fosse um laço. Ela sorriu para a multidão e a plateia de fadas vibrou. Val não tinha certeza se estavam mostrando sua preferência ou apenas pedindo sangue.

O chicote voou, serpenteando na direção de Val. Ela se abaixou e atacou sob a guarda de Mabry, tentando uma daquelas manobras sofisticadas que pareciam ótimas quando se conseguia executá-las. Fracassou por completo.

Mais dois bloqueios e Val estava se cansando depressa. Passara os últimos dois dias acordada e sua última refeição tinha sido uma maçã de fada. Mabry a forçou a recuar, de modo que a corte precisou se abrir para a retirada trôpega de Val.

— Achou que você fosse uma heroína? — perguntou Mabry, a voz cheia de piedade fingida, alta o bastante para a plateia.

— Não — respondeu Val. — Acho que você é uma vilã.

Val mordeu o lábio e se concentrou. Os ombros e pulsos de Mabry não se moviam com o controle refinado exigido para executar os golpes que lançava contra Val. Era sua mente que fazia o trabalho. O chicote era uma ilusão. Como Val poderia vencer, se Mabry era capaz de pensar uma mudança de direção do chicote ou um serpentear mais longo que sua extensão?

A garota ergueu a espada para bloquear outro ataque e a corda de bruma se enrolou na lâmina. Um puxão forte a arrancou das mãos de Val. A espada voou pelo salão, forçando vários cortesãos a gritar e se afastar. Quando a lâmina acertou o piso de terra batida, se partiu em três pedaços.

O chicote tentou mais uma vez acertar Val, ondeando para golpear seu rosto. Val se abaixou e correu na direção dos restos da espada, um chicote zunindo bem atrás de si.

— Não fique chateada porque está prestes a morrer — disse Mabry com uma risada que convidou as outras fadas a acompanhá-la. — Sua vida sempre foi destinada a ser curta demais para fazer diferença.

— Cale a boca! — Val tinha de se concentrar, mas estava desorientada, em pânico. Lutava de modo completamente errado; como se quisesse matar Mabry, mas tudo o que tinha que fazer para vencer era acertá-la uma vez, e tudo o que precisava fazer para perder era ser acertada.

Mabry era vaidosa; isso era óbvio. Parecia fria, e assim combatia. Muito embora se valesse bastante do próprio glamour, o usava de tal maneira que a fazia parecer a melhor oponente. Se conseguiu fazer o chicote agarrar a lâmina da espada, não poderia tê-lo simplesmente feito acertar a mão de Val? Não podia conjurar facas no pescoço de Val?

Ela devia querer um triunfo dramático. Uma pequena cicatriz na bochecha de Val. Uma comprida laceração nas suas costas. A corda enrolada no pescoço de Val. Era tudo um espetáculo, afinal. O espetáculo de um mestre performático diante de uma corte prestes a julgá-la.

Val hesitou, parada a apenas 30 centímetros do punho da espada de cristal, a espiga imaculada e parte da lâmina ainda unida. Ela deu meia-volta.

Mabry avançava em sua direção, os lábios curvados em um sorriso.

Val tinha de fazer algo inesperado, então ela o fez. Simplesmente continuou parada ali.

Mabry hesitou apenas um segundo antes de estalar o chicote de fumaça contra Val. A garota se jogou no chão, rolou e pegou o punho do que restava da espada de cristal, cravando-a de forma deselegante, desajeitada e completamente sem graça no joelho de Mabry.

— Parem — gritou a fada de cabelo dourado.

Val largou o punho, manchado com apenas um pouco de sangue. Era o bastante. As mãos começaram a tremer.

A armadura e a arma de fumaça de Mabry se dissiparam e ela trajava o vestido de novo.

— Pouco importa — disse ela. — Seu momento sangrento vai apodrecer enquanto seu amor apodrece. Descobrirá que um cadáver não é um bom companheiro.

Val não conseguiu conter o sorriso que iluminou seu rosto, um sorriso tão largo que doía.

— Ravus não está morto — disse ela, se deliciando com a expressão confusa que tomou as feições de Mabry. — Arranquei todas as cortinas e o transformei em pedra. Ele vai ficar *bem*.

— Você não podia... — Mabry estendeu a mão e fumaça se fundiu em uma cimitarra. Ela a brandiu à frente, de modo irregular. Val recuou, desviando a cabeça do golpe. A lâmina roçou sua bochecha, traçando uma linha ardente na pele.

— Eu disse para pararem — gritou a fada de cabelo dourado, erguendo a caixa de prata.

— Basta — disse o Rei da Corte Unseelie. — Por três vezes me desagradou, Mabry, espiã ou não. Por causa de seu descuido, mortais trouxeram a luz do sol à Corte Noturna. Por causa de sua falta de valor, uma mortal ganhou um favor de nós. E por causa de sua mesquinhez, minha promessa de que os mortais nada sofreriam em meus domínios foi desonrada. Portanto, você está banida.

Mabry guinchou, um som inumano que soava como uma rajada de vento.

— Você ousa me banir? Eu, a espiã de confiança de Lady Nicnevin na Corte Seelie? Eu, que sou uma serva leal da Corte Unseelie e não o impostor em seu trono? — Seus dedos se transformaram em facas e o rosto se tornou artificialmente longo e monstruoso. Ela avançou contra Roiben.

O corpo de Val se moveu no automático, as manobras que havia praticado uma centena de vezes na ponte empoeirada tão inconscientes quanto um sorriso. Ela cortou o ataque de Mabry e a apunhalou no pescoço.

Sangue se derramou no vestido vermelho, respingando em Val. Os dedos de faca se agarraram à garota, abrindo feridas longas em suas costas conforme Mabry a trazia para perto, pressionando as duas juntas, como amantes. Val gritou, a dor latejando, o choque frio a invadindo até a paralisar. Então, de maneira brusca, Mabry caiu, o sangue escurecendo o chão de terra, as mãos deslizando pelas costas de Val. A fada não se moveu outra vez.

Uma onda de murmúrios partiu da nobreza. Luis avançou apressado, afastando as fadas de seu caminho para sustentar Val conforme ela cambaleava para a frente.

Tudo o que Val via era a espada de cristal, estilhaçada em cacos afiados e coberta de sangue.

— Não caia — lembrou a si mesma, mas as palavras não pareciam estar mais em contexto. A visão dela embaralhou.

— Me dê o coração — gritou Luis, mas, no caos, ninguém lhe deu ouvidos.

— Basta — disse alguém... provavelmente Roiben. Val não conseguia se concentrar. Luis estava falando, e depois eles estavam se movendo, abrindo passagem pela confusão de corpos. Val seguia aos tropeços, Luis a amparando, enquanto ziguezagueavam pelos corredores subterrâneos. A algazarra da corte desvaneceu quando saíram para a colina gelada.

— Meu casaco — murmurou Val, mas Luis não parou. Ele a guiou até o carro e a apoiou contra o veículo enquanto descia o banco do carona.

— Entre e deite sobre seu estômago. Você está entrando em choque.

Havia algo sobre uma caixa. Uma caixa com um coração, exatamente como na *Branca de Neve*.

— Você conseguiu isso com o caçador? — perguntou Val. — Ele enganou a rainha malvada. Talvez tenha nos enganado também.

Luis inspirou de modo irregular e depois soltou o fôlego de uma vez.

— Vou te levar pro hospital.

Aquilo rompeu o torpor e a encheu de pânico.

— Não! Ravus e Dave estão nos esperando. Precisamos ir jogar dominó.

— Você está me fazendo me borrar de medo, Val — disse Luis. — Anda, deite, e vamos para a cidade. Mas não me invente de dormir agora. Fique acordada, porra.

Val entrou no carro, pressionando o rosto no couro do assento. Sentiu o casaco de Luis ser colocado sobre ela e se encolheu. As costas estavam em brasa.

— Eu consegui — sussurrou para si mesma, enquanto Luis virava a chave na ignição, acelerando pela rua. — Passei de nível.

*Todos os seres humanos deveriam se esforçar para aprender,
antes da morte, do que estão fugindo, para onde vão e por quê?*
— James Thurber

Chegaram à cidade conforme o sol se punha atrás deles. A viagem havia sido lenta. O tráfego congestionado e longas filas nos pedágios tinham tornado o trajeto mais demorado, e Val se remexia constantemente no banco de trás. O ar gelado das janelas que Luis se recusou a fechar a congelava, e a dor quando o encosto tocava suas costas tornava impossível se virar.

— Tudo bem aí atrás? — perguntou Luis.

— Estou acordada — respondeu Val, se ajoelhando, apoiada no encosto de cabeça do banco dianteiro, ignorando o quanto se sentia tonta quando se sentou. A caixa de prata estava no meio do assento do carona, as luzes suaves do lado de fora destacavam a coroa de espinhos entalhada ao redor da única rosa na tampa. — Já escureceu.

— Não podemos ir mais rápido. O trânsito está péssimo, mesmo nesse sentido.

Ela olhou para Luis e lhe pareceu que o via pela primeira vez. O rosto estava sangrando, e suas tranças, desfeitas, os fios frisados como uma auréola ao redor da cabeça, mas a expressão era de calma, até mesmo gentil.

— Vamos chegar a tempo — disse ela, tentando soar corajosa e confiante.

— Sei que vamos — retrucou Luis, e Val ficou grata pelo consolo misericordioso das mentiras enquanto continuavam a costurar pelo trânsito.

Estacionaram meio em cima da calçada da passagem subterrânea. Luis desligou o carro e saltou, descendo o assento para que Val também pudesse sair. Ela segurou a caixa e deslizou do carro enquanto Luis socava o toco de madeira da árvore.

Val subiu correndo as escadas, aninhando a caixa ao peito. Já estava aos prantos quando entrou na sala escura.

Ravus jazia no meio do piso, não mais de pedra, a pele pálida como o mármore. Val caiu de joelhos ao seu lado, abrindo a caixa de prata e tirando dali o tesouro sangrento. Estava frio e escorregadio entre seus dedos quando o colocou na ferida aberta e úmida do peito do troll. O sangue no piso tinha secado em manchas escuras que descamavam onde ela pisava, e Val sentiu um embrulho no estômago com a visão.

Ela encarou Luis, e ele devia ter visto algo em seu rosto, porque chutou uma pilha de livros, lançando redemoinhos de poeira no ar. Nenhum dos dois disse nada enquanto os momentos passavam, cada segundo inútil agora que era tarde demais.

Suas lágrimas secaram nas bochechas e mais nenhuma caiu. Ela pensou que devia gritar ou soluçar, mas nenhuma das duas coisas parecia expressar o vazio crescente dentro de si.

Val se inclinou, deixando os dedos deslizarem pelo cabelo macio de Ravus, afastando as mechas do rosto dele. O troll devia ter despertado quando deixou de ser pedra, despertado em uma câmara vazia e em terrível dor. Teria chamado por ela? Havia a amaldiçoado quando se deu conta de que ela o abandonara para morrer sozinho?

Ao se dobrar ainda mais, ignorando o cheiro de sangue, ela encostou a boca na dele. Os lábios estavam macios e não tão frios quanto ela temia.

Ele tossiu e ela se afastou, caindo sentada. Pele crescia sobre o peito do troll e seu coração batia em um staccato contínuo.

— Ravus? — sussurrou Val.

Ele abriu os olhos dourados.

— Tudo dói. — Ele riu e, então, começou a se engasgar. — Só posso presumir que isso seja bom.

Val assentiu, os músculos do rosto doloridos na tentativa de um sorriso.

Luis atravessou o cômodo até ajoelhar do outro lado de Ravus.

Ravus ergueu o olhar para o rapaz e, depois, de volta a Val.

— Vocês dois... vocês dois me salvaram?

— Fala sério — disse Luis. — Você faz parecer difícil para Val ter ido à Corte Unseelie, feito uma barganha com Roiben, desafiado Mabry para um duelo, recuperado seu coração e, então, voltado aqui na hora do rush.

Val riu, mas sua risada soou muito alta e muito frágil, até mesmo aos próprios ouvidos. O olhar de Ravus pousou em Val, e ela se perguntou se ele odiou ter sido ela a salvá-lo, se agora ele se sentia em dívida com alguém a quem desprezava.

Ravus gemeu e começou a se sentar, mas a força pareceu lhe faltar e ele caiu de novo.

— Sou um tolo — disse ele.

— Fique onde está. — Val rastejou até um cobertor e o puxou para baixo da cabeça do troll. — Descanse.

— Vai ficar tudo bem — disse ele.

— Mesmo? — perguntou Val.

— Mesmo. — Ele estendeu a mão para lhe apertar o ombro, mas ela se encolheu quando os dedos tocaram nos cortes de suas costas. O olhar dele sustentou o seu por um longo segundo, então ele levantou um chumaço do tecido da camiseta. Mesmo de rabo de olho, ela podia ver que estava dura de sangue. — Vire-se.

Ela obedeceu, se erguendo sobre os joelhos e levantando as costas da camiseta sobre a cabeça. Manteve a pose por um instante, depois deixou a camiseta cair para cobri-la.

— É grave?

— Luis — chamou Ravus, o tom incisivo. — Traga algumas coisas daquela mesa.

Luis pegou os ingredientes e os colocou no chão ao lado de Ravus. Primeiro, o troll mostrou a Luis como ungir e tratar as costas de Val, depois, como medicar os próprios cortes dos piercings arrancados, e finalmente teceu amaranto, crostas de sal e longas lâminas de grama verde. Ele entregou a guirlanda a Luis.

— Amarre isto como uma coroa e a prenda à testa de Dave. Só torço para que seja suficiente.

— Leve o carro — disse Val. — Volte para me buscar quando puder.

— Certo — assentiu Luis, se preparando para se levantar. — Vou trazer Ruth.

Ravus tocou no braço de Luis, que parou.

— Estive pensando no que foi dito e não dito. Se os boatos de ambas as cortes envolverem seu irmão, ele correrá grande perigo.

Luis se levantou, olhando pelas janelas para a cidade cintilante.

— Vou ter de pensar em alguma coisa. Vou fazer alguma espécie de barganha. Protegi meu irmão até aqui; vou continuar fazendo isso. — Ele encarou Ravus. — Vai contar a alguém?

— Você tem meu silêncio — respondeu Ravus.

— Vou tentar me assegurar de que o mereço. — Luis sacudiu a cabeça enquanto atravessava a cortina de plástico.

Val o observou partir.

— O que acha que vai acontecer com Dave? — perguntou ela, a voz baixa.

— Não sei — respondeu Ravus, no mesmo tom. — Mas confesso que me preocupa muito mais o que vai acontecer com Luis. — Ele se virou para ela. — E com você. Você sabe, está com uma cara péssima.

Ela sorriu, mas o sorriso desapareceu logo em seguida.

— Estou péssima.

— Sei que me comportei de maneira vergonhosa com você. — Ele olhou para o lado, para as tábuas do piso e para o próprio sangue seco, e Val pensou em como parecia estranho que às vezes ele aparentava ser eras e eras mais velho que ela, mas, em outras, nada mais velho. — O que Mabry me contou me magoou mais do que eu esperava. Foi fácil para mim acreditar que seus beijos eram falsos.

— Não acreditou que eu realmente gostasse de você? — perguntou Val, surpresa. — Agora acredita que realmente gosto?

Ele se virou para ela, com incerteza no rosto.

— Você se esforçou muito para termos essa conversa, mas... não quero criar expectativa de ver nisso o que eu desejo.

Val se deitou ao lado dele, pousando a cabeça na curva de seu braço.

— O que você deseja?

Ele a puxou para perto, as mãos cuidadosas para não tocar em seus ferimentos ao abraçá-la.

— Desejo que você sinta por mim o que sinto por você — respondeu ele, a voz como um suspiro contra a garganta de Val.

— E o que sente? — perguntou ela, os lábios tão perto da mandíbula do troll que podia sentir o sal de sua pele quando os moveu.

— Você teve meu coração em suas mãos essa noite — disse ele. — Mas sinto como se o tivesse em seu poder muito antes.

Ela sorriu e deixou os olhos se fecharem. Ficaram deitados juntos, sob a ponte, as luzes da cidade piscando do lado de fora das vidraças, como um céu cheio de estrelas cadentes, enquanto caíam no sono.

Um bilhete chegou no bico de um pássaro preto com asas que cintilavam em púrpura e azul, como se fossem feitas de óleo empoçado. A ave dançava no peitoril da janela de Val, batendo no vidro com os pés, os olhos brilhantes como lascas úmidas de ônix na luz fraca.

— Isso é bem estranho — comentou Ruth. Ela se levantou de onde estava deitada de bruços, com livros da biblioteca espalhados ao seu redor. As duas vinham trabalhando em um relatório chamado *O papel da depressão pós-parto no infanticídio* para crédito extra na aula de ciências, considerando como tinham falhado feio no projeto bebê-farinha.

Havia sido estranho caminhar pelos corredores mais uma vez, depois de faltar por quase um mês, o tecido macio da camiseta roçando nos cortes cicatrizados ao longo de suas costas, o cheiro de limpeza do xampu e do detergente no nariz, a promessa de pizza e lanches com leite achocolatado. Quando Tom passou por ela, Val mal o tinha notado. Ela estivera muito ocupada andando por aí, puxando saco, fazendo as pazes e prometendo nunca mais perder outro dia de escola outra vez.

Val foi até a janela e a abriu. O pássaro deixou cair o pergaminho no tapete e voou, gralhando.

— Ravus tem me mandado bilhetes.

— Bilheeetes? — perguntou Ruth, o tom de voz dando a entender que chegaria à mais obscena conclusão, a menos que Val lhe desse os detalhes.

Val revirou os olhos.

— Sobre Dave... ele deve sair do hospital na próxima semana. E Luis se mudou para o antigo apartamento de Mabry. Ele diz que, mesmo sendo uma espelunca, é uma espelunca no Upper West Side.

— Alguma notícia de Lolli?

Val balançou a cabeça.

— Nada. Ninguém a viu.

— É só sobre isso que ele escreve?

Val chutou alguns papéis soltos na direção de Ruth.

— E que ele sente saudade.

Ruth ficou de costas, dando risadinhas alegres.

— Bem, e o que diz esse? Vamos logo, leia em voz alta.

— Certo, certo, já vou resolver isso. — Val desenrolou o papel. — Diz, "Por favor, me encontre esta noite no balanço atrás de sua escola. Tenho algo para lhe dar."

— Como ele sabe que há um balanço na escola? — Ruth se sentou, visivelmente intrigada.

Val deu de ombros.

— Talvez o corvo tenha contado a ele.

— O que você acha que ele vai te dar? — perguntou Ruth. — Um pouco de amasso ardente de troll?

— Você é tão nojenta. Tão, tão, tão maldosa — gritou Val, jogando mais papéis na amiga, espalhando por completo o trabalho. Depois, sorriu. — Bem, não importa o que seja, não vou apresentá-lo para minha mãe.

Foi a vez de Ruth soltar um guincho horrorizado.

Naquela noite, a caminho da porta, Val passou pela mãe, sentada na frente da televisão, em que o lábio de uma mulher recebia uma injeção de colágeno.

Por um instante, a visão da agulha fez os músculos de Val se contraírem, o nariz sentiu o cheiro familiar de açúcar queimado, e as veias se contorceram como vermes em seus braços, mas a sensação foi acompanhada de um nojo visceral, tão forte quanto a fissura.

— Vou dar uma volta — disse ela. — Volto mais tarde.

A mãe de Val se virou, a expressão repleta de pânico.

— É só uma volta — garantiu Val, mas aquilo não apaziguou as questões não perguntadas nem respondidas entre ambas. A mãe parecia querer fingir que o mês anterior não havia acontecido. Ela se referia ao período apenas de modo vago, dizendo "Quando estava fora" ou "Quando não estava aqui". Por trás dessas palavras, parecia haver vastos e sombrios oceanos de medo, e Val não sabia como navegá-los.

— Não chegue muito tarde — disse a mãe, vagamente.

A primeira neve havia caído, encapsulando os galhos em vestes de gelo e deixando o céu brilhante como dia. Val pegou o caminho do playground da escola enquanto as rajadas de neve começavam a soprar mais uma vez.

Ravus estava lá, uma silhueta escura sentada em um balanço muito pequeno para ele, inclinado para a frente a fim de evitar as correntes. Usava um glamour que deixava seus dentes menos proeminentes, a pele menos verde, mas, no geral, parecia consigo mesmo, em um casaco comprido e preto. As mãos com luvas seguravam uma espada cintilante sobre o colo.

Val se aproximou, enfiando as mãos nos bolsos, subitamente tímida.

— Ei.

— Achei que devesse ter a sua própria — disse Ravus.

Val estendeu a mão e correu um dos dedos pelo metal fosco. Era fino, a guarda no formato de hera trançada e o punho sem couro ou tecido.

— É linda — disse ela.

— É de ferro — explicou ele. — Forjada por mãos humanas. Nenhum ser encantado será capaz de usá-la contra você. Nem mesmo eu.

Val pegou a lâmina e se sentou no balanço ao lado do dele, deixando os pés se arrastarem pela neve, transformando-a em uma poça lamacenta.

— É um presente e tanto.

Ele sorriu, parecendo satisfeito.

— Espero que você continue a me ensinar como usar uma — continuou ela.

O sorriso dele se abriu mais.

— Com certeza vou. Só precisa me dizer quando.

— Andei pesquisando a NYU... Ruth gosta do departamento de cinema e eles têm uma equipe de esgrima. Sei que é um estilo de luta diferente do que o que você tem me ensinado, mas não sei, estive pensando, talvez não seja totalmente diferente. E sempre há o lacrosse.

— Você viria para Nova York?

— Óbvio. — Val olhou para os pés molhados. — Ainda tenho algumas matérias para terminar. Recebi todas as suas mensagens. — Ela podia sentir as bochechas vermelhas e culpou o frio. — Estava imaginando se há um modo de mandar uma resposta para você.

— Tem problemas com pássaros?

— Não. O corvo que você mandou era lindo, apesar de eu achar que ele não gostou de mim.

— Vou fazer meu próximo mensageiro esperar sua resposta.

Apenas um tempo antes, ela teria sido aquele mensageiro.

— Soube algo de Mabry? O que todo mundo está dizendo?

— Rumores das cortes indicam que Mabry era algum tipo de agente dupla, mas cada corte a renega. Os exilados na cidade sabem que ela foi a responsável pelos envenenamentos... Ao que parece, a Corte Luminosa parece alegar que ela estava matando em nome da Corte Noturna... mas até agora não a ligaram a Dave. Infelizmente, temo que o tempo revelará o envolvimento dele.

— E depois?

— Nós, do Povo das Fadas, somos inconstantes e volúveis. Capricho decidirá o destino de Dave, não alguma noção mortal de justiça.

— Então você vai voltar para a Corte Luminosa? Quero dizer, agora que sabe a verdade sobre Tamson, não há motivo para continuar exilado.

Ravus negou com a cabeça.

— Não há nada para mim lá. Silarial acumula mortes com leviandade. — Ele estendeu uma das mãos enluvadas e parou o balanço de Val. — Eu preferiria ficar mais perto de você pelo tempo que for.

— Se foi em um sopro de fada — citou ela.

Dedos envoltos em couro roçaram o cabelo curto e pousaram em sua bochecha.

— Posso prender o fôlego.

Sobre a autora

Holly Black é a autora best-seller do *New York Times* de mais de trinta livros de fantasia para jovens adultos e crianças. Ela foi finalista dos Prêmios Eisner e Lodestar, assim como vencedora dos prêmios Mythopoeic, Nebula e da medalha Newbery. Seus livros já foram traduzidos para 32 idiomas e adaptados para o cinema. Holly vive em Massachusetts com o marido e o filho em uma casa com uma biblioteca secreta. Seu site é blackholly.com.

Este livro foi composto na tipografia
ITC Galliard Pro, em corpo 11/15,5, e impresso
em papel pólen soft 80g/m² na Gráfica Santa Marta.